Alexander
Fest
Verlag

Aharon Appelfeld

Die Eismine

Roman

Aus dem Hebräischen von
Anne Birkenhauer

Alexander Fest Verlag

Ein Licht zur Erinnerung an
meinen Vater, Michael Appelfeld,
der die Brücke über den Bug
gebaut hat.

1

Schon zwei Monate sind wir hier, und das ist eine Ewigkeit. Der Tag zerfällt in Minuten und Sekunden, aber auch diese winzigen Einheiten vergehen nicht von selbst. Hier ist die Zeit stehengeblieben, sie sickert in dich ein. Eine Stunde ist so lang wie ein ganzes Jahr Leben.

Am 6. Mai 1943 wurden wir in dieses Lager gebracht, seitdem nennt man uns den »Baumstamm-Trupp«. Hier wird eine breite Brücke über den Bug gebaut, und wir tragen die Baumstämme auf dem Rücken dorthin. Ein Baumstamm ist sieben Meter lang und hat einen Durchmesser von der Länge eines Arms. Sechs Männer können ihn nur mit Not heben, aber trotzdem heben wir ihn nicht nur hoch, sondern wir tragen ihn vom großen Platz bis zur Baustelle am Anfang der Brücke. Jeder Trupp muß am Tag fünfzig Stämme tragen; wenn er das Pensum nicht schafft, bekommt er zur Strafe Schläge.

Erst sah es aus, als würden wir hier nicht mehr lange leben. Wir hatten keine kräftigen Leute, waren geschwächt von den zurückliegenden Monaten des Hungers, und dennoch leben wir, leben wir weiter. Gewiß, jede Woche verschwinden zwei oder drei unserer Gefährten, doch in uns steckt der Tod schon so sehr, daß wir keinen Schmerz empfinden, nicht mehr trauern können.
In unserer Baracke leben zwei Ingenieure, einige Fabrikanten, Gymnasiallehrer, ein ehemaliger Offizier, etliche Ladenbesitzer und ein Dutzend Händler und Makler. Keiner von uns hat in seinem Leben zuvor körperlich gearbeitet, und plötzlich werden wir derart geprüft. In den ersten Tagen forderte die Verzweiflung viele Opfer, aber jetzt stehen wir jeden Morgen auf und leben – ohne irgendeine Aussicht, nur noch Stunde für Stunde. Jede Stunde bringt eine neue Prüfung, die uns enger zusammenrücken läßt, und nachts auf der Pritsche stellst du dir mit letzter Kraft vor, du würdest befreit, du kämst hier lebend heraus.
Der Tag ist streng gegliedert: aufstehen um fünf, im Dunkeln, sofort in Dreierreihen antreten zum Appell und dann der Morgenlauf. Am Anfang meinten wir noch, das Laufen solle uns stärken, diene unserer Gesundheit. Einige erinnerte es an das Gymnasium und an die Jugendbewegung, doch schon bald begriffen wir, daß dies nur einer der Späße ist, die sie im Lager mit uns treiben.
Über den Morgenlauf wacht ein Uniformierter mit furchterregender Stimme. Gerüchte sagen, er sei ein Mischling, ein Vierteljude, der zur Besserung aus Schle-

sien hierhergeschickt worden sei. Er unterscheidet sich nicht von den anderen Uniformierten, ist nur grausamer. Natürlich. Er muß ja zeigen, daß er die Befehle nicht bloß erfüllt, sondern übererfüllt. Von dieser Übererfüllung will ich später – sollte ich dann noch am Leben sein – erzählen.

Bei jeder Gelegenheit bekommen wir Peitschenhiebe, außerdem werden wir gezwungen, uns hinzuknien und laut zu rufen: »Arbeit ist unser Leben. In einem gesunden Körper wohnt ein gesunder Geist!« Wegen des allmorgendlichen Laufens und der törichten Parolen wollten wir zunächst glauben, daß unser Leben hier mehr sei als eine einzige Erniedrigung, daß es doch eine verborgene Bedeutung besitze. Jetzt wissen wir: Die Route des Morgenlaufs ist nur ein eisiger Korridor, der in noch finsterere Gefilde führt. Wie viele Tage können wir noch durchhalten? Wir haben Leute, die sich närrisch benehmen und wie Rekruten laufen. In ihrer Arglosigkeit versuchen sie, den Tod zu überlisten.

Um halb sechs gibt es Frühstück: einen Napf Tee und ein Stück Brot. Wenn wir Zigaretten hätten, würden wir anders leben und anders sterben. Ein Leben ohne Zigaretten ist ein ätzender Durst, eine ständig stechende Verzweiflung. Bei uns wird nicht gestohlen, nur Zigaretten, die sind schon gestohlen worden. Der Hunger nach Zigaretten ist schlimmer als der Hunger nach Brot. Vor Verlangen zittern unsere Hände.

Letzten Monat hatten wir einmal einen guten Tag. Aus dem dichten Morgennebel warf uns jemand eine Schachtel Zigaretten zu. Wir hoben sie bis zum Abend auf, doch der ganze dunkle Tag erstrahlte in einem

Licht aus fernen Höhen. Wie wir später erfuhren, hatte ein tschechischer Ingenieur, ein Privilegierter, uns dieses Geschenk zugeworfen, nachdem er uns Tag für Tag in unserem Leid gesehen hatte.

Wunder passieren hier nicht. Unser Leben verläuft in einer entsetzlichen Ordnung. Um sechs Uhr stehen wir schon in den Arbeitstrupps, und auf den Befehl »Hoch den Stamm!« geht es los. Es ist nicht lange her, daß sich einmal ein Güterzug verspätete. Der Platz blieb leer, es gab keine Baumstämme. Das war das erste Zeichen des Erbarmens. Die Uniformierten verloren wegen der Verspätung dermaßen die Fassung, daß sie auf den Platz stürmten und blind auf uns einschlugen. Zum Schluß befahlen sie uns, Steine aus dem Fels zu hauen und zum Fluß zu tragen.

Gedanken, die du dir früher einmal gemacht hast, verschwinden spurlos. Jetzt hat sich eine schmerzhafte Hohlheit in uns breitgemacht. Nachts erinnerst du dich, daß du einmal Worte hattest und reden konntest. Die Nächte sind um diese Jahreszeit noch kalt. Du rollst dich unter der dünnen Decke zusammen; alles, was du von deinem ganzen Wesen spürst, sind die eisigen Füße. Einige von uns waschen sich sorgfältig, andere machen nachts Gymnastik, aber die meisten reiben sich die Füße. Eisige Füße sind der Anfang vom Tod. Unter uns sind zwei, deren Zehen schon absterben.

Die Arbeit dauert von sechs Uhr bis eins. Dann kehren wir auf Befehl unseres »diensthabenden Verantwortlichen« zum Mittagessen auf den Platz zurück. Dieses Amt hat Doktor Buchbinder inne, ein angesehener Gymnasiallehrer. Der schreckliche Uniformierte hat ihn ausgewählt. Schwer zu sagen, warum. Vielleicht, weil Doktor Buchbinder der Älteste ist, vielleicht auch, weil er, wie sie sagen, ein »reines Deutsch« spricht. Die Uniformierten reden nur mit ihm, das heißt, im Grunde reden sie auch mit ihm nicht wirklich. Sie schreien ihm ihre Befehle aus der Ferne zu. Auch die Offiziere halten Abstand. Sie beobachten uns durch die Sehschlitze der riesigen Wachtürme. Manchmal sehen wir ihre Schatten auf den Brücken zwischen den Wachtürmen der Kommandantur, und eiskalte Angst läßt uns erschaudern.

Zum Mittagessen bekommen wir einen Napf dünne Suppe und eine halbe Scheibe Brot. Der Hunger ist der Tod vor dem Tod. Er dringt in die Knochen und zerkrümelt die Seele. Zuerst erstickt dein Reden, dein Gesicht quillt auf, immer öfter stolperst du. Dann dauert es nicht mehr lange, und du lebst in einer Wolke von Halluzinationen. Erst merken es deine Gefährten nicht, und wenn sie es endlich merken, versuchen sie, dich da herauszuziehen. Sie drängen dich, Wasser zu trinken, zweigen etwas von ihrer Suppe ab und geben es dir dazu, sie reden auf dich ein, wollen dich überzeugen, daß du nicht schwach werden, nicht aufgeben darfst, immerhin gibt es hier Menschen, die dich lieben und brauchen, derentwegen es sich zu leben lohnt. Sie warnen dich auch vor dem Uniformierten, denn wenn er deinen Zustand bemerkt, wird er dich ohne langes Zögern in den Bug werfen. Kannst du die Warnung hören, besteht eine Chance, daß du gesund wirst, doch meistens kommt jemand, der einmal im Netz der Halluzinationen gefangen ist, nicht mehr frei. Die Trugbilder werden von Tag zu Tag stärker, er isoliert sich von denen, die ihn umge-

ben, verbindet sich mit anderen, die er zurückgelassen hat. Und schließlich ist da die betörende Sehnsucht nach den Wassern des Bugs.
So hat uns Doktor Holländer verlassen. Doktor Holländer hatte am Gymnasium Literatur unterrichtet und war ein unverbesserlicher Optimist. Vom Tag unserer Ankunft an sprach er uns Mut zu. Er rechnete und kam zu dem Ergebnis, daß die Deutschen und ihre Verbündeten nicht lange durchhalten würden. Der nahende Winter werde sie bezwingen, so wie er auch Napoleon bezwungen habe. »Jetzt verführt sie der russische Bär. Je tiefer sie vordringen, um so schneller und schlimmer wird ihre Niederlage sein. Wir müssen vom russischen Bären Geduld lernen.« Er hatte eine schöne Stimme. Seine Gedanken waren wohlgeordnet, und oft zitierte er die alten Dichter. Er kannte die deutsche Literatur, war ein großer Verehrer Rilkes. Beim Baumstämmetragen konnte er ganze Gedichte deklamieren. Seinetwegen wurde uns Rilke zum Gebetbuch. Er sagte immer wieder: »Wir müssen vom russischen Bären das Geheimnis des Rückzugs lernen. Der Rückzug des russischen Bären ist keine Niederlage, sondern ein Warten und Kräftesammeln. Genau das müssen wir tun. Wir müssen ausharren und durchhalten. Diese Erniedrigung währt nicht ewig; sie wird uns nicht bezwingen. Wir werden gestärkt daraus hervorgehen.« Er war nicht fromm, doch seine Stimme klang wie die eines religiösen Menschen. Wir hörten ihm zu, und, wenn man so sagen kann, wir glaubten ihm. In dieser Hölle war er einer der wenigen, die noch Worte hatten. Sein Glaube, daß der Winter den Eindringling bezwingen werde, war uner-

schütterlich. Es war ein poetischer Glaube, reich an bunten Beschreibungen, der Licht in unsere dunklen Nächte brachte.

Und plötzlich, ohne irgendeine Warnung, sah man an ihm erste Anzeichen des Hungers. Zuerst waren sie kaum wahrnehmbar. Er redete vernünftig, machte uns weiter Mut, nur das Lächeln, das immer auf seinem Gesicht geleuchtet hatte, wurde schmal und schief. Er spürte wohl, welches Leiden ihn befallen hatte, und bemühte sich, es zu verbergen. Nicht viel später verlosch das Lächeln. Nun nistete eine Starrheit in seinem Blick, der sehr ausdrucksstark war, als wolle er alles, was er sah, in sich aufnehmen.

In dieser Phase versuchten wir, ihm zu seiner Brotration etwas dazuzulegen. Beiläufig, als stehe es ihm zu. Er wußte genau, daß das eine außergewöhnliche Großzügigkeit war, und schämte sich.

Eines Abends wandte er sich an uns, als seien wir nicht seine Gefährten, sondern sein Auditorium, und sagte: »Ich gehe weg. Ich muß zurück nach Hause.« Schon viele Stimmen der Verzweiflung hatten wir in dieser zugigen Baracke gehört, aber noch nie war eine so nackt gewesen. Doktor Buchbinder, unser Ältester, sprach ihn an: »Mark, wo wollen Sie denn hingehen?« Diese Frage schien Holländer zu erstaunen. Er hielt den Atem an, sagte dann jedoch, scheinbar gefaßt: »Ich gehe nach Hause.« Wir staunten. Diese Stimme stammte nicht von hier. Es war eine normale Stimme ohne jede Angst. Als teile er seinen Kollegen im Lehrerzimmer mit, er wolle heute pünktlich nach Hause gehen, um nicht, wie sonst so oft, zu spät zum Mittagessen zu kommen.

»Mark«, sagte Doktor Buchbinder leise.
Holländer schaute ihm in die Augen und erwiderte: »Keine Sorge. Es ist nicht weit.«
»Was soll das heißen?« fragte Doktor Buchbinder in einem Ton, in dem er vielleicht auch früher Fragen gestellt hatte.
»Warum kümmert Sie das?«
»Weil ich Angst habe.«
»Sie brauchen wirklich keine Angst zu haben. Glauben Sie mir.«
In der Nacht wurde es dann klar: Holländer hatte sich schon weit entfernt; er war nicht mehr bei uns. Dennoch gab Doktor Buchbinder nicht auf und redete ihm zu: »Heute habe ich von einem Tschechen gehört, die Ostfront sei zusammengebrochen. Die russische Armee rücke schnell vor. Das ist doch eine gute Nachricht.«
»Ich muß zurück nach Hause. Ich habe keine Wahl«, antwortete Holländer. Jetzt sahen wir, es war nicht mehr sein Gesicht, nicht mehr seine Stimme, es war das Gesicht der Verzweiflung. Doktor Buchbinder ließ von ihm ab, als habe er begriffen, daß Holländer unwiederbringlich verloren war, und wir anderen sanken auf die Pritschen und rollten uns ein.
Doch am nächsten Morgen staunten wir. Holländer stand auf, begab sich zum Appell in die Reihe, lief, rasierte sich und brachte seine Pritsche in Ordnung. Danach streckte er den Napf hin, um den Tee und die halbe Scheibe Brot entgegenzunehmen. Er aß und trank, stellte sich dann neben einen Baumstamm, hob ihn auf den Befehl »Hoch den Stamm!« an und trug ihn gemeinsam mit seinem Trupp. An diesem Morgen deklamierte er

zwar nicht die alten Meister, aber abgesehen davon war ihm keine Veränderung anzumerken. Ich weiß nicht, warum, doch wir alle rechneten damit, daß er uns bald wieder den *Panther*, sein Lieblingsgedicht, aufsagen würde.

Etwa eine Stunde vor dem Mittagessen packte unseren Uniformierten ein böser Geist, und er tobte und schlug wild um sich. Auch Holländer blieb nicht verschont; die Peitsche traf ihn quer übers Gesicht. Zuerst sah es aus wie eine schlimme Verbrennung, doch dann schwoll sein Gesicht an, als sei sein Kopf nicht mehr der eines Menschen, sondern ein durchsichtiger Kürbis voll bläulicher Flüssigkeit.

Dieser Hieb veränderte ihn. Jetzt glich er, vielleicht auch wegen seines dichten Haars, eher einem jüdischen Revolutionär, der die Prüfung des Verhörs aufrecht, wenngleich nicht unversehrt bestanden hatte. Ein Lächeln bebte auf seinen Lippen, seine Worte waren erstickt. In der Mittagspause versuchten wir, ihn zum Reden zu bewegen. Auf alle Fragen antwortete er: »Es ist nichts.« Wenn er danach von etwas sprach, dann nicht mehr von seinem Wunsch, nach Hause zu gehen, sondern von seiner Frau und seinen beiden Töchtern; er nannte sogar ihre Namen.

Bis dahin hatte es keiner gewagt, von Zuhause zu erzählen. Die frühere Welt kam in den Gesprächen zwar ab und zu vor, aber es war nie ausdrücklich von ihr die Rede, so wie man auch von einer schweren Krankheit oder einem plötzlichen Tod nicht spricht. Auf einmal hob Holländer diesen Deckel hoch und verkündete: »Ich habe meine Frau zurückgelassen und meine beiden

Töchter. Wer kümmert sich jetzt um sie?« Ein Grauen brannte in seinen Augen, als habe er in den Abgrund geschaut.

»Sie haben sie aber doch nicht freiwillig verlassen, Sie sind doch nicht freiwillig hierhergekommen, Mark«, sagte Doktor Buchbinder und versuchte, einige von Holländers Trugbildern zu vertreiben, doch gerade diese sanfte Ansprache rief die Erinnerung an jenen Tag wieder wach, an dem wir im Ghetto festgenommen und hierhergebracht worden waren. Holländer hatten sie im Haus eines Freundes beim Schachspiel angetroffen. Diese Schuld hatte er schon einige Male angedeutet; jetzt sprach er sie aus.

»Diese Schuld ist Ihnen längst vergeben, glauben Sie mir«, sagte Doktor Buchbinder.

»Aber ich selbst kann sie mir nicht verzeihen«, unterbrach Holländer ihn, »ich hätte zu Hause sein müssen und nicht beim Schachspiel.« Es bestand ein himmelschreiender Widerspruch zwischen seinem aufgedunsenen blauen Kopf und den vollständigen Sätzen, die sein Mund hervorstieß.

Von da an hörte er nicht mehr auf, sich Vorwürfe zu machen. Alles Bitten und Flehen half nichts. Er versank ganz in dem Gefühl seiner Schuld.

»Mark«, bat ihn Doktor Buchbinder immer wieder.

»Ich kann hier nicht länger bleiben. Warum verstehen Sie das nicht?« Wieder klangen seine Worte nackt.

»Was soll das heißen, mein Lieber?« hakte Buchbinder nach.

Es war Holländer, der da zu ihm sprach, und trotzdem war er es nicht. Alles, was er sagte, war Ausdruck des

Schreckens. Jede seiner Bewegungen schien die eines im Aufbruch befindlichen Menschen zu sein, und doch rührte er sich nicht vom Fleck.

»Aber wir können nicht ohne Sie«, sagte Buchbinder und wechselte den Ton. »Alle unsere Bemühungen wären umsonst, das dürfen Sie nicht zulassen. Der ganze Trupp hat über viele Tage gearbeitet, und keiner hat bisher gesagt, er gehe weg. Wir brauchen Sie wie die Luft zum Atmen. Wir können nicht ohne Sie.«

»Mich?« fragte Holländer überrascht.

»Sie, ja Sie, wir brauchen Sie mehr als jeden anderen. Wir müssen diese Prüfung gemeinsam bestehen. Ohne füreinander Verantwortung zu tragen, halten wir nicht durch. Diese gemeinsame Anstrengung sind wir denen schuldig, die uns lieben.«

»Aber ich muß los.«

»Warum?«

»Was soll ich Ihnen sagen?« Holländer schwieg eine Weile.

»Sie sollen vor allem sich selbst sagen: Ich bin hier mit all den anderen. Ich darf die Schwachen nicht im Stich lassen.«

»Ich lasse niemanden im Stich.«

»Das ist anständig von Ihnen.«

»Was soll ich denn machen?« fragte Holländer plötzlich mutlos.

»Durchhalten. Nur durchhalten. Das ist nicht besonders heldenhaft, aber in diesem Moment ist es die wichtigste Aufgabe. Jeder einzelne muß seinen Teil dazu beitragen.«

»Da haben Sie recht«, murmelte Holländer, und etwas

von dem Gesichtsausdruck, den wir von früher an ihm gekannt hatten, zeigte sich.
»Ich habe natürlich recht, wie immer – aber auch nicht in allem«, sagte Doktor Buchbinder lächelnd. Er war in seinen nüchternen Ton zurückgefallen.
»Verzeihen Sie, bitte«, sagte Holländer und blickte zu Boden.
Am nächsten Morgen stand er auf, zog sich an, stellte sich zum Appell auf und machte seinen Morgenlauf, doch er war erregt. Die Formulierung »im Stich lassen«, die Doktor Buchbinder am Tag zuvor gewählt hatte, ging ihm nicht aus dem Sinn, er war dauernd damit zugange. Sie hatte ihn getroffen, und er bekämpfte sie, doch gerade dieser Kampf brachte zum Vorschein, wie sehr ihm die letzten Monate zugesetzt hatten: Die Halluzinationen kamen zurück und überwältigten ihn. Nun bekam sein Gesicht einen asketischen Zug; er sah aus wie ein gottesfürchtiger Jude, dem ein Unglück widerfahren ist und der vergeblich versucht, seinen Schmerz zu zügeln.
Auch jetzt hörte Doktor Buchbinder nicht auf, ihm zuzureden: »Der Sieg ist nicht mehr fern. Nur gemeinsam halten wir durch. Keiner darf jetzt das Schlachtfeld verlassen.«
Von nun an reagierte Holländer nicht mehr mit Worten, sondern indem er das Gesicht verzog. Manchmal schien er zu hören und verstehen zu wollen, was man zu ihm sprach, doch meist lag ein gequältes Lächeln auf seinen Lippen, als wolle er sagen: Laßt mich doch gehn. Warum laßt ihr mich nicht gehn? Warum seid ihr so grausam gegen mich?

»Wir sind nicht grausam gegen Sie«, sagte Buchbinder mit gesenktem Kopf.
»Doch, das seid ihr.«
So zog sich der Kampf noch einige Tage im verborgenen hin. In manchen Momenten leuchtete Holländers Gesicht, aber das geschah immer seltener. Schließlich weigerte er sich, von uns Suppe oder Brot anzunehmen. »Mark, Mark!« rief Doktor Buchbinder und versuchte ihn aufzurütteln, doch sein Rufen blieb ungehört.
Ab einem bestimmten Moment verlischt die Barmherzigkeit. Du weißt, der andere ist längst nicht mehr in dieser Hölle. Es hat keinen Sinn, weiter mit ihm zu reden oder ihn vor dem bösen Blick des Uniformierten zu warnen. Du verhältst dich, als sei er schon nicht mehr da. Holländer stand morgens weiterhin auf, machte, wie zum Trotz, seinen Morgenlauf und rief zusammen mit den anderen: »Arbeit ist unser Leben. In einem gesunden Körper wohnt ein gesunder Geist!« Er war sehr dünn geworden, Haar und Bart wuchsen wild; er sah aus wie ein Dorfrabbiner, nur hatte er keine Worte. In seinem Schweigen lag eine Kraft, die uns alle in Bann schlug. Keiner näherte sich ihm mehr. Wir hatten das Gefühl, ihn betrogen zu haben. Noch immer versuchten wir, ihn vor dem bösen Blick des Uniformierten zu verstecken, das wurde von Tag zu Tag schwieriger. Das Blau in seinem Gesicht verschwand allmählich, doch seinem Ausdruck fehlten die Säfte des Lebens, und er wurde leer und trocken. Wir ersannen andere Methoden, ihn zu decken. Doktor Buchbinder stellte sich beim Appell vor ihn, und beim Laufen lief er dicht neben ihm her. Jemand flickte ihm nachts einmal die Mütze, damit

er nicht so elend aussah. Holländer zog nicht mit. Unsere Bemühungen erschienen ihm, so zumindest kam es uns vor, als Einmischung in etwas, was nur ihn selbst anging. Manchmal spürten wir, daß er uns verachtete.
Der Uniformierte warnt und mahnt nicht. Das ist nicht seine Art. Wenn er merkt, daß einer schwach wird und die Baumstämme nicht anständig trägt, zieht er mit seinem Blick gleichsam einen Kreis um ihn. Einige Tage läßt er ihn nicht aus den Augen, dann stürzt er sich wie ein Adler auf ihn, packt zu und stößt ihn ins Wasser des Bugs. Das geschieht, wie gesagt, ohne Vorwarnung, meist auch ohne Wut, so wie man ein gesprungenes Faß oder einen morschen Stamm wegwirft. Da die Brücke ziemlich hoch ist, kann jeder den Flug verfolgen und hören, wie der Schrei abbricht. So verschlingt der Bug Tag für Tag ein paar Menschen, an schlimmen Tagen viele. Hier wird unser Leben sein Ende finden. Wir haben schon einen ganzen Trupp gemeinsam untergehen sehen, weil sich einer am anderen festhielt.
Holländer hatte sich von uns gelöst und war in Halluzinationen versunken. Ab und zu huschte ein Lächeln über sein Gesicht, als wollte er sagen, ihr versteht noch nicht, aber bald werdet auch ihr verstehen. Er klagte nicht über Schmerzen, trat an zum Appell, lief. Nur beim Teetrinken verzog er den Mund ein bißchen. Vergeblich versuchte Doktor Buchbinder, ihn zurückzuholen. Er meinte, wenn wir nur laut genug mit ihm redeten, würde Holländer aus seinen Halluzinationen wiederauftauchen, und er schimpfte mit uns, weil wir uns nicht um Holländer kümmerten.
Schließlich, als wir gerade auf der Brücke standen, rief

der Uniformierte Holländer zu sich. Der hörte ihn rufen und lief so schnell zu ihm, als rechnete er mit seiner Freilassung. Da er schon in Bewegung war, reichte ein kleiner Schubs, und er flog, bis er in den Wassern des Bugs versank.

2

Nur zweieinhalb Monate ist es her, da hatte ich noch ein Zuhause und sah meine Freundin Ida jeden Tag. Wir trafen uns mit Freunden, am Samstag spielten wir Schach. Das Leben im Ghetto war beengt und vom Hunger gezeichnet, aber nicht ohne Wärme. Nach jeder Akcja griff Erleichterung um sich: auch diesmal nicht du. Bett, Kissen und Daunendecke waren dann siebenmal so heimelig. Die Häuser um uns herum wurden leerer, doch in uns keimte ein dummes Gefühl der Sicherheit, daß man uns schon nicht deportieren würde und Ida und ich immer zusammenbleiben könnten. Die Eltern hatten wohl Angst, verzweifelt waren sie jedoch nicht. Sie hamsterten Lebensmittel und lagerten sie im Keller.

Vater, Mutter und ich arbeiten in einer Werkstatt und nähen Uniformen für das Reich. Wir müssen ein bestimmtes Pensum schaffen, und das ist hoch. So aufreibend die Arbeit auch ist, wir freuen uns, abends wieder nach Hause zu können. Dann macht Mutter Feuer im Herd und kocht. Noch gehören das Geschirr und die Möbel uns. Meine Bücher und Hefte im Schrank schauen mich an. Dieses Jahr hätten Ida und ich eigentlich das Gymnasium abschließen sollen. Nun sehen wir die Schule nur noch aus der Ferne. Sie ist Teil einer anderen Welt. Um so wichtiger sind jetzt die wenigen Freunde, die uns geblieben sind, der Tee, den wir gemeinsam trinken, die Wärme des Küchenherds und die Freude darüber, daß Ida meine Freundin ist. Jeden Tag kommt sie zu uns. Mutter und Vater empfangen sie wie eine eigene Tochter, und wir sitzen zusammen, froh über die uns geschenkte Zeit.

So vergeht eine Woche nach der andern. Wer in der Näherei Arbeit hat, wird nicht deportiert; das sagen wir uns immer wieder. Zugegeben, manchmal verschwindet auch hier jemand, manchmal sogar eine ganze Gruppe, doch wir sind überzeugt, warum, weiß ich nicht, daß man sie nur versetzt hat, an einen Ort nicht weit von hier, wo sie leben und weiterarbeiten. Alles sind nur Vermutungen, Gerüchte. Genaues wissen wir nicht. Unsere Kapos, meist deutsche Staatsbürger, die man hierhergebracht hat, reden nicht viel. Wenn überhaupt, reden sie mit den Vorarbeitern der einzelnen Gruppen, und auch dann bloß über die Arbeit.

»Der gesunde Menschenverstand sagt mir, daß man uns nicht deportieren wird«, erklärt Vater. »Wenn sie uns deportieren – wer näht ihnen dann ihre Uniformen? Und eine Armee ohne Uniformen gibt es nicht.« Mutter ist da skeptischer und fürchtet sich mehr, doch Vater tut ihre Ängste ab. Er versichert uns, daß sich die Deut-

schen uns gegenüber schon bald anders verhalten würden, dann nämlich, wenn sie begriffen hätten, daß die Juden nicht ihre Feinde seien, sondern das Ihre zum Kriegseinsatz beisteuerten.
Von sechs Uhr früh bis neun Uhr abends arbeiten wir in der Näherei. Die Zuschneider sind ausgebildete Kräfte, doch alle anderen Handgriffe werden von ehemaligen Kleinkrämern ausgeführt, von Apothekern, Frauen, die nie zuvor außer Haus tätig gewesen sind, und von Gymnasiallehrern. Der Glaube, daß alle, die einen blauen Ausweis besitzen, nicht deportiert würden, hat uns zu fleißigen Menschen gemacht. Wir nähen rasch auf Maschinen und von Hand. Die Vorarbeiter, ebenfalls gelernte Schneider, überwachen die Abläufe und geben Ratschläge, und auch die letzte Phase, das Aufbügeln, wird von flinken Händen erledigt. Es gibt hier Leute, die etwas vom Schneidern verstehen; sie sagen, die Uniformen seien professionell gefertigt, und das sichere uns unseren Arbeitsplatz bis zum Ende des Krieges.
Ida und ihre Eltern arbeiten in der Munitionsfabrik, die Eltern an einem riesigen Ofen, und Ida verpackt Granaten in Kisten. Auch ihre Arbeit ist schwer, aber anders als wir arbeiten sie Schicht und kommen deshalb manchmal früher nach Hause. Ida ist dann völlig schwarz. Der Ruß betont ihre Gesichtszüge, und ich liebe sie noch mehr.
Die Nacht in unseren beiden engen Zimmern läßt uns für einen Moment die Armseligkeit und Erniedrigung vergessen, und wir sitzen zusammen und überschlagen, wie lange der Krieg noch dauern wird. Unsere Schwarzseher behaupten, die Deutschen würden die ganze Welt

erobern und alle Juden umbringen, denn die Juden drängten sich überall hinein, in die Wirtschaft, in die Politik, ganz zu schweigen von Presse und Literatur. Zu viele Berkowitsche und Rabinowitsche verdürben den Brei. Die Juden mischten nicht nur gerne mit, sie wollten dabei auch gesehen und gehört werden und machten überall auf der Welt einen Heidenlärm. Sie hätten vergessen, daß sie Juden seien und bescheiden sein müßten. Unsere Optimisten dagegen meinen, alles werde bald wieder wie früher sein und wir würden noch erleben, wie sich die Deutschen bei den Juden, die doch immer nur deren Bestes gewollt hätten, entschuldigten. Alles sind Gerüchte; die Vorstellungskraft kennt keine Grenzen. Jeder klammert sich an das, was er glaubt, und findet Beweise dafür. In diesen Winternächten bei einer Tasse Tee regt sich in uns eine unheimliche Freude: Wir leben noch. Und es ist gut, daß wir leben.

Im Keller, genauer gesagt in einer Nische, die mit dem Kamin verbunden ist, versteckt sich seit achteinhalb Monaten Onkel Max. Onkel Max ist Mutters jüngerer Bruder; es hat ihn zufällig hierher verschlagen. Er lebte schon viele Jahre in Frankreich und war nur in den Sommerferien zu Hause. Anders als Mutter hat er eine scharfe Zunge und regt sich schnell auf. Mutter kocht ihm leichtverdauliche Kost, denn jemand, der im muffigen Dunkel lebt, ist sehr empfindlich und muß seinen Körper stärken. Mutter hat ihm eine Petroleumlampe gebracht, und so liest und schreibt er die meiste Zeit des Tages. In kalten Winternächten gehen wir zu ihm hinunter, dann trägt er uns aus seinem Buch vor. Es ist ein Buch über die Juden und das, was sie sich selbst und der

Welt angetan haben. »Die Lebensumstände haben ihren Charakter verbogen und sie zu Materialisten gemacht, und die Folgen dieses Materialismus zeigen sich überall. Die Juden sind geldgierig, ihr Glaube ist eine Herdenreligion bar jeder Schönheit, geistlos und ohne jede Inspiration. Da kann man nur zu dem Schluß kommen: Die Juden müssen sich assimilieren. Sie müssen öffentlich ihren Willen zur Assimilation bekunden. Das wird nicht nur ihnen selbst Erleichterung verschaffen, sondern auch denen, die sich vor ihnen fürchten. Jetzt ist genau der richtige Zeitpunkt dafür, jetzt sofort.«

Vater sieht das anders: »Es geht den Deutschen nicht darum, die Situation oder den Charakter der Juden zu verändern. Ihr größter Wunsch ist es, die Russen zu besiegen.« Onkel Max widerspricht ihm: »Die Deutschen erwarten von den Juden eine Geste, daß sie sich nämlich bereit erklären, ihr Judentum aufzugeben, und Reue zeigen über das, was sie sich selbst und anderen angetan haben. Die religiösen Juden werden verkünden, daß sie ihre Religion aufgeben, und die freien Juden werden von dem Materialismus, dem sie frönen, ablassen.« Es ist schwer, mit Onkel Max zu diskutieren. Die Argumente sprudeln nur so aus ihm heraus, und er hat ein phantastisches Gedächtnis. Er bringt Zitate aus jüdischen und aus nichtjüdischen Schriften und sagt immer wieder, man hasse uns schließlich nicht grundlos. »Solange uns das Judentum noch anhaftet – und es ist völlig egal, ob es ein frommes oder ein freies Judentum ist –, solange das Judentum noch in uns steckt, wird die Feindschaft von Tag zu Tag nur schlimmer werden.« Onkel Max kennt allerlei Begriffe und Schlagworte,

Autorennamen und Buchtitel aus den verschiedensten Gebieten: Wirtschaft, Gesellschaft, Geschichte, Theologie und natürlich Literatur. Wir merken, daß es im Gebäude seiner Logik Risse gibt, und trotzdem können wir seine Argumente nur mit Mühe widerlegen. Er redet gewandt, seine Augen glühen, und in den Monaten, die er schon im Keller sitzt, ist seine Stimme noch eindringlicher geworden.

»Was soll man deiner Meinung nach also machen?« fragt Vater, erschlagen von dem Schwall der Worte.

»Sofort verkünden, daß wir unser Judentum abschütteln. Das kann man auf verschiedene Art tun, zum Beispiel, indem man die Städte verläßt und in die Dörfer zieht. Damit würden wir allen zeigen, daß wir wirklich gewillt sind, uns zu ändern. Außerdem würde das Landleben die kranken Seelen heilen.«

»Wem sollen wir das verkünden?« fragt Vater.

»Dem Landrat.«

Das klang verrückt, und trotzdem wies Vater diesen seltsamen Vorschlag nicht einfach zurück. Seit wir im Ghetto leben, die Akcjas miterleben und in der Näherei arbeiten, scheint alles möglich zu sein. So hebt Vater die Augen und überlegt: »Dem Landrat?«

»Ganz genau.«

»Der Landrat spricht doch nicht einmal mit den Ältesten vom Judenrat.«

»Er spricht nicht mit ihnen«, unterbricht ihn Max, »weil sie keine konkreten Vorschläge machen. Wenn sie mit etwas Konkretem zu ihm kommen, wird er mit ihnen sprechen. Wenn wir ihm mitteilen, daß wir unser Judentum abschütteln.«

»Abschütteln«, sagt Vater und versucht, dieses Wort zu begreifen.
»Ja.«
»Wie denn?«
»Ganz einfach. So, wie man eine falsche Auffassung abschüttelt, ein bedrückendes Gefühl oder einen Zwang. Du verkündest es zuerst dir selbst und dann den Menschen um dich herum: Alles, was war, ist vorbei. Es war ein schrecklicher Fehler, eine lang anhaltende Verirrung, eine Deformation; jetzt habe ich sie abgeschüttelt.«
Onkel Max redet ohne Punkt und Komma. In jedem zweiten Satz kommt das Wort »abschütteln« vor, und man merkt, daß es sein ganzes Denken bestimmt. Die Begegnungen mit Onkel Max im Keller wühlen uns auf, sie überwältigen uns. Auf mich wirkt er wie einer, in dessen Gliedern ein religiöses Feuer brennt. Im selben Gespräch hatte er übrigens auch gesagt: »Im Judentum gibt es kein Erbarmen.« Da war Vater der Kragen geplatzt, und er sagte: »Entschuldige, Max, diesen Begriff verstehe ich nicht, er sagt mir überhaupt nichts.« Vater ist Ingenieur und mag keine abgehobenen Reden, doch Max überrascht ihn jedesmal, wenn er Wörter wie »Hingabe« oder »Barmherzigkeit« benutzt. Dann hebt Vater die Hände und sagt: »Da komme ich nicht mehr mit.«
Die Treffen im Keller finden einmal die Woche statt, manchmal häufiger. Sie sind wie eine Art hitzige Zusammenfassung all der Dinge, die sich um uns herum ereignen. Mutter verbirgt ihr Gesicht und sagt: »Ich kenne den Max gar nicht mehr. Vielleicht sollten wir ihn nachts zu uns heraufholen. Sein Wortschwall macht mir angst.«

»Er hat schon immer viel geredet.«
»Aber nicht so.«
»Da irrst du dich«, sagt Vater und bricht das Gespräch ab.
Wir alle leben jetzt in einem Zustand permanenter Erregung. Es ist, als würden auch wir bald aufbrechen und auf endlosen Wegen über Flüsse und Berge ziehen, um am Ende ein großes Landgut zu erreichen und dort als Bauern zu arbeiten. Die Umstellung erscheint mir nicht besonders schwer. Im Gegenteil, die stillen grünen Felder werden es uns leichtmachen. Auch Ida hat das Gefühl, daß uns noch Wunderbares widerfahren wird; trotzdem freut sie sich nicht. Zu viele schlechte Omen gibt es um uns herum, zu viele plötzliche Abschiede, zu viele Menschen verschwinden oder nehmen sich das Leben. Ida greift immer wieder nach meiner Hand, küßt sie und sagt: »Ich bete zu Gott, daß er unser kleines Nest bewahrt.« In den letzten Wochen haben ihre Worte einen religiösen Beiklang bekommen. Immer häufiger sagt sie: »Ich bete in meinem Herzen«, oder: »Ich kann mir nicht vorstellen, daß Gott sich unser nicht erbarmen wird.« Diese Ausdrucksweise hat sie nicht von zu Hause. Ihre Eltern halten, genau wie meine, Distanz zur Sippe und zu ihrer Religion. Zwar gehen Ida und meine Mutter an den hohen Feiertagen in die Synagoge, aber häufiger nicht.
In den letzten Tagen spricht Ida oft von ihrer Großmutter Devora. Vor fünf Jahren, als Ida zwölf war, ist sie gestorben, doch ihr Gesicht hat sich fest in Idas Erinnerung eingeprägt. Ihre Sommerferien hat Ida immer in den Karpaten bei dieser Großmutter verbracht, die ihr

viel vom Leben und vom Glauben der Juden erzählt hat. Wenn Ida später nach Hause kam und ihren Eltern davon berichtete, sagte ihr Vater: »Ida, meine Liebe, das sind alte religiöse Vorstellungen. Wir glauben nicht an so etwas. Wir führen ein anderes Leben. Wir blicken in die Zukunft«, und so verscheuchte er mit einer einzigen Handbewegung alle Wunder.

Dann kam der Herbst und weckte in unseren Herzen neue Hoffnung. Es scheint, als hätten die Deportationen aufgehört und als würden die Deportierten am Ende des Krieges wieder in ihre Häuser zurückkehren. Ida und ich werden also zu den Büchern zurückkehren können, um das Abitur zu machen, und gleich im Anschluß wollen wir an der Universität unser Studium beginnen. Ich möchte deutsche Sprache und Literatur studieren, Ida Architektur.

3

So vergingen die Tage. Aus allen Richtungen stürmen schlimme Gerüchte auf uns ein, wir aber ignorieren sie. Ida kommt um fünf aus der Fabrik nach Hause, ich erst spätabends. Sofort gehen wir in das geheime Café von Honig, bestellen einen Kaffee, sitzen da und berauschen uns an dem warmen Dämmerlicht. Auch Honig und seine Frau arbeiten den ganzen Tag in der Munitionsfabrik, doch wenn sie heimkommen, verwandeln sie ihren Keller in ein Kaffeehaus. Dort vergißt du einen Moment den Krieg um dich herum und daß du im Ghetto bist, daß deine Freunde deportiert wurden und Gerüchte wie böse Geister umherschleichen; du trinkst einen Schluck Kaffee, und dich überfällt ein Vergessen, bis du nichts mehr siehst.

Honig glaubt nicht nur, daß wir den Krieg heil überleben, er ist sich auch ganz sicher, daß seine beiden Töchter nach Kriegsende an der Universität studieren werden, und deshalb arbeitet er bis spät in die Nacht und legt einen Groschen zum andern. Seine Töchter sehen schon aus wie Studentinnen. Auch sie arbeiten den ganzen Tag in der Munitionsfabrik, aber nachts ziehen sie sich festlich an und sitzen bei den Gästen, und ihre Eltern bedienen sie. Wer etwas Geld hat, kommt hierher, darunter etliche junge Leute. Hier hat man schon die Frau eines der bekanntesten Zahnärzte der Stadt in Begleitung eines jungen Mannes gesehen. Als der Zahnarzt davon erfuhr, hat er sie vergiftet. Zufällig wurde er am nächsten Tag abgeholt und in eines der vielen unbekannten Lager deportiert.

Schwierige Lieben blühen im Ghetto. Unsere Betty hat ihren Mann verlassen und ist mit einem Nichtjuden in ein Dorf geflohen. Mein Cousin Felix, der sie von ganzem Herzen liebte, ist überzeugt, daß sie entführt wurde. Tagelang streunte er verstört durch die Straßen, rief weinend ihren Namen. Der Tratsch drang natürlich auch zu ihm, aber er wollte dem keinen Glauben schenken. Vater lud ihn abends zu uns ein, und Mutter servierte ihm eine Suppe mit Gemüseknödeln. Auch bei uns sprach er die ganze Zeit nur von Betty, wie schön sie war und wie hingebungsvoll. Wir schwiegen, denn wir wollten ihm nicht weh tun.

In Honigs Keller haben die Gerüchte einen Klang heiterer Verzweiflung. Hier betrinkt man sich, man diskutiert und verflucht das Leben. Die Kommunisten verdammen Hitler und wünschen Stalin gute Gesundheit. Einmal hörte ich einen einfachen Händler sagen, er könne seit den Deportationen nicht mehr in der Ichform sprechen. »Die Ichform ist nicht nur egoistisch, sie ist auch schamlos.« Als seine Freunde ihn drängten, zu erklären, was genau er empfand, genierte er sich, als habe man ihn bei einem Betrug erwischt. Damals klangen seine Worte für mich völlig kalt. Ich sprach mit Ida darüber, und auch sie war der Meinung, daß nur die erste Person Singular wirklich wahrhaftig sei. Die Mehrzahl verschleiere und sei eine blinde Verallgemeinerung. Ich freute mich, daß wir darüber ähnlich dachten. In Honigs Keller wird gestritten, es werden Reden gehalten und Entwicklungen gedeutet, und manchmal gehen die Leute einem einzigen Wort auf den Grund. Gäbe es nicht die plötzlichen Wut- und Tränenausbrüche, wäre dies ein wunderbarer Zufluchtsort für die Nacht. Doch diese Ausbrüche sind nicht zu verhindern, und wenn sie passieren, flüchten die Gäste wie vor einem Feuer.

Am nächsten Abend kommen sie wieder, erzählen, was im Laufe des langen Tages passierte, wer verschwunden ist, wer festgenommen wurde und wen man auf offener Straße geschlagen hat. Für alles findet sich eine Erklärung. Und auch hier gibt es welche, die so, wie man böse Träume umdeutet, in schrecklichen Ereignissen Gutes sehen. Die Schweiger sitzen in der Ecke und trinken einen Kaffee nach dem andern, verachten das leere Geschwätz. Sie haben es satt. Wenn sie könnten, würden sie aufstehen und anderswo Zuflucht suchen, doch es gibt keine.

An einem der Abende sah ich, wie einer der Schweiger sich von seinem Stuhl erhob und sagte: »Der Prut, der Prut wird mich erlösen.«

»Soweit ist es noch nicht«, sagte sein Freund, der neben ihm gesessen hatte.

»Mir reicht es.«
»Vergiß nicht, daß du zwei Kinder hast.«
»Die sind schon groß. Die kommen auch ohne mich durch.«
Die Schweiger, die bei Honig sitzen, machen einem angst. Ihr Blick hat etwas Bohrendes, er dringt dir bis in die Eingeweide. Ein Blick von ihnen genügt, Hoffnungen zu nehmen, die du über Tage gehegt und gepflegt hast. Mehr als einmal haben die Leute Honig angefleht: »Laß sie nicht herein«, doch er beachtete sie nicht. Einmal meinte er sogar: »Sie schweigen. Warum sollte ich sie belästigen?«
Honig ist großzügig, er treibt keine Schulden ein und wird nicht laut. Seine Frau ist genauso. Sie serviert den Gästen so flink den Kaffee, als seien es nicht einfach Gäste, sondern die Verlobten ihrer Töchter. Manchmal springen die Mädchen auf, um ihr zu helfen, doch sie nimmt keine Hilfe an. Jede Tasse serviert sie einzeln, wobei sie jedem Gesundheit und ein langes Leben wünscht.
Im Ghetto wird es immer enger, man kann kaum noch atmen, doch das spüre ich nicht. Idas Nähe macht mich so glücklich, keine noch so dunkle Wolke kann meine Freude trüben. Es stimmt wohl, manchmal schleicht sich ein Gefühl der Unruhe in mein Glück, aber das geht vorüber. Mein Glück sprießt überall wie wildes Gras, jeden Tag neu. Ida fürchtet sich vor der Freude. Voller Angst erzählt sie von Freundinnen, die deportiert wurden, und fragt: »Wer weiß, wo sie jetzt sind?« Dann schimpfe ich mit ihr, indem ich »Ida« sage, und wenn sie das hört, schlägt sie die Hände vors Gesicht: »Ent-

schuldige, aber was kann ich tun? Ich habe keine Gewalt darüber.« Wie von selbst kommt der Herbst, und sogar hier ist er schön. Ida streckt die Arme aus und sagt: »Was für ein klares Licht. Solange es so ein Licht gibt, lohnt es sich zu leben.«
Indessen droht Onkel Max, sein Versteck zu verlassen und in die Berge zu fliehen. Mutter redet auf ihn ein: »Alle arbeiten unter schändlichen Bedingungen, und jede Woche verschwinden Leute. Wer keinen blauen Ausweis hat, wird sofort festgenommen. Das Versteck ist bisher noch immer der sicherste Ort.« Onkel Max will das nicht wahrhaben. Seine Überzeugung, daß die Juden sich auf der Stelle bereit erklären müßten, ihr Judentum abzuschütteln, ist in den letzten Wochen noch fester geworden. Das hat Vater fast verrückt gemacht, und jetzt spricht er nicht mehr mit ihm, aber Mutter, Ida und ich gehen öfters zu Max hinunter. Immer wieder redet er davon, die jüdische Intelligenz müsse die Massen dazu bringen, ihr Judentum abzuschütteln. »Das Judentum ist eine tiefsitzende Krankheit, man muß es mit Stumpf und Stiel ausrotten. Die Juden haben keine Chance, wenn sie ihr Judentum nicht ausrotten.«
»Was du da sagst, macht mir angst«, sagt Mutter.
»Warum denn?« fragt Onkel Max, und ein mildes Lächeln legt sich auf sein Gesicht.
»Weil es nichts mit der Realität zu tun hat.«
»Guste, meine Liebe, von meiner Schwester erwarte ich ein bißchen mehr Offenheit. Hat das konventionelle Denken dich auch schon befallen?«
Onkel Max ist uns unheimlich. In den letzten Monaten

hat er sich eine ganz eigene Welt zurechtgezimmert, zu der kein Fremder Zutritt hat. Vergeblich versucht Mutter, ihm seine Irrtümer klarzumachen, aber er beharrt auf seiner Meinung: »Die Juden müssen verschwinden. Sie sind eine deformierte gesellschaftliche Erscheinung der Stammeskultur. Ihre Lebensweise ist krank, ihr Glaube verdorben. Sie müssen sich bessern.«

»Was für eine Besserung meinst du denn, Maxi?«

»Die des Menschen.«

»Du kannst dir gar nicht vorstellen, was draußen los ist. Menschen werden erniedrigt und geschlagen, und wer sein Pensum nicht erfüllt, wird vor aller Augen umgebracht.«

»Genau das ist es ja«, sagt Onkel Max und wird heftig.

»Was heißt das? Wir leben doch alle in diesem erbärmlichen Zustand.«

»Ich billige diesen Pessimismus nicht, man darf nicht aufgeben. Alles kann man verbessern, wenn man nur will.«

Onkel Max richtet sich auf und kniet sich hin; seine Schönheit überrascht uns für einen Augenblick. Nicht umsonst fühlten sich die Frauen hier in der Stadt, aber auch in Paris zu ihm hingezogen. Jetzt hat diese Schönheit etwas, was einen vergiften kann. Es kommt mir vor, als würde angesteckt, wer ihn berührt.

»Maxi«, sagt Mutter.

»Auch du verstehst mich nicht«, unterbricht er sie.

Mutter hört ihm weiter zu, aber irgendwann kann sie sich nicht mehr beherrschen und weint.

4

Und dann kam der Dezember. Im letzten Jahr hatten wir gelernt: In der Kälte gibt es keine Akcjas, obwohl an einem Wintertag, als ein dunkler Sturm tobte, eine Einheit von Soldaten auftauchte, ein Haus räumte und die ganze Familie zum Bahnhof trieb. Aber außer dieser einen Deportation hatte es keine anderen gegeben. Wir klammern uns an den Glauben, daß im Winter sogar die Grausamen lieber drinnen sind.

Die finsteren Winternächte bringen wie von selbst alte, an den Rand gedrängte Erinnerungen hoch. In einer dieser Nächte zeigte sich auf Mutters Gesicht ein Schmerz, über den sie viele Jahre nicht gesprochen hatte: ihr Malereistudium. Auf dem Gymnasium war sie durch ihr Maltalent aufgefallen, und nicht nur der stellvertretende Direktor hatte ihr eine glänzende Zukunft prophezeit. Tatsächlich bot man ihr am Ende der Schulzeit für die Kunstakademie in Wien ein großzügiges Stipendium an, doch ihre Eltern, die sich sonst in keiner Frage einigen konnten, ließen sie nicht fahren. Monatelang hatte sie mit ihnen gerungen, und als sie schon im Unfrieden von zu Hause weggehen wollte, machte die plötzliche Erkrankung ihrer Mutter alle Pläne zunichte. Es war eine böse, bittere Krankheit, sie währte ein volles Jahr. Am Ende des Frühlings starb die Mutter verwirrt vor Schmerz, und kurze Zeit später folgte ihr der Vater nach.

»Warum haben sie dich nicht fahren lassen?« fragte Vater, so als habe er diese Frage noch nie gestellt.

»Um die Wahrheit zu sagen, ich weiß es nicht«, sagte Mutter.

»Sie waren doch religiös, oder nicht?«

»Religiös schon, aber nicht fanatisch.«

»Warum sagst du das?«

»Wie soll ich es sonst sagen?«

»Wenn sie wirklich tolerant waren, wie du immer betonst, warum haben sie dich dann nicht fahren lassen?«

»Das ist auch mir ein Rätsel.«

»Und du hast sie nie gefragt?«

»Ich habe sie gefragt, aber keine Antwort bekommen.«

»Merkwürdig«, sagte Vater.

Mutter wollte das Gespräch beenden, doch Vater ließ nicht locker: »Und dieser Wunsch zu malen ist in dir all die Jahre über nicht schwächer geworden?«

»Nein«, sagte Mutter und lächelte.

»Warum hast du mir dann nie etwas davon gesagt?«

»Weil ich keine Chance gesehen habe.«

»Wenn ich davon gewußt hätte, dann hätten wir einen Weg gesucht. Malerei kann man ja nicht nur in Wien studieren.«

»Damals war ich anderer Meinung.«
»Das war falsch.«
»Vermutlich.«
»Ich frage dich noch einmal: Warum hast du mir das all die Jahre verschwiegen?«
»So stark war der Wunsch zu malen dann wohl doch nicht.«
»Trotzdem hättest du es mir sagen können.«
»Jetzt quäl mich nicht.«
»Ich quäle dich nicht. Ich möchte nur etwas klären.«
»Diese Klärung tut mir aber weh.«
»Gut, dann sage ich eben nichts mehr dazu.« Und Vater schwieg.
So tauchen, ohne unser Dazutun, schmerzhafte Geschichten aus der Vergessenheit auf und erschüttern die Nacht. Auch in Honigs Keller kann das passieren. So oder so, in Momenten wie diesen bist du besser mit Freunden zusammen als im Kreis der Familie. »Bleibt doch noch sitzen, es hat keine Eile«, sagt Honig, und zwar nicht nur wegen der paar Groschen, die er durch uns verdient. Ein leerer Keller zieht Geister an. Honigs Frau zum Beispiel ist rundlich und still, doch ich werde das Gefühl nicht los, daß sie schon bald den Mund weit aufreißen wird, um laut zu schreien.
Spät nachts schließt Honig den Keller. Es fällt mir schwer, mich von Ida zu trennen. Die Nächte sind so schneidend kalt, daß es weh tut. Ab und zu zerreißt ein Schuß die Stille; dann wissen wir: Wieder wurde jemand, der fliehen wollte, verwundet oder erschossen. Überall lauert Gefahr, doch ich bilde mir ein, Ida mit meinem Körper schützen zu können. Zum Glück steht

das Haus, in dem sie wohnt, nicht weit von unserem, und wir sind bis Mitternacht zusammen. Danach werden die Schüsse seltener, nur ab und zu dringt ein Schrei aus einem der Fenster. In einer dieser Nächte habe ich Ida versprochen, mich mit allen Mitteln bis zu ihr durchzuschlagen, falls sie bei einer Akcja festgenommen würde. Jedes Gespräch über Trennung regt sie auf; dann liegt ein Staunen der Angst in ihren Augen. Ich küsse ihre Hand wieder und wieder.

In den letzten Wochen habe ich Ida häufig sagen hören: »Gott wird uns nicht verlassen.« Als an Chanukka in Honigs Keller die Kerzen angezündet wurden, waren wir dabei. Einer der Gäste, wir kannten ihn nicht, setzte sich eine Schirmmütze auf und verkündete: »Heute ist Chanukka, und ich werde jetzt die erste Kerze anzünden. Brüder, steht auf, zum Gedenken an dieses große Wunder.« Die Aufforderung kam unerwartet, doch keiner widersetzte sich, und alle standen auf. Dann sprach der Fremde den Segen – zu unserer Überraschung zögerlich, als ob er sich schämte.

Außerdem war da ein Mann mit einer Flasche Kognak. Er goß kleine Gläschen ein, und alle tranken und waren guter Dinge und benutzten Wörter, die sie schon monatelang nicht mehr ausgesprochen hatten, und wäre dort nicht diese Frau gewesen, Trude Pollak, Schauspielerin am Stadttheater, die entlassen worden war und nun dastand und behauptete, jüdische Lieder seien schmalzig, so wäre der Abend schön ausgeklungen, doch was sie sagte, brachte einige Gäste auf. So eine wie Trude Pollak sei sicher zum Christentum übergelaufen, riefen sie, worauf Trude Pollak laut erwiderte: »Es gibt keine jüdische Kunst, es gibt nur jüdischen Humor und jüdische Kantoralmusik. Das Tragische aber ist den Juden fremd.«

»Du redest wie ein Christ«, schmetterten ihr einige entgegen.

»Mit dem Christentum könnt ihr mir keine angst machen.«

»Dann geh doch zu ihnen!«

»Ich würde ja gern, aber sie wollen mich nicht.«

Es war ein wirrer Abend. Honig versuchte, die Streithähne zu trennen, doch in allen Ecken kochte es. Trude Pollak verkündete eisern, es gebe keine jüdische Kunst. »Die Juden können diskutieren und scharfsinnige Argumente bemühen, sie können Sprüche klopfen, Witze erzählen, sie schreiben Feuilletons und Sketche, rührselige oder didaktische Romane. Aber das wirkliche Gefühl ist ihnen fremd, denn sie haben nicht gelernt zu schweigen. Wenn der Krieg vorbei ist, fahre ich nach England, denn die Engländer können schweigen.« Nachdem sie das gesagt hatte, verließ sie mit funkelnden Augen den Keller.

5

Der Winter setzt sich langsam fest. Böse Gerüchte dringen in die Näherei und werden von einem zum andern weitergetragen. Wir arbeiten bis spät in die Nacht, um unser Pensum zu erfüllen. In einigen Werkstätten gibt es etwas, was man hier lächelnd »Nachbarschaftshilfe« nennt und diejenigen unterstützen soll, die ihr Soll nicht schaffen.

Hans Morgenlicht verbreitet Hoffnung. Er ist ein großer, kräftiger Mann mit einem Kindergesicht. Von Jugend auf arbeitete er für die Kommunisten, wurde deshalb festgenommen und saß schon einige Jahre im Gefängnis, doch das Leuchten seiner Augen blieb. Er spricht wenig und mit einfachen Worten. Aus diesem Grund glauben einige, er habe nichts gelernt. Das stimmt, denn er war nicht auf dem Gymnasium, aber er hat viel gelesen und weiß seitenweise Dostojewski auswendig. Vor einem Monat schlugen ihn zwei Wachposten. Er steckte die Schläge ein, ohne zu klagen. Seitdem sind seine

Wangen eingefallen, dunkle Ringe liegen um seine Augen. So flink wie früher ist er jetzt nicht mehr, aber er hilft den anderen mit Ausdauer. Wenn jemand die Rote Armee erwähnt, schleicht sich ein Lächeln auf seine Lippen.

Nicht alle mögen Hans Morgenlicht. Einige machen ihm Vorwürfe wegen der Kommandos, die die Kommunisten in der Gegend aufgestellt hatten, um jüdische Industrielle für die Ausbeutung ihrer Angestellten zu bestrafen. Diese Strafkommandos hatten eine große Zahl von Fabriken abgebrannt und viele wohlhabende Juden getötet. Hans Morgenlicht war kein aktives Mitglied, aber er arbeitete in der politischen Führung, die die Kommandos ins Leben gerufen hatte. Daran erinnert man ihn des öfteren, doch seine eigene Person ist ihm nicht wichtig: Braucht jemand Hilfe, ist er zur Stelle, auch wenn derjenige nicht zu seinen Freunden gehört.

Eines Abends trat ein ukrainischer Wachposten zu ihm und sagte: »Du bist Hans Morgenlicht, richtig?«

»Das stimmt, mein Herr.«

»Und du warst Mitglied der Kommunistischen Partei und hast auf dem Platz Reden gehalten.«

»Auch das stimmt, mein Herr.«

»Also nicht nur Jude, sondern auch Kommunist. Zwei Verbrecher in einem Leib. Knie nieder, und bitte die Menschheit um Vergebung!«

»Worum soll ich bitten?« fragte Hans und kniete nieder.

»Um Vergebung«, schrie der Wachposten.

»Ich bitte um Vergebung, mein Herr.«

»So bittet man nicht um Vergebung.« Der Ukrainer ließ seine Peitsche auf Hans niedersausen.

»Wie denn, mein Herr?«
»Sag laut: Ich bitte die Menschheit um Vergebung für die Verbrechen der Juden und für die Verbrechen der Kommunisten.«
»Ich habe aber keine Verbrechen begangen, mein Herr«, sagte Hans. Er hatte sich plötzlich wieder gefaßt und stand auf.
Als der Ukrainer das hörte, zog er seinen Revolver und schoß.
»Was wollen Sie denn von mir«, murmelte Hans, bevor er zusammenbrach.
Das war der erste scharfe Schuß, den ich beobachtet habe; er hat sich rot in meine Erinnerung eingekerbt. Sofort kamen Leute angerannt, um Hans zu helfen. Später stellte sich heraus, daß die Kugel sein Herz nur knapp verfehlt hatte. Der alte Doktor Weissel, der sich im Ghetto in einem Keller versteckt hält, nahm Hans bei sich auf und pflegte ihn. Er hatte in diesem Keller mit beschränkten Mitteln eine Krankenstation eingerichtet, wo er Erste Hilfe leistet. Nicht immer gelingt es ihm, Menschen zu retten. Doch nicht wenige verdanken ihm ihr Leben.
Am nächsten Morgen beim Appell wurde Hans Morgenlicht für tot erklärt. Wir freuten uns, daß wir sie diesmal überlistet hatten. Hans war nicht tot; er wurde wieder gesund und ist seitdem für die Toiletten der Krankenstation zuständig. Allerdings hat er sich in den letzten Wochen verändert und ist kaum wiederzuerkennen. Er sieht aus wie fünfzig, sein Körper ist abgemagert und gebeugt, doch seine Kraft hat er nicht verloren. Er trägt die Kranken von den Betten auf die Toilette und wieder

zurück. Ich habe Hans bei der Arbeit gesehen. Jetzt weiß ich, was bedingungslose Liebe ist.
Noch etwas ist im letzten Monat geschehen; hätten wir es nicht selbst erlebt, wir hätten nicht geglaubt, daß es passieren könnte. Die Werkstätten wurden einem neuen Vizekommandanten unterstellt, und der führte gleich eine neue Verordnung ein: das Morgengebet. Nach dem Morgenappell müssen wir jetzt niederknien und das alte jüdische Morgengebet sprechen: »Ich danke Dir, König, Lebender und immer Bestehender ...«. Nur wenige von uns befolgen die jüdischen Gebote. Die gottesfürchtigen Juden hat man schon mit den ersten Transporten weggebracht. Jetzt müssen wir auf sehr merkwürdige Weise ihren Platz einnehmen. Wer beim Beten nicht die Lippen bewegt, wird mit der Peitsche geschlagen. »Bald werdet ihr in die jüdischen Kolonien im Osten fahren, und ihr könnt noch nicht einmal anständig beten. Wer das Gebet nicht lernt, den schlage ich wie einen Hund«, brüllte der Vizekommandant. Und tatsächlich ließ er vor einigen Tagen zwei Leute vortreten und befahl ihnen, das Gebet aufzusagen. Da sie es nicht konnten, verpaßte er ihnen zwanzig Schläge. Seitdem lernen alle das Gebet.
»Man kann nicht von einem auf alle anderen schließen«, sagen die Optimisten, »der ist eben verrückt.«
Aber was sollen wir machen. Jeden Tag gibt es neue seltsame Befehle. Zuletzt hieß es, wir müßten jetzt auch eine Kopfbedeckung tragen, sowohl in den Werkstätten als auch im Freien. Wen man ohne Hut antreffe, der werde auf der Stelle bestraft. Jetzt sehen wir den Juden, die die Gebote achten und mit den ersten Transporten

nach Transnistrien gebracht wurden, schon ein bißchen ähnlich.
Die Angst tut das Ihre, und wir tun das Unsere. Nachts sprach Vater von dem furchtbaren, unverzeihlichen Fehler, nicht rechtzeitig nach Amerika ausgewandert zu sein. Erst schien es, er würde Mutter beschuldigen, sie habe ihn zurückgehalten, doch schnell wurde deutlich, daß dieser Vorwurf nicht Mutter galt, sondern seinem älteren Bruder. Der hatte versprochen, ihm eine Einreisegenehmigung aus den USA zu schicken, es aber nicht getan. Später begriffen wir, daß Vater nur sich selbst beschuldigte; seine fehlende Weitsicht, seinen mangelnden Mut, das Zögern, den Irrglauben, das Leben werde schon ohne große Veränderungen weitergehen.
Ida saß am Tisch und sagte nichts. Vaters Worte gingen ihr zu Herzen, sie verfolgte jede seiner Gesten. Mir ist nicht entgangen, daß sie seit einigen Tagen ganz in Gedanken versunken ist. Wenn ihr Blick auf einen Menschen oder einen Gegenstand fällt, kann sie sich nicht mehr davon lösen. Als wolle sie das geheime Wesen all der Menschen und Dinge, die sie umgeben, damit berühren.
Mutter servierte Tee und selbstgemachte Plätzchen. Vater nahm ein Plätzchen, tauchte es in den Tee, und seine Züge wurden etwas weicher. Ida fragte, ob das alles im Ersten Weltkrieg auch so gewesen sei.
Mit einemmal weiteten sich Vaters Augen wieder, und er antwortete: »Im Ersten Weltkrieg, da war ich Frontsoldat. Ich habe in den Schützengräben gekämpft und jeden Tag, manchmal jede Stunde dem Tod ins Auge geschaut, und doch hat man mich nicht erniedrigt, und

ich fühlte mich dem Ersticken nie so nah wie jetzt. Es war kalt und abscheulich. Man hat getötet und wurde selbst getötet, aber niemand hat einem befohlen, niederzuknien und ein Gebet zu sprechen, an dessen Sinn man nicht glaubt.«

Ida fragte noch etwas, dessen Bedeutung ich nicht erfaßte, doch Vater verstand sie offenbar und sagte, er habe sein Judentum nie verleugnet, aber Juden, die an längst veralteten Bräuchen festhielten, seien ihm zuwider. »In unserer Zeit ist kein Platz fürs Gebet.«

Als Ida Vaters unmißverständlichen Standpunkt hörte, senkte sie den Kopf. Mutter wollte das Gespräch in eine andere Richtung lenken, doch Vater ließ sie nicht. Er sagte zu ihr: »Ich sage dir jetzt etwas, was du nicht gerne hörst. Deine Eltern haben dir nicht erlaubt, nach Wien an die Kunstakademie zu gehen, weil sie es mit ihren religiösen Vorstellungen nicht vereinbaren konnten.«

»Da täuschst du dich, mein Lieber«, erwiderte Mutter.

»Ich bin mir ganz sicher.«

»Woher nimmst du diese Sicherheit?«

»Auch ich kannte sie gut.«

Danach wandte Mutter sich zu Ida und sagte etwas, was ich nicht zum erstenmal von ihr hörte, doch jetzt hatte es einen anderen Ton: »Meine Eltern waren nicht fanatisch religiös. Sie selbst haben die traditionellen Gebote streng eingehalten, uns Kinder aber nicht gezwungen, in die Synagoge zu gehen.«

»Warum haben sie dich dann nicht nach Wien fahren lassen?« mischte Vater sich ein, und seine Stimme klang barsch, als ginge es um eine lebenswichtige Entscheidung.

»Ich weiß nicht«, sagte Mutter, den Tränen nahe.
So ging es jeden Abend. Weit zurückliegende, längst vergessen geglaubte Dinge fressen uns auf. Vater quält sich selbst, und er quält Mutter. Wäre es nicht so kalt, würden wir zu Ida ausweichen, obwohl es auch dort nicht viel angenehmer ist. Dort streitet sich niemand. Aber auch das Schweigen schneidet dir ins Fleisch.

6

In Honigs Keller lärmt es bis spät in die Nacht. Die Gäste glucken mit einer bedrohlichen Hingabe beieinander. Wenn es nur möglich wäre, hier bis zum Ende des Krieges sitzen zu bleiben und erst am nächsten Morgen in dem Bewußtsein aufzustehen, daß alles nur ein furchtbarer nächtlicher Alptraum war, wenn das ginge, würde niemand mehr Honigs Keller verlassen. Honig ist inzwischen zu Geld gekommen, doch er behält diesen Reichtum nicht für sich. Man kann bei ihm immer etwas trinken und anschreiben lassen, und nicht nur das, eine ganze Reihe von Leuten hat von ihm auch Darlehen erhalten. Er ist sich ganz sicher, daß der Krieg bald zu Ende ist und alle, denen er etwas geliehen hat, ihm dann ihre Schulden zurückzahlen.
In den letzten Wochen sind Idas Gefühle noch intensiver geworden. Sie redet vom Körper und von der Seele in einer Sprache, deren Bedeutung ich nur erahnen kann. Einmal sagte sie mir in einem Moment großer

Erregung: »Ich kann nicht glauben, daß unser Leben hier ein sinnloses Leiden ist.« Als ich sie fragte, was sie damit meine, antwortete sie: »Mein Gefühl sagt mir, daß das alles nur eine Station auf einem langen Weg ist.«

In Honigs Keller sprechen die Leute über heimliche Empfindungen, über Länder, in denen sie nie gewesen sind, deren Namen sie aber einmal gehört haben, über Ferienorte, die man ohne große Mühe erreichen könnte, um dort angenehm die Zeit zu verbringen. Idas Eltern haben ein Sommerhaus in Cîmpulung, jeden Sommer fahren sie zu einem ausgedehnten Urlaub dorthin. Als Ida ein Kind war, fürchtete sie sich vor den Wiesen und Wäldern, doch nach und nach ließ sie sich von ihnen bezaubern, streifte stundenlang umher oder saß am Flußufer und schüttete sich mit den Händen das Licht des Wassers in den Schoß.

»Und deine Eltern haben dich so allein herumstrolchen lassen?«

»Sie haben mir immer vertraut«, sagte sie mit bewegter Stimme.

Ida erinnert sich an Eindrücke und Erfahrungen, die mir verlorengegangen sind oder die, noch bevor sie sich richtig entfalteten, schon welkten. Ida hat sie aufgehoben, und jetzt, wenn sie sie aus den Tiefen emporholt, haben sie eine Frische, als wären sie neu. Das Wasser zum Beispiel. In Cîmpulung war das Wasser des Flusses grau. Von einem feierlichen Grau, das Ida vorher noch nie gesehen hatte. Bis dahin kannte sie nur blaues oder grünes Wasser, aber graues Wasser, das unter den gebeugten Bachweiden im verborgenen fließt und in goldenem Licht erstrahlt, das hat sie nur in Cîmpulung gesehen.

Sie hat ein anderes Verhältnis zu den Eltern als ich, es ist enger, besonders das zu ihrer Mutter. Bei Ida zu Hause wird nicht viel gesprochen. Es scheint also auch unter den Juden Aristokraten zu geben. Der Bruder und die Schwestern meiner Mutter dagegen sind Kommunisten, ja sogar Anarchisten, und in der Familie meines Vaters haben die Leute einen harten Zug. Meine Vorfahren waren arm, bei ihnen zu Hause gab es kein schönes Geschirr oder andere Kostbarkeiten, sondern nur, was man zum Leben brauchte. In Idas Verwandtschaft sind alle wohlhabend, Dozenten und Künstler, die in den Hauptstädten der Welt verkehren. Doch der Ruhm hat sie nicht glücklicher gemacht. Die Katastrophen kamen Schlag auf Schlag. Ida weiht mich in die Geheimnisse ihrer Familie ein. Tante Lilly etwa ist Schauspielerin am Theater in Wien gewesen. Schon in jungen Jahren hatte man ihr eine große Zukunft versprochen, und die Prophezeiungen wurden nicht enttäuscht. Wien empfing sie mit tosendem Applaus, und damit nicht genug, einer der Prinzen, der geliebte Cousin des greisen Kaisers, verliebte sich in sie und nahm sie zur Frau. Diese Ehe war der Höhepunkt ihres Ruhms. Doch es dauerte nicht lange, bis ihr klar wurde, daß der Prinz, ein sehr schöner, intelligenter Mann mit guten Umgangsformen, geisteskrank war. Zuerst wollte sie es nicht glauben und sprach mit niemandem darüber, doch jeder Tag brachte neue Schreckenszeichen, die ihr das Gegenteil bewiesen. Aus Trauer verließ sie das Theater und zog sich zurück; ihr Name wurde vergessen, und nicht viel später nahm sie sich das Leben. Das war die Geschichte von Tante Lilly. Nur ein Tropfen im Meer, wie man so sagt. Jedes Geheimnis, das Ida mir preisgibt, ist den Gesichtern ihrer Eltern eingeprägt. Bei ihr zu Hause spricht man nicht viel, man jammert nicht, beschuldigt niemanden, und man schweigt sogar dann, wenn ein Fremder mit am Tisch sitzt.

Am späten Abend gingen Mutter, Ida und ich zu Onkel Max hinunter. Onkel Max beklagte sich nicht über die Bedingungen in seinem Versteck. Sein Gesichtsausdruck war wach, viele Blätter lagen verstreut um ihn herum, und wir merkten, daß ihn ein Schreibfieber erfaßt hatte. Mutter erzählte ihm, was im Ghetto und in der Näherei passiert war, auch von der neuen Gebetsverordnung.

»Beten!« rief Onkel Max und riß die Augen auf. »Das ist ja unglaublich. Das haben die Deutschen völlig mißverstanden.«

»Es stört sie anscheinend, daß wir nicht religiös sind«, meinte Mutter.

»Was für ein Mißverständnis!« Onkel Max schlug sich gegen die Stirn. »Man muß ihnen das erklären.«

»Wem?«

»Dem Zuständigen für Innere Angelegenheiten oder für Erziehung.«

»Wir sind völlig abgeschnitten, begreifst du das nicht? Keiner darf mit uns reden.«

»Unmöglich. Das muß ein Irrtum sein.«

»Aber es ist die Realität, Max.«

»Die Realität kann man verändern, das haben wir doch schon immer gesagt.«

»Wie denn?

»Indem man die Wahrheit verbreitet und die Leute vernünftig aufklärt.«

»Max!«

»Was?«

Mutter ist hilflos, sie sucht nach Worten, doch die kommen ihr nicht zu Hilfe. »Max, Max!« sagt sie immer wieder. Es ist schwer, seine Weltfremdheit zu verstehen, oder, wie Vater sagt, seine Sturheit. Sogar Mutter, die ihm sehr nahesteht, sogar sie wird an seinen Worten irre.

Mutter berichtet ihm zum wiederholten Mal von den hohen Sollzahlen, von den Schlägen und der Erniedrigung. Er hört ihr zu, kann es aber, so scheint es, nicht begreifen. Immer wieder sagt er: »Das muß einen Grund haben. Nichts geschieht ohne Grund.«

»Warum suchst du einen Grund, mein Lieber?«

»Es ist unsere Pflicht, der Menschheit die Vernunft zurückzugeben, sonst werden auch wir uns nicht mehr aufrichten können.«

Onkel Max hat sich völlig verändert, aber vielleicht sind auch wir diejenigen, die sich verändert haben. Ein Abgrund tut sich zwischen uns auf. Anfangs saßen wir lange bei ihm und erzählten ihm alles, was uns widerfuhr. Jetzt beobachten wir ihn und fragen uns, warum er Dinge nicht versteht, die für uns selbstverständlich sind. Als wolle er uns provozieren. Noch mehr als früher ist er davon überzeugt, daß, wenn wir Juden die Deformationen der Vergangenheit abschüttelten, uns nicht allein die Deutschen entgegenkämen, sondern auch alle anderen Völker Europas. »Wir haben Europa in Angst und

Schrecken versetzt. Unsere verschrobene Existenz bedroht alles Natürliche und Richtige.« Seine Sätze sind von einer beängstigenden Schönheit. Die Jahre im kommunistischen Untergrund haben ihn zu einem guten Redner werden lassen. Ida meint, was er sage, komme aus seiner Seele, und man dürfe es nicht einfach abtun. Naivität sei schließlich kein Wahnsinn.

Wir steigen aus dem Keller wieder nach oben und haben das Gefühl, einen aufrechten, ehrlichen Mann belogen zu haben. Mutter vertrödelt keine Zeit und bereitet ein warmes Essen: Suppe mit Kartoffelklößen. Was Mutter kocht, hat immer hinreißend geschmeckt, aber jetzt, in dieser Armut, ist es, als wandele sich unser Geschmackssinn. Selbst ein ohne Fett gebackener Pfannkuchen zergeht auf der Zunge, und Mutters Suppe wärmt die Glieder und weckt unausgesprochene Hoffnungen.

Wir sitzen am Tisch, löffeln die Suppe und freuen uns, daß wir noch alle zusammen sind. Mutter hat Ida wie eine Tochter angenommen, und wenn sie mit ihr redet, gebraucht sie Wendungen, die ich noch nie aus ihrem Mund gehört habe. An diesem Abend erzählt sie Ida, wie ihre Eltern darunter gelitten hätten, daß Onkel Max in der Partei gewesen sei, und wie die Nationalisten einmal das elterliche Haus angezündet hätten. Mit siebzehn sei Max nach Frankreich geflohen. »Als ich jung war, hat er mich immer korrigiert und gesagt: Sag nicht ›Jude‹, sag ›Mensch‹!« Sie lacht.

Vater hat mit Onkel Max seine Schwierigkeiten. Die Kommunisten hätten nur Unheil über Rußland gebracht und seien noch immer an der Macht, sagt er. Vater haßt Kommunisten. Er hat sich lange bemüht, Max das nicht spüren zu lassen, aber nun ist er nicht mehr bereit, mit seiner Meinung hinterm Berg zu halten. Er weigert sich, hinunterzugehen und sich die Phantastereien seines Schwagers anzuhören. Mutter schluckt auch das und schweigt.

7

Der Januar war klar und kalt; aus allen Ecken raunten böse Gerüchte. In den leeren Häusern der Deportierten wohnen jetzt Soldaten einer besonderen Einheit aus Rumänen und Ukrainern, die auf den leeren Plätzen außerhalb des Ghettos gedrillt werden. Die deutschen Soldaten wohnen in dem prächtigen Steinhaus, das vorher einem Juden mit Namen Leon Strauss gehört hat. All die Monate, in denen wir in der Verwahrlosung lebten, eng zusammengedrängt in kleinen Zimmern, waren, wie sich jetzt zeigte, Monate der Gnade. Jetzt lauern sie uns überall auf. Wir wollen, daß man uns nicht sieht, uns nicht hört. Gestern kamen zwei Gendarmen ins Haus und schlugen Vater ins Gesicht, weil er den gelben Stern nicht angeheftet hatte und keinen Hut trug, und Mutter, die versuchte, ihn zu schützen, hat auch etwas abbekommen. Nachts reißen uns die Gendarmen aus dem Schlaf und machen überraschende Kontrollen. Manchmal schlagen sie jemanden nur, weil er nicht schnell genug seine Arbeitsbescheinigung vorzeigt. Peitschenhiebe und Tritte, wohin das Auge blickt.

Der Glaube, daß man uns schon nicht deportieren wird, wenn wir nur gute Arbeit verrichten, kann sich auf nichts mehr stützen, und dennoch halten einige an ihm fest: »Nur die Arbeit, nur die treue, fleißige Arbeit bewahrt uns vor der Deportation.« Doch nicht alle wollen leben. Jede Woche legt mindestens einer Hand an sich, und jeder Selbstmord ist eine Erschütterung, er zieht uns den Boden unter den Füßen weg. Genug der Schande, genug der Demütigung. »So prächtig ist das Leben nun auch wieder nicht, daß es lohnt, sich derart dafür zu erniedrigen« – das ist ihr letzter stummer Schrei, und der hallt oft noch Stunden nach. Schließlich dringt er uns wie Gift ins Blut.

Trotzdem geht das Leben weiter. Nach einem Tag aufreibender Arbeit und Schmach sehnt sich der Körper nach einer warmen Suppe und einer Scheibe Brot. Die Brotration wurde in den letzten Tagen reduziert, aber Mutter wirkt wahre Wunder und macht aus gar nichts eine ganze Mahlzeit, und dann sitzen wir stundenlang am Tisch, löffeln Suppe, bitten um einen Nachschlag und achten darauf, niemandem zu nahe zu treten.

»Keine Sorge«, sagt jemand, »die Deutschen halten nicht mehr lange durch. Der Winter wird sie zu Fall bringen. Die russischen Steppen waren für fremde Eindringlinge schon immer Todesfallen; wir werden ihren Zusammenbruch noch erleben.« Diese Worte hören wir schon seit Monaten. Jetzt sitzt ein Fremder, den wir eingeladen haben, mit uns am Tisch und wiederholt sie in einem Ton, der nur noch Mitleid weckt. Auch Felix ist dabei. Seit seine Frau mit dem Nichtjuden weggelaufen ist, hat er nicht aufgehört, ihr Schicksal zu beklagen. Vater hat ihn bereits gerügt: »Hör auf zu klagen. Betty ist eine starke Frau. Wenn sie zurückkehren will, wird keiner sie aufhalten.« Doch Worte richten da nichts aus. Felix ist fest davon überzeugt, daß Betty entführt wurde, er beschreibt uns diese Entführung in allen Details. »Er ist ein Narr und belügt sich selbst. Wen stört es schon, soll er sich doch etwas vormachen. Wenn ihn das tröstet, wozu ihn bedrängen?« sagt jemand, doch es gibt Leute, die diesen Selbstbetrug nicht ertragen können und Felix entgegenhalten: »Deine Frau ist nicht entführt worden, sie ist mit dem Fremden durchgebrannt! Das ist eine Tatsache. Du mußt es akzeptieren. Ein Mann von fünfundvierzig Jahren darf sich nichts vormachen. Such dir eine andere. Es gibt genug Frauen im Ghetto.«

»Was?« Felix bekommt den Mund nicht mehr zu.

Meist sitzt er nur da und schweigt, löffelt Suppe und streckt seine langen Arme immer wieder zum Ofen hin, um sie zu wärmen. Mutter bietet ihm an, seine Hosen zu waschen. Er verspricht, sie mitzubringen, tut es aber nicht. Manchmal bricht ein Redeschwall aus ihm hervor, und er wiederholt die Phrasen, die in den Werkstätten die Runde machen, als sei er eine Maschine, die Wörter schluckt und wiedergibt. Das ist nicht mehr der Felix, den wir kannten. Früher hatte er in der Herrengasse einen Buchladen, er fuhr zweimal im Jahr nach Wien und brachte von dort neue Bücher mit. Die Leute liebten ihn, und er liebte seine Arbeit. Doch von

diesem alten Felix ist nichts mehr übrig. Die Verzweiflung brennt in seinen Augen und verschließt sein Herz.
»Felix«, sagt Mutter sanft, »ich habe noch ein bißchen Suppe für dich.«
»Danke«, sagt Felix und lehnt nicht ab.
Die Nächte sind weiß und kalt, und jeder, der sein Haus verläßt, begibt sich in Gefahr. Ida und ich schleichen uns in Honigs Keller, da irrst du zwei, drei Stunden in einem Labyrinth von Illusionen und Versprechungen umher, und dir dreht sich der Kopf davon.
Ida hat, obwohl sie noch jung ist, schon viel von der weiten Welt gesehen. Sie ist in Wien, Prag und Budapest gewesen, und einmal war sie mit den Eltern sogar in Paris. Diese schönen großen Städte haben sie zwar zum Staunen gebracht, in ihr aber keinen tieferen Eindruck hinterlassen. Das kleine und bescheidene Cîmpulung hingegen, in das sie jeden Sommer reiste, hat sich fest in ihre Erinnerung eingegraben. Das ganze Schuljahr war ein einziges Warten auf den Tag, an dem der Kutscher vor dem Haus stehen würde und alle nach Cîmpulung führen. Im Sommerhaus in Cîmpulung verlief das Leben träge. Spätes Aufstehen, lange Ausflüge und Lesen bis tief in die Nacht. Wenn Ida von Cîmpulung erzählt, ist mir, als sei auch ich dort gewesen, sei auch ich in diesen verträumten Wäldern den Fluß entlang gewandert, habe man auch mir abends auf einem Porzellanteller Erdbeeren mit Sahne serviert. Idas Erinnerungen strahlen hell; vorsichtig holt sie sie hoch, als habe sie Angst, sie könnten Schaden nehmen.
Ida, möchte ich ihr sagen, gleich nach dem Krieg fahren wir nach Cîmpulung, aber ich sage nichts, aus welchem

Grund auch immer. Alles ist so ohne Form, so ohne Halt, als lebten wir bereits an einem anderen Ort. Bei Honig habe ich schon Leute scherzen gehört: Auf Wiedersehn in der besseren Welt. Wir werden das Gefühl nicht los, daß wir in einem langen, gewundenen Gang gefangen sind, der uns ins Unbekannte führt. Nicht alle tragen das mit Fassung. Es gibt Leute, die sind in der Lage, für eine Flasche Kognak einen goldenen Ring herzugeben oder ein anderes Familienerbstück.

Nur Honig verzweifelt nicht. Der Keller blüht von Tag zu Tag mehr. Sogar in den traurigen Augen seiner Frau hat er etwas Hoffnung entzündet. »Kinder, nicht verzweifeln«, pflegt er zu sagen und geht zwischen den Tischen hin und her.

»Wo hast du denn das aufgeschnappt?« provozieren ihn einige.

»Unsere Sünden sind nicht so groß, daß sie unverzeihlich wären.«

Unterdessen wurde Ida schwindlig; ohnmächtig sank sie zu Boden. Einige Leute sprangen auf, gaben ihr Wasser zu trinken und massierten ihre Stirn. »Man muß das Mädchen ins Freie bringen«, hörte ich eine befehlende Stimme. Zwei Männer, die ich noch nie aus der Nähe gesehen hatte, nahmen Kerzen, leuchteten ihr ins Gesicht und riefen laut: »Ida, sieh uns an, wir wollen deine Augen sehen!« Als sie diese Worte hörte, schlug sie die Augen auf, machte sie aber gleich wieder zu.

Inzwischen hatte sich unter den Gästen ein Sanitäter gefunden, ein kleiner, schmaler Mann, der wie ein Kind aussah. Er fühlte ihr den Puls, hob ihre Lider an und stellte fest: »Keine Lebensgefahr.« Einer der Umstehenden, der eine Kerze hielt, meinte: »Gott sei Dank!« Es war wie ein Alptraum. Ich wollte etwas sagen, brachte aber kein Wort heraus. Schließlich stellten Honig und seine Frau ein Klappbett auf, legten Ida neben die Theke und sagten: »Sorgt euch nicht. Das Mädchen ist müde. Ist doch kein Wunder nach neun Stunden in der Fabrik. Wir machen ihr gleich einen heißen Tee.«

8

Ida ist aufgeregt, jedes Wort aus ihrem Mund scheint zu beben. Wir sitzen möglichst wenig zu Hause und verbringen die meisten Abendstunden in Honigs Keller. Einem der Gäste ist es mit List gelungen, fünfzig Flaschen Kognak ins Ghetto zu schmuggeln, und alle kaufen jetzt bei ihm und feiern.

Immer wieder erzählt mir Ida von Cîmpulung und seinen Geheimnissen, etwa von dem mit Weißdornhecken umwachsenen Brunnen am Rande der Stadt; kräftige Bäuerinnen schöpfen aus ihm klares Wasser und füllen damit die Tränkrinne. Stunden hat Ida dort gesessen und sich vorgestellt, mit den Pflanzen eins zu werden und in ihrem verborgenen Schlummer zu leben. Einmal kam dort eine alte Ruthenin vorbei, die lange mit ihr redete und versuchte, Idas Herz für das Christentum zu gewinnen. Sie sagte, man könne sich über die Juden nur wundern, weil sie das Licht des Messias nicht erkennen würden. »Sein Tod und seine Auferstehung sind schließ-

lich jeder Krume Erde eingeprägt, und jede Krume Erde weiß, daß sie allein dank des Erlösers besteht. Nur die Juden sind blind und verkennen das offenkundige Wunder. Nur sie schütteln Gottes Gnade ab. Sie weigern sich, sein Licht zu sehen. Dieses Übel muß man ausmerzen, denn es ist ein Unheil.« Es war offensichtlich, die alte Frau hatte einen festen Glauben und durchlebte Jesu Kreuzigung jeden Tag. Ihr lag viel daran, daß Ida an dem großen Mysterium des Todes und der Auferstehung Jesu Anteil habe und erlöst werde.
Bei Ida zu Hause sprach man nicht über religiöse Ideen, sondern über Meinungen. Die Hingabe der alten Ruthenin ließ Ida staunen. Als sie ihrer Mutter abends von der Begegnung erzählte, sagte die: »Die Ruthenen leben in einer Welt des Aberglaubens. Gib nichts auf ihr Gerede. Sie haben einen naiven, unkultivierten Glauben.« Ida hatte die Worte ihrer Mutter sehr wohl gehört, doch sie verscheuchten den Zauber nicht. Erneut ging sie zum Brunnen und saß dort viele Stunden, versank in der Stille und wartete, daß die alten Frauen kämen und ihr vom Tod und von der Auferstehung Jesu erzählten. Und sie kamen tatsächlich. Ida beobachtete gern, wie sie zur Kapelle gingen, eintraten und wieder herauskamen. Bevor eine alte Frau die Kapelle betritt, hält sie einen Moment inne, blickt um sich und verbeugt sich tief. Gleich nach dem Eintreten wird sie niederknien, sich bekreuzigen, ihr Gesicht mit den Händen bedecken, und dann versinkt sie in ein Gebet. Wenn sie sich vom Gebet erhebt, wird sie das große Kreuz küssen und schließlich rückwärts hinausgehen. Meist sind die alten Rutheninnen stolz und sehr entschlossen, doch in

der Kapelle haben sie etwas Gebeugtes, ja Verschrumpeltes.
Abermals kam eine der Alten auf Ida zu und sagte, als rede sie mit sich selbst: »Die Juden kommen hierher, um sich zu erholen und sich zu vergnügen. Sie nehmen die Wunder Gottes nicht wahr und hören nicht auf die Worte des Erlösers. Schon vor Generationen ist Gott in ihren Herzen gestorben. Kein Wunder, daß sich alle von ihnen abwenden. Es muß so sein, daß alle sie verabscheuen. Ein Mensch, der mit Absicht den Erlöser nicht sehen will, wird die Verantwortung dafür tragen müssen. Und was macht ein Mädchen hier mitten am Tag?«
Ida erschrak und sagte: »Gar nichts.«
»Ein Mädchen muß auf dem Feld arbeiten oder seiner Mutter zur Hand gehen, nicht faulenzen. Müßiggang ist aller Laster Anfang, er bringt den Menschen auf sündige Gedanken.«
»Wir machen hier Ferien.«
»Genau das habe ich mir gedacht. Verschwinde!«
Nachts im Bett erzählte Ida ihrer Mutter, was sie erlebt hatte. Die Mutter hörte zu und sagte: »Das sind sehr arme alte Frauen. Man sollte nichts auf ihre Worte geben.«
Idas lang zurückliegende Eindrücke sind so frisch, als stammten sie von Dingen, die erst gestern geschehen sind. »Ida«, sage ich und nehme ihre Hand. Ida lacht: »Ist denn alles Unsinn, was ich dir da erzähle?« Sie ist im letzten Monat schlanker und schöner geworden. Alle schauen sie an. Gestern trat einer der betrunkenen Männer auf sie zu und rief: »Du bist das schönste Mädchen, das ich in meinem Leben gesehen hab, und glaub

mir, ich hab schon etliche schöne Mädchen gesehn.« Ida lachte, aber mir tat es weh.
Nicht jeden Abend ist Ida so aufgeregt. Manchmal überkommt sie eine Schwäche, dann wird sie bleich und fällt in Ohnmacht. Honig und seine Frau eilen zu ihr, befeuchten ihr Gesicht mit einem nassen Handtuch und flößen ihr ein paar Löffel Tee ein. Wenn Ida aus der Ohnmacht erwacht, entschuldigt sie sich bei Honig und seiner Frau, und wir gehen hinaus in den Innenhof, wo sich die Nacht über uns ergießt. Die Nächte sind jetzt hell und klar. Von den Wachtürmen aus verfolgt man jeden Schritt im Ghetto. Es ist ein Käfig ohne Tür, und trotzdem versuchen die Leute zu fliehen. Die meisten Fluchtversuche enden mit dem Tod oder mit schweren Verletzungen. Bei Honig sitzt ein Mann von vielleicht vierzig Jahren, der auf der Flucht verletzt wurde, es aber schaffte, sich in den Keller von Doktor Weissel zu schleppen. Seitdem lebt er im Untergrund, wandert unterirdisch von einem Keller zum andern. Abends begibt er sich in Gefahr und kriecht in den Keller von Honig, um sich ein bißchen aufzuwärmen und Menschen zu treffen. Honig und seine Frau verwöhnen ihn und bringen ihm eine große Tasse Tee. Aus seinem rußigen Gesicht funkeln zwei runde, nervöse Augen, und immer wieder sagt er: »Es ist so gut, hierzusein. Es ist so gut, unter Menschen zu sein und zu reden. Die Einsamkeit bringt mich um, nicht die Verletzung. Man darf sich einer solchen Gefahr nicht aussetzen. Was hat mir die Flucht gebracht? Wenn schon sterben, dann wenigstens nicht allein.«
Sofort berichtet man ihm von den Entwicklungen an

der Front, behauptet, daß es bis zu unserer Befreiung nicht mehr lange dauern könne. Die Leute machen ihm Hoffnung, und wieder sagt er: »Es ist so gut, hierzusein. Ihr wißt gar nicht, wie gut das ist. Hier ist das Paradies. Die anderen Keller, das sind Modergruben. Da bist du eine Maus. Hier kannst du atmen.«

»Ich habe keine Angst«, sagt Ida und zieht mich auf die Gasse.

»Was ist passiert?«

»Zwei Gläser Kognak haben mir die Angst genommen. Hast du noch Angst?«

»Ein bißchen weniger.«

So schleichen wir von einem Wandschatten zum andern, betrunken und verliebt.

Ida hat sich sehr verändert, und das beunruhigt mich. Wenn sie von etwas begeistert ist, leuchten ihre Augen, dann ist ihre Stimme hell, und ihre Sätze klingen entschieden. Es gibt Stunden, da lebt sie ganz und gar in jenem grünen, verzauberten Eckchen der Welt, das Cîmpulung heißt. Dann spricht sie mit Worten, die nach feuchten Wiesen duften.

»Ida«, sage ich, weil ich ihre Begeisterung etwas zügeln möchte.

»Cîmpulung«, sagt sie mit einem Lachen, das mich erschreckt.

Wenn sie nicht immer wieder in Ohnmacht fiele und sich erbrechen müßte, würden wir bis zum Morgen bei Honig sitzen bleiben. Die plötzlichen Schwächeanfälle bereiten mir Sorge, und ich flehe sie ganz töricht an: »Ida, reg dich doch nicht so auf. Wir fahren von hier direkt nach Cîmpulung. Das verspreche ich dir.«

9

Am 16. Februar 1943 sagte uns Doktor Weissel, daß Ida schwanger ist. Er nahm sie sofort in den Arm und sagte: »Das ist kein Unglück, meine Liebe. Der Krieg ist bald zu Ende, und ihr werdet ein junges Elternpaar sein.« Ida verdeckte ihr Gesicht mit beiden Händen.

»Verzeih mir«, sagte ich.

»Warum bittest du um Verzeihung?« fragte Ida mich kalt.

In den letzten Monaten hatten wir die meiste freie Zeit zusammen verbracht, doch dieses Glück erwies sich jetzt als Fluch. Dazu muß man wissen: Kinder und schwangere Frauen werden als erste deportiert. Die Schreie der Kinder in den Hauseingängen werden in uns auch dann noch nachklingen, wenn unsere Seele längst in Pflanzen oder Vögeln wiedergeboren ist.

»Wofür entschuldigst du dich?« fragte Ida noch einmal.

Ich hatte den Eindruck, daß sie das furchtbare Ausmaß ihrer Situation noch nicht begriff und daß, wenn sie es bald verstanden hätte, ein lautes Wehklagen aus ihr herausbrechen würde.

Hans Morgenlicht besuchte uns. Seit er hier lebte, war er viel kleiner geworden, sein Bart wuchs wild, und er ähnelte den Juden der alten Art, die es vor dem Krieg im jüdischen Viertel gegeben hatte. Obwohl ich durcheinander war, bemerkte ich, daß seine Flinkheit nicht gelitten hatte und seine großen Augen wohltuend leuchteten. Alles, worum Doktor Weissel ihn bat, tat er sofort. »Kinder, wie geht es euch?« fragte er, und sogleich spürten wir die Väterlichkeit, die von ihm ausging und uns umfing.

Einige Tage kannten nur wir das Geheimnis, und es wog schwer wie Stein. In einer der Nächte erzählte Ida es ihrer Mutter. Weder schimpfte die Mutter, noch fing sie an zu weinen. Auch ihr Vater schimpfte nicht, er sagte nur, man müsse einen Ausweg finden. Das sind Idas Eltern: Ihr Adel beschämt. Trotzdem werde ich das Gefühl der Schuld nicht los. Ich wache nachts auf und bin mir sicher, daß man mich bald abholen wird.

Indessen wurde ein neuer Kommandant für die Werkstätten ernannt, und als erstes setzte er das Pensum hoch. Wer sein Pensum nicht schafft, wird geschlagen oder deportiert. Die Optimisten sehen darin ein gutes Zeichen und erklären: »Die Lage der Deutschen an der Ostfront ist verzweifelt, sie brauchen dringend warme Mäntel. Sie haben uns nicht ohne Grund diesen Fronvogt geschickt, aber auch das wird ihnen nicht mehr helfen, zum Schluß werden sie in den eingeschneiten Steppen besiegt werden. Noch nicht einmal eine Erinnerung an sie wird von ihnen übrigbleiben.«

Wenn kein Schnee läge, würden wir in die Karpaten fliehen. Hofbesitzer und auch einfache Leute verstekken gegen monatliche Bezahlung Juden. Mein Vater ist gegen solche Sachen. Er meint, die Ukrainer seien schlimmer als die Deutschen und die Familie solle lieber zusammenbleiben. Vermutlich hat er recht. Vor einigen Tagen wurden welche auf der Flucht geschnappt. Man brachte sie auf den Appellplatz vor den Werkstätten und schlug sie fast tot.

Unsere Nächte verbringen wir weiterhin bei Honig. Sein Keller ist ein Ort der Zuflucht, aber auch des Abschieds. Die Gerüche von Tabak und Alkohol vermischen sich. Normalerweise flüstert man hier, doch die Betrunkenen haben sich nicht unter Kontrolle, umarmen die einen, schmähen die anderen. Sie verkünden, die Welt sei in den Zustand des Tohuwabohu zurückgefallen, und jeder müsse sich sehenden Auges auf seinen Tod vorbereiten. Aber nicht alle hier sind betrunken. Es gibt auch Leute, die zurückgezogen in den Ecken sitzen und aus den gewundenen Gängen ihrer Erinnerung verborgene Kostbarkeiten heraufholen, sie versetzen sich zurück an einen ruhigen Fluß, an dessen Ufern sie früher einen langen Sommer verbracht haben; dieser Ort erfüllte ihr Leben mit einem Licht, das selbst jetzt noch nicht erloschen ist. Es fällt ihnen schwer, ihn genau zu beschreiben. Er scheint sich von anderen Orten dieser Landesgegend nicht sehr zu unterscheiden, und trotzdem hat er in ihren Seelen eine Regung ausgelöst, die ihr Leben veränderte.

»Macht euch nichts vor«, ruft einer der Betrunkenen und fügt sogleich hinzu: »Freunde, der Tod ist gar nicht

so schlimm.« Ab diesem Moment wird heiß diskutiert, man äußert Vermutungen, gibt Gerüchte für Tatsachen aus. Hier weiß bisher noch niemand, daß Ida schwanger ist. Wenn sie es wüßten, würden sie mich sicher schlagen. Ida trinkt ein Gläschen, aber sie erregt sich nicht mehr so wie früher. Sie ist in sich gekehrt, und auf ihren Lippen beben Worte, die sie nicht spricht.
»Ida«, sage ich und bereue sofort, sie abgelenkt zu haben. Ich habe den Eindruck, ihr Leben ist jetzt so mit dem des Kindes verbunden, das in ihrem Bauch heranwächst, daß man sie nicht ablenken darf.
»Ida«, sage ich schnell, »entschuldige, daß ich dich abgelenkt habe.«
»Du lenkst mich nicht ab, mein Lieber«, antwortet sie. Doch nicht mit ihrer Stimme. Seit Doktor Weissel ihr verkündet hat, daß sie schwanger ist, sitzen wir in einer Ecke, und Ida verfolgt die Flackerlichter der Nacht, die hier in beherrschten, traurigen Bewegungen vorüberhuschen, als wolle sie sie für spätere Zeiten in ihrer Seele aufbewahren. »Ida«, ruft jemand, der ihr ein Kompliment machen will. Sie dreht sich um und schaut ihn mit einem Blick an, der sagt: Du weißt nicht, was ich weiß. Wenn du das wüßtest, würdest du den Mund halten. Doch der Betrunkene hält den Mund nicht und ruft immer wieder: »Du bist schön. Du weißt gar nicht, wie schön du bist.«
Du Dummkopf, antwortet ihr Blick, kein einziger wird hier herauskommen, das alles ist Illusion und Selbstbetrug.
In der Zwischenzeit traf ein Jude aus dem nahen Galizien bei uns ein und erzählte, die Deutschen hätten sein

ganzes Dorf, siebenundzwanzig Menschen, erschossen. Ein kleiner, schmächtiger Mann, dem anzusehen ist, wie diese schreckliche Geschichte auf seinen Schultern lastet, und dennoch wählt er jedes seiner Worte mit Bedacht.

»Vielleicht hast du dir das eingebildet«, sagt einer der Zuhörer.

»Nein«, antwortet der Mann höflich, »ich war schließlich dabei, mich haben sie zusammen mit den anderen in ein Grab geworfen. Ich schwöre euch bei meinen seligen Eltern, daß ich nichts hinzugefügt und nichts weggelassen habe. Brüder, warum zweifelt ihr an dem, was ich sage?«

»Sie bringen alle um, einfach so? Ohne ihnen einen Grund zu nennen?«

»Uns haben sie keinen Grund genannt.«

»Vielleicht habt ihr nachlässig gearbeitet?«

»Nein. Die Deutschen haben gar nicht verlangt, daß wir arbeiten. Sie haben uns einfach aus den Häusern und von den Feldern geholt.«

»Vielleicht sympathisierte die Jugend mit den Kommunisten?«

»Es gab keine Kommunisten bei uns im Dorf. Nur eine kleine Gruppe von jüdischen Pfadfindern. Mehr war da nicht.«

»Wie erklärst du das dann?«

»Was soll ich erklären? Ich habe euch gesagt, was ich gesehen habe.«

Einen Moment stand er da und schaute sich um, erwartete, daß jemand zu ihm trat und ihn beruhigte, doch als niemand kam, ging er an die Theke und bestellte einen Kaffee mit einem Keks. Die Tasse zitterte in seiner Hand, man sah, wie dünn er war, wie elend. Lange saß er in einer Ecke und sagte kein Wort. Er weinte wie ein Kind, ohne das Gesicht in seinen Händen zu verbergen.

10

Die Nachricht von Idas Schwangerschaft entfachte im Keller neue Hoffnung. Alle setzen sich zu uns, erteilen Ratschläge. Ein naher Bekannter von Honig schlägt vor, Ida in seinem Keller zu verstecken, der liege noch tiefer als der von Honig, und es gebe dort, so versprach er, einen Wasserhahn. Im Ghetto lebten keine Kinder und Alten, sie waren als erste deportiert worden, und nun meinen einige, wenn ein Kind unter uns wäre, würden wir gerettet werden.

Überall kommen Gerüchte auf und führen uns irre. Vor einigen Tagen hieß es, einer der Kommandanten stamme aus einer Familie von getauften Juden. Er sei ein gebildeter Mann, liebe Musik und sei Doktor der Philosophie. Wir beobachteten ihn einige Tage und waren uns sicher, er werde der Quälerei auf den Appellplätzen ein Ende machen. Einige bezeugten, sie hätten gesehen, daß er ein Buch mit sich herumtrage, auf dessen Einband »Schiller« stehe. Auch diese Täuschung währte

nicht lange. Eines Morgens kam er zornentbrannt in die Werkstatt gestürmt, fiel mit der Peitsche über die Nähenden her und zwang uns, auf die Knie zu gehen und laut zu rufen: »Arbeit macht frei! Arbeit macht rein!« Als der Sturm vorüber war, sagte jemand: »Die getauften Juden sind noch schlimmer als die Deutschen.«
Danach verbreitete sich das Gerücht, am 3. März werde sich unser Leben entscheidend verändern. Die Apothekerin Selma Starck, eine gebildete Frau, die in der ganzen Stadt für ihre Kenntnisse auf dem Gebiet der Medizin und der Pharmazie bekannt war, hatte geträumt, daß wir am 3. März befreit würden. Andere hatten ähnliche Träume, in denen ihnen verkündet wurde, unsere Befreiung stehe nahe bevor. Zwei Wochen lang verzauberte uns diese Hoffnung, dann zerschlug sie sich, und es war, als hätte es sie nie gegeben.
Im dritten Monat der Schwangerschaft ging es Ida besser. Sie mußte sich nicht mehr erbrechen und hatte wieder Farbe im Gesicht. Wenn sie von der Arbeit zurückkam, war sie guter Dinge. Vater und Mutter meinten, sowie wir unser Haus zurückbekämen, könnten sie uns beiden ein Zimmer bei sich frei machen. Idas Eltern dagegen schlugen vor, das junge Paar solle am Anfang zuerst im Sommerhaus in Cîmpulung wohnen. Idas Eltern sind wohlhabend, sie haben Grundbesitz in der Stadt und auf dem Land.
Die Nächte in Honigs Keller wimmeln von Wörtern, Freudenschreien und Gebärden; es schwindelt einem, wenn man von dort weggeht. Seit Idas Schwangerschaft bekannt ist, nimmt Honig von uns kein Geld mehr für Kaffee und Tee. Seine Töchter sitzen bei uns und fragen

sich, ob sie wohl an der Universität angenommen werden, da sie doch kein Abitur haben, sondern nur den Abschluß der Handelsschule. An der Handelsschule lernt man kein Latein. Wir, Ida und ich, haben noch ein Jahr am Gymnasium vor uns und wissen nicht, ob man uns trotz unseres ungewöhnlichen Familienstands als Eltern das Abitur machen läßt.

Inzwischen haben unsere Eltern beschlossen, daß Ida und ich heiraten werden. Seit der Gründung des Ghettos, das ist jetzt eineinhalb Jahre her, hat es hier keine Hochzeit mehr gegeben. Der alte Rabbiner lebte im Versteck, und wir wußten nicht, ob seine Söhne einverstanden wären, wenn wir zu ihm gingen. Zu unserer Überraschung willigte der Rabbiner ein, doch er wollte uns unverzüglich trauen. Die Vorbereitungen für die Hochzeit waren kurz und hastig. Mutter wollte nicht auf einen Imbiß verzichten, buk die ganze Nacht hindurch einfaches Gebäck und bereitete süße Getränke. Vater war gegen diese Vorbereitungen. Er sagte, man dürfe keine Lebensmittel verschwenden, die Leute würden sich mit dem begnügen, was es gebe, und das Wenige müsse man für schwerere Zeiten aufheben.

Um Mitternacht schlichen wir uns in den Keller des Rabbiners. In den Kellern herrschte damals ein reges Treiben, doch es hieß, den Wachposten entgehe nichts, und eines Tages würden sie Rauchgranaten durch die Kellerfenster werfen, und alle würden ersticken. Um das zu verhindern, hatten sich einige Luftschächte gegraben, und es gab Keller mit Notausgängen. Der Keller des Rabbiners war offenbar gut ausgebaut, dank seiner kräftigen Söhne, die ihn mit Adleraugen bewachten.

Der Rabbiner saß auf einem niedrigen Stuhl. Auf seinem blassen Gesicht lag eine beängstigende Spiritualität. Er gab mir ein Zeichen, näher zu treten, und fragte: »Wie heißt du, mein Sohn?«
Kaum hatte ich meinen Namen genannt, zuckte der alte Mann auf seinem Schemel zusammen. Seine Augenlider zitterten, und man konnte sehen, daß er kurz davor war, harte Worte zu sprechen.
Ich stand still vor ihm und wartete, daß er etwas sagte. Plötzlich richtete er sich auf, schaute mich mit festem Blick an und fragte nach überlieferter Weise: »Wo hast du Thora gelernt, mein Sohn?«
Ich sei aufs Gymnasium gegangen, wollte ich antworten, doch als ich sein altes, klares Gesicht sah, wagte ich es nicht. Schließlich sagte ich: »Ich werde lernen, Herr Rabbiner«, und sofort reute es mich, etwas versprochen zu haben, was ich nicht zu halten gedachte. Als er meine Antwort hörte, kamen ihm die Tränen, er wandte sein Gesicht zur Wand und flüsterte: »Deine Vorfahren waren eine ganz besondere Familie; mögen ihre guten Taten dich dein Leben lang behüten.« Ich wußte, was der Rabbiner damit meinte. Mein Vater kam aus einer angesehenen jüdischen Familie und hatte doch nie von ihr erzählen wollen. Immer wenn ich ihn nach seinen Vorfahren fragte, antwortete er: »Das ist eine lange Geschichte, die schon weit zurückliegt; es lohnt nicht, viele Worte darum zu machen.« Dies führte mir um so deutlicher vor Augen, wie tief die Kluft zwischen ihm und seinen Vorfahren war. Diese Spannung trug Vater verborgen im Herzen; er wollte niemanden daran teilhaben lassen. Einmal, vor vielen Jahren, als ich noch

klein war, hatte Mutter mir gesagt: »Bedräng den Vater nicht damit.«
Großvater und Großmutter hatten auf dem Dorf gelebt, sie waren von Juden wie Nichtjuden geschätzt worden. Als Kind hatte ich bei ihnen die Sommerferien verbracht und den Zauber ihres Lebens mitbekommen. Ihr Alltag hatte etwas Klares, mit anderen Menschen sprachen sie immer besonnen und leise. Sie aßen kein Fleisch, und auf ihrem Hof liefen die Tiere frei herum. Großvater war bekannt für seine Weisheit, für seine Ratschläge, aber noch mehr für seine Segnungen. Bis spätabends scharten sich Erwachsene und Kinder um sein kleines Haus. Meist waren es gläubige Juden, aber auch einige andere, die aus der Stadt kamen und auf Heilung von ihren Krankheiten hofften. Großvater weigerte sich, Geld anzunehmen. Wenn man ihm hingegen Nahrungsmittel daließ, nahm er sie. Ich war damals ungefähr zehn, und die Bilder des Dorfes, der Wiesen und der Wälder vermischten sich in mir mit Großvaters und Großmutters Leben. Wenn ich aus dem Dorf zurückkam, erzählte ich meinen Eltern, was ich gesehen hatte, und von den Wundern. Vater hörte mir zu und sagte: »Das jüdische Dorf ist gestorben, und es wird nicht wiederauferstehen.« Bald darauf starben Großvater und Großmutter. Vater erwähnte sie nicht mehr, und Mutter warnte mich: »Frag nicht nach ihnen«, und so versank die Erinnerung an sie in der Tiefe des Vergessens.
Jetzt, wo ich vor dem alten Rabbiner stand, waren meine Erinnerungen an die Großeltern wieder aufgetaucht.
Zur Hochzeit kamen neben Idas und meinen Eltern ein paar Bekannte aus der Näherei und aus der Munitions-

fabrik. Andere Verwandte hatten wir nicht mehr, die meisten waren deportiert, einige in die Berge geflohen. Wie Leute, die gestohlene Ware über die Grenze geschmuggelt hatten, standen wir vor dem alten Rabbiner.
Der Rabbiner schloß die Augen und sprach zu uns. Er redete abgehackt, und dennoch verstand ich das Wichtigste. Er sprach davon, daß die Thora und die Juden früher eine Einheit gewesen seien, doch eines Tages habe sich zwischen ihnen ein Abgrund aufgetan: auf der einen Seite die Thora, auf der anderen die Juden. Schon viele Jahre irrten die Juden durch feindliche Wüsten. Manchmal erinnerten sie sich, daß sie einmal von der Quelle des Lebens gespeist worden seien, dann überkomme sie eine große Sehnsucht, doch die meiste Zeit lebten sie im Dunkel ihres Vergessens. »Aber nicht mehr lange«, sagte er dann und hob die Stimme. »Die Qualen der Wanderschaft und des Durstes sind Qualen der Läuterung. Es wird nicht mehr lange dauern, bis die Thora und die Juden wieder zueinanderfinden, und dann wird sie nichts mehr trennen«, rief er und schlug die Augen auf.
Gleich darauf nahm ich Ida zur Frau und steckte ihr den Ring an. Mutter hatte den ganzen Tag über kaum gesprochen. Nun brach sie in Tränen aus. Vergeblich versuchte Vater, sie zu beruhigen. Das Weinen schüttelte sie. Wir wollten noch eine Weile bleiben, aber die Söhne des Rabbiners drängten uns, den Keller sofort zu verlassen. Mutter flehte sie an: »Die ganze Nacht über habe ich das wenige hier zubereitet«, doch die Söhne gaben nicht nach, und wir mußten in aller Eile aufbrechen.
Wie gescholten zogen wir ab; jeder, der gekommen war,

ging zu sich. Als wir bei uns zu Hause eintrafen, umarmte mich Mutter. Sie küßte mich auf die Stirn und sagte: »Ich bin so glücklich, daß es mir vergönnt war, deine Hochzeit mitzuerleben.« Ich erschrak. Ihre Worte klangen fehl am Platz, wie ein Segen zur falschen Zeit. Später stiegen wir hinunter zu Onkel Max und erzählten ihm von der Hochzeit. Onkel Max schloß mich und Ida in die Arme und sagte: »Ich verspreche euch, eure Welt wird besser sein als die unsere.« Ida begann zu weinen, und Onkel Max kniete sich hin und sprach in einer Anwandlung starker Gefühle von den Feinden der Zivilisation, die versuchten, uns den Glauben an den Menschen zu rauben. Ida wischte sich die Tränen ab, das Licht der Lampe spiegelte sich auf ihrem feuchten Gesicht.

Etwas später kam uns ein Arbeiter aus der Näherei heimlich besuchen; wir hatten uns in der Werkstatt angefreundet. Er brachte ein Geschenk mit, eine Flasche Kognak, und wir alle tranken davon. Gern hätten wir gesungen, aber wir wagten es nicht. Mutter, die seit dem frühen Abend sehr erregt gewesen war, sprach nun fließend und mit einer Stimme, die wir aus ihrem Mund nicht kannten, von der großen Versöhnung, die bevorstehe, denn Wut und Bosheit, die sich angesammelt hätten, seien nicht länger zu ertragen, und man müsse schnell zu einer Aussöhnung finden. Nicht alle verstanden, wovon sie sprach, doch ich wußte es: Sie sprach von Vater, der den Weg seiner Eltern verlassen hatte. Jeden Monat war Großmutter von weither in die Stadt gekommen und hatte ihn angefleht, seinen kranken Vater noch einmal zu besuchen. Vater allerdings hatte sich geweigert.

Jeder hier weiß von Vaters Vorfahren, aber keiner traut sich, ihn auf sie anzusprechen. Wenn jemand es doch tut, so verschließt sich Vaters Gesicht, und er verstummt. Manchmal forsche ich nach einem Zug seiner Verwandten, doch ich entdecke keinen. Vater ist ein praktischer Mensch, ein zuverlässiger Bauingenieur. Auch jetzt, an der Nähmaschine, verrichtet er seine Arbeit gewissenhaft. Manchmal glaube ich, er könnte im nächsten Moment über einen der Wachposten herfallen, die uns drangsalieren. Vater ist ein kräftiger Mann, und die Wut, die sich in den letzten Monaten in ihm angestaut hat, glüht verborgen in jeder seiner Bewegungen.

11

Die Tage sind kurz und düster. Wir stehen im Dunkeln auf und kehren erst spätabends erschöpft nach Hause zurück. Der Schnee häuft sich bis auf Fensterhöhe, nur mit Mühe bahnen wir uns den Weg zu den Haustüren. Daheim beruhigt sich die Angst. Mutter kocht eine Suppe mit Kartoffelknödeln, und obwohl wir müde sind, bleiben wir noch lange am Tisch sitzen, als hätten wir erfahren, daß unsere gemeinsamen Tage gezählt sind und wir keinen einzigen davon verpassen dürfen.

Vor einigen Tagen schlug ein christlicher Geschäftspartner meines Schwiegervaters vor, Ida und ich sollten zu ihm ins Dorf fliehen, er werde uns in seinem Haus ein Versteck bauen. Da die Zeit drängte, wollte er schon am kommenden Dienstag einen Bauern schicken, der außerhalb des Ghettos bei den großen Wasserpfützen warten und uns um Mitternacht dort abholen sollte. Vater hatte daraufhin gesagt: »Ich traue den Ukrainern nicht, aber wenn ihr das anders seht, dann tut, was ihr für richtig haltet.« Mutter wurde bei diesen Worten bleich. Die Woche zog sich hin, es war ein schicksalhafter Abschied. Nahe Freunde hörten von unserem Plan und kamen vorbei. Niemand empfand Freude, da war nur Stille, die immer angespannter wurde. Mutter flickte bis spät in die Nacht meine Kleider, und Vater saß mit seinem guten Freund Heinrich Grosz zusammen und spielte Schach. Wir verbrachten viele Stunden miteinander, löffelten Suppe und schwiegen. Einer der Optimisten, der sich verabschiedete, sagte: »Auf ein Wiedersehen nach dem Krieg, in zwei Monaten.«

Der Dienstag kam, und zum Glück war es eine dunkle Nacht. Wir schlichen dicht an den Häuserwänden entlang, hörten auf jedes Geräusch. Die klirrende Kälte hatte das Wasser gefrieren lassen. Während uns Pflanzen vor den Augen der Posten auf den Wachtürmen verbargen, standen wir am verabredeten Platz und warteten, bis die Nacht vorüber war, doch niemand kam. Als wir zurückkehrten, sagte Vater: »Ich habe gewußt, daß der Bauer nicht Wort halten wird. Das hat der Himmel geschickt.«

Nach einer Weile erfuhren wir, daß der Geschäftspartner meines Schwiegervaters uns in die Irre geführt hatte. Seine beiden Söhne hatten sich zur Organisation ukrainischer Nationalisten gemeldet, und auch er hatte es sich anders überlegt und war nun ein glühender Anhänger des neuen Regimes. Vater empfand darüber Genugtuung; seine Annahmen hatten sich als richtig erwiesen.

Es ist schwer, sich in Zeiten wie diesen auf Menschen zu

verlassen; sogar treue, aufrechte Freunde, die einem nahestehen, halten nicht Wort, ganz zu schweigen von den Ukrainern. Jeder kümmert sich um sich selbst, ist von Eigennutz geleitet, dennoch findet man auch hier Zeichen echter Nächstenliebe; Leute begeben sich in Gefahr und verstecken in ihren Kellern nicht nur Angehörige, sondern auch Fremde, die es hierher verschlagen hat. Der Chirurg Doktor Weintraub hat in einem Keller einen Operationssaal eingerichtet und operiert, ohne Geld dafür zu verlangen. Selma Starck, die Apothekerin, bereitet ihm Medikamente, und Frauen bringen Handtücher und Bettwäsche, stehen stundenlang an den Primuskochern und kochen in großen Töpfen Wasser ab. Dank dieser wenigen Menschen gibt es im Ghetto trotzdem Wärme und den Glauben, das Leben sei mehr als nur ein Haschen nach Wind.

Für Ida und mich ist der Plan, in die Karpaten zu flüchten, noch nicht vom Tisch. Eine Haushilfe, die viele Jahre bei uns gearbeitet hat, bot an, uns gegen monatliche Bezahlung in ihrem Haus zu verstecken. Läge kein Schnee, wären wir schon geflohen. Wenn jemandem die Flucht gelungen ist, erklärt ihn die Sozialstelle des Ghettos für tot, damit seine Familie nicht seinetwegen deportiert wird. Wird ein Totgemeldeter jedoch erwischt, werden die Mitarbeiter der Sozialstelle entsetzlich bestraft. Mehr als einmal hat man sie auf dem Platz vor den Werkstätten zum Laufen getrieben und sie gequält.

Erst vor einigen Tagen hieß es wieder einmal: »Die Lage hat sich beruhigt. Geht nicht hinaus, geht nicht ins Ungewisse.« Doch Idas Schwangerschaft ist nun schon fortgeschritten, und keiner hält uns mehr zurück. Die

Haushilfe, die uns bei sich aufnehmen wollte, hat ihr Angebot wohl bereut. Immer mehr Bauern haben Angst, Juden zu helfen. Zwei Ukrainer wurden auf dem Stadtplatz ausgepeitscht, weil sie Juden versteckt hatten. Das hat sich herumgesprochen.

Ida ist sehr mit sich selbst beschäftigt; ihr Herz quillt über. Sie erzählt mir viel von ihren Tanten Franzi und Bunzja, die in Berlin wohnten und Schauspielerinnen waren. Einmal im Jahr pflegten sie nach Hause zu kommen, dann füllte sich das Haus mit dem Duft der großen Stadt. Beim letzten Mal hatte Tante Franzi gesagt: »Ich kann die Stadt und ihre Falschheit nicht mehr ertragen. Ich kehre bald zu euch zurück. Lieber ein bißchen graue, dafür freundliche Provinz als die blendenden Lichter der Stadt.«

Jeden Tag gibt es einen neuen Schneesturm. Auf dem Weg zur Näherei und zurück stehen ukrainische Polizisten und schlagen wahllos auf uns ein. Schlimmer als die Peitschenhiebe sind die Appelle auf dem Platz vor den Werkstätten. Wir stehen zwei ganze Stunden auf dem spiegelglatten Platz, hören, was man uns predigt und wie man uns beschimpft, sprechen unter Zwang ein Gebet, und schließlich rufen wir laut: »Arbeit macht frei! Arbeit macht rein!«

Im Moment ist an Flucht nicht zu denken. Idas Mutter, eigentlich eine stille, wortkarge Frau, begann plötzlich, in einem fort zu reden. Erst klang sie nur ein bißchen ungewohnt. Der Vater schob es auf ihre Müdigkeit und die Anspannung der letzten Tage, doch schnell wurde klar, daß mehr dahintersteckte. Sie sprach von überraschend alten Dingen. Wie meiner Mutter hatten auch ihr die Eltern nicht erlaubt, in Wien zum Theater zu gehen, obwohl sie die Mittel dazu besaßen. Ihr Mann hatte versucht, die Enttäuschung wiedergutzumachen, doch vergeblich. Immer mehr ging sie in der Hausarbeit auf und in der Tätigkeit im Betrieb ihres Mannes. Und auf einmal brachen alle Dämme, und die Worte sprudelten aus ihr heraus. Mein Schwiegervater redete ihr gut zu, doch sie, die ihn stets verehrt hatte, hörte nicht mehr auf ihn. Sie erzählte, brachte Vergangenes und Gegenwärtiges durcheinander, und erst nachdem er sie mehrmals ermahnt hatte, versprach sie, sich nicht zu sehr in den Vordergrund zu spielen. Doch gerade dieses Versprechen war unheimlicher als alles andere. Mein Schwiegervater schwieg, und auch Ida saß bei ihr, stumm wie ein Stein.

In dieser Zeit verriet uns Onkel Max, er wolle jetzt hinaus in die Berge ziehen und dort die zerstörten Zellen der kommunistischen Partei wiederbeleben. Mutter versuchte, ihn daran zu hindern, erzählte ihm von unserem Fluchtversuch und wie die Ukrainer uns betrogen hatten. Nachts ging sie hinaus und holte Hans Morgenlicht zu uns nach Hause; er sollte Max vom Ende der Zellen berichten. Hans schilderte, wie sich die Zellen, die in den zwanziger und dreißiger Jahren aktiv gewesen waren, aufgelöst haben.

»Warum haben sie sich aufgelöst?« fragte Onkel Max erstaunt.

»Weil die Führer der Kommunisten Nationalisten geworden sind.«

»Alle?«

»Die meisten.«

»Wenn das so ist, dann müssen wir noch einmal von vorn anfangen. Das schreckt mich nicht.«
Jede Nacht steigt Mutter zu Max in den Keller hinunter und erzählt ihm von dem hohen Schnee, vom Militär, das überall lauert, und von der Tatsache, daß jeden Tag auf dem Appellplatz Juden geschlagen werden. Onkel Max hört zu und sagt: »Man darf keine Angst haben. Angst ist ein verwerflicher Affekt, den man um jeden Preis bekämpfen muß.«
»Aber Max«, fleht Mutter wieder.
»Mir wird nichts passieren. Ein Leben, das nicht der Gemeinschaft nutzt, verdient diesen Namen nicht. Ich kann nicht länger hier sitzen und sagen: Meine eigene Haut habe ich gerettet.«
»Es geht doch nicht darum, die eigene Haut zu retten.«
»Worum sonst?«
»In diesem harten Winter kann man gar nichts tun. Der Schnee liegt meterhoch.«
»Und ich versichere dir: Man kann, und ob man kann!«
Als sie Max so reden hörte, senkte Mutter den Kopf und schloß die Augen. Die Diskussion war auch an diesem Abend in eine Sackgasse geraten. Alles war gesagt. Ab jetzt gab es nur noch Schmerz und Schweigen.
Und während wir uns fragten, was die nächsten Tage bringen würden, setzte Onkel Max seinen Entschluß in die Tat um. Als wir abends von der Arbeit zurückkamen, spürten wir noch keine Veränderung. Mutter begann Suppe zu kochen, und Vater dichtete die Fensterritzen ab. Plötzlich sagte Mutter: »Ich geh mal runter zu Max.« Es verging keine Minute, und ihr Gesicht verriet alles: Onkel Max hatte seine Ankündigung wahr gemacht.

12

Auch im März gab es Schnee und Frost. Während des morgendlichen Appells, beim Stehen und langen Niederknien, gefrieren wir bis auf die Knochen, und noch Stunden später versuchen wir mit allen möglichen Tricks, uns wieder aufzuwärmen und die Kleider trokken zu bekommen. Trotz des ständigen Drucks und der Erniedrigung sind die Uniformen, die in der Werkstatt gefertigt werden, gut genäht; wir verspüren sogar ein bißchen Stolz auf unsere Arbeit und hoffen in einem verborgenen Eckchen unseres Herzens, daß unser Fleiß und unsere Gewissenhaftigkeit irgendwann belohnt werden. Jeden Tag gibt es neue Verordnungen. Die Bekanntmachungen an den Wänden warnen: Jeder, der ohne Arbeitsbescheinigung unterwegs ist oder sich versteckt, wird erschossen. Auch Hausbewohner, die jemanden verstecken, werden mit dem Tod bestraft; sie werden erhängt. Die Schüsse erschrekken die Nacht. Aus den Häusern hört man verzweifelte

Schreie, danach tut sich wieder Stille wie ein Loch unter dir auf.
Erneut hat man einige gefaßt, die versucht haben, von der Arbeit aus zu fliehen; sie wurden auf den Appellplatz gebracht, entkleidet und fürchterlich geschlagen. Sie sanken auf die Knie und bettelten, doch es half ihnen nichts. Später wurden sie bewußtlos in eine leere Garage geschafft. Nachts schlichen die Leute von der Sozialstelle dorthin und schleiften die Lebenden zurück ins Ghetto. Spätestens jetzt war es uns völlig klar: Man konnte nirgends mehr hinfliehen. Wir waren verurteilt hierzubleiben, bis zum Ende.
Da es keine Zuflucht mehr gibt, betrinken wir uns. Der Preis für eine Flasche Kognak ist in den letzten Wochen in schwindelnde Höhen gestiegen. Für eine Armbanduhr bekommt man zwei Flaschen. Angesehene Leute, die früher Kaufleute waren, sitzen in der Nacht vor ihrem Glas und phantasieren. Eines Abends erschien der alte Rabbiner wie ein Totengeist in Honigs Keller und rief: »Kehrt um, abtrünnige Kinder! Gott sehnt sich nach euch, er möchte, daß ihr zu ihm zurückkehrt. Alle Tore der Umkehr stehen jetzt offen.« Keiner reagierte, doch schon bald faßten sich die Leute wieder, standen auf und schrien ihn an: »Weder Gebete noch Umkehr! Herr Rabbiner, Sie können uns keine Angst machen.«
Der alte Rabbiner wich nicht zurück. Er war überrascht, daß die Menschen so brüllten, staunte über die Vehemenz ihrer Abtrünnigkeit. Sein Blick war so still, daß der Lärm um so schlimmer toste, und er verließ den Keller. Von draußen rief er: »Kinder, paßt auf, was ihr sagt. Der Tod ist nicht die letzte Station.«

Gerüchten zufolge hatten die Söhne des Rabbiners einen langen Tunnel bis zum Fluß gegraben, wo für den Notfall ein Boot auf sie wartete. Jetzt, wo so viel getrunken wurde, hingen alle irgendwelchen Wahnvorstellungen nach, legten sie aus und stritten über jede Kleinigkeit. Gestern gab es in Honigs Keller eine Schlägerei zwischen früheren Mitgliedern der Jugendbewegungen Bejtar und Haschomer Haza'ir. Während die Anhänger des Bejtar die Meinung vertraten, daß Palästina nur im furchtlosen Kampf durch Blut und Feuer erlöst werde, hielten die Anhänger des Haschomer Haza'ir dagegen, allein ein binationaler Staat könne die Lösung sein. Der Streit wurde immer hitziger ausgetragen, dann fielen beide Parteien übereinander her, schlugen und kratzten sich. Zum Schluß kamen zwei kräftige Männer, es waren Tischler, trennten die Heißsporne und beruhigten sie.

So leben wir. Wäre da nicht die Sorge um Idas Mutter, würden wir vielleicht zu fliehen versuchen. Noch immer ist sie die meiste Zeit verwirrt, doch neuerdings redet sie dauernd davon, daß ihre Küche nicht koscher sei. Sie bereut es, nicht dem Vorbild ihrer Mutter gefolgt zu sein, die die jüdischen Speisegesetze beachtet hatte. Alles Unglück sei infolge dieser Sünde über sie gekommen, denn wer diese Gebote nicht einhalte, bringe Unheil über sich und andere. Vergeblich versucht ihr Mann, ihr das auszureden, doch sie geht ganz in ihrem Schuldgefühl auf, vergräbt sich immer tiefer darin und sagt dauernd: »Ich bin schuld, ich und sonst niemand.« Erst wenn alle Rechtfertigungen nichts mehr helfen, steht Idas Vater auf und ruft mit beherrschter Stimme:

»Gina, wach auf, werd endlich wieder du selbst! Was hängst du solchen sinnlosen Glaubensvorstellungen an? Wir sind doch zum Glück freie Menschen. Wir glauben nicht mehr, was unsere Eltern geglaubt haben. Wir sind anders als sie, und das ist gut so.« Wenn sie ihren Mann so vernünftig reden hört, verstummt sie und schlägt die Hände vors Gesicht, und ihre großen gütigen Augen werden gläsern wie Eis.

Noch ist keine Stunde vergangen, und schon wieder bohrt Idas Mutter in dieser Wunde. Seit kurzem achtet kaum einer mehr darauf, was sie sagt. Doktor Weissel hat sie untersucht und gesagt: »Ihr müßt euch daran gewöhnen, daß sie so ist.«

Ida war entsetzt über diese Feststellung und fragte: »Kann man denn gar nichts tun, Doktor Weissel?«

»Nein, nicht hier und nicht jetzt.«

»Was ist mit Mutter?« fragte Ida. Die Worte zitterten auf ihren Lippen.

»Es kommt von der Anspannung der letzten zwei Jahre, nehme ich an.«

»Und wir können ihr gar nicht helfen?« Ida war den Tränen nahe.

Als Doktor Weissel den Schmerz und die Angst in Idas Zügen sah, sagte er sanft: »Wir werden tun, was in unseren Kräften steht. Heute abend kommt Selma Starck, dann schauen wir nach, welche Medikamente wir noch haben.«

Da senkte Ida den Kopf. Sie sah aus, als stehe sie nicht vor einem Arzt, sondern vor dem Heiligenbild in einer Kapelle.

13

Der Frühling kam und brachte keine guten Nachrichten. Zwar machten einige zuversichtlich stimmende Gerüchte die Runde, doch niemand beachtete sie. Gläubige Menschen sagten: »Auch das wird letztlich zum Guten sein«, oder: »Wenn Gott will, werden wir Pessach wieder zu Hause feiern.« Es ist schwer, die Gläubigen jetzt noch zu ertragen. Unter uns sind nicht mehr viele Religiöse, und die wenigen fallen auf. Nicht selten lassen die Leute, die in der Näherei arbeiten, an ihnen ihre Wut aus.

Aber was sollen wir machen? Das Schicksal hat uns zusammengebracht, und wir beobachten diese Frommen. Aus der Nähe sieht man, daß es praktisch veranlagte Menschen sind, ein stures Grau liegt auf ihren unrasierten Gesichtern, ihre Bärte sind dünn. Ihre Erbärmlichkeit, die unserer durchaus ähnelt, erscheint uns trotzdem, ich weiß nicht, warum, häßlicher als die eigene. »Sie beten die ganze Zeit«, murren die Leute. »Schon wieder rechnen sie aus, wann der nächste Neumond ist.« Es stimmt schon, in ihrem Wesen liegt etwas Gleichgültiges, jedoch weder Sicherheit noch Arroganz, als hätten sie verstanden, daß man als Gläubiger heutzutage besser bescheiden und unauffällig auftritt. Und dennoch fallen sie überall auf.

»Sie provozieren uns«, hört man immer wieder.

»Wodurch?«

»Sie sagen dauernd ihre Segenssprüche.«

»Was sollten sie deiner Meinung nach denn in so einer Zeit anderes tun?«

»Wenigstens keinen Segen sprechen.«

Unter uns sind Buchprüfer, Rechtsanwälte und Unternehmer, die alle messerscharf formulieren, und einige von ihnen wissen eine ganze Menge vom Judentum. Ihnen fällt es leicht, die Diskussion anzuheizen. Aber diejenigen, die der jüdischen Tradition folgen, diskutieren nicht. Stundenlang sitzen sie da und schweigen, und ihr Schweigen macht die anderen verrückt. »Sie sind hochnäsig, sie halten uns für Juden zweiter Klasse«, das etwa sind häufige Vorwürfe.

Pinchas, ein kleiner, schmaler Mann, ist ganz anders. Er ist der Schnellste beim Knöpfeannähen, übertrifft alle Rekorde. Die Knopfannäher, die ihr Pensum nicht schaffen, lassen sich von ihm helfen und bezahlen ihn dafür. Er hält zwei seiner Kinder versteckt, die er im allerletzten Moment aus den Fängen der Polizei hatte retten können. Es gab bereits einige Razzien in seinem Haus, die Soldaten waren bei ihm sogar schon im Keller, ohne die beiden Jungen jedoch gefunden zu haben. Die versteckten sich hinter einer Mauer, die er eigens zu diesem Zweck gebaut hatte. Nachts geht Pinchas zu ihnen hinunter und lehrt sie die Thora. Seine Frau wurde mit den drei Mädchen schon vor langer Zeit deportiert. Gott allein weiß, wo sie jetzt sind. Doch das Unglück hat Pinchas' Gesicht nicht verdunkelt und seinen Mut nicht sinken lassen. Er ist ordentlich, arbeitet fleißig, und mittags breitet er ein Tuch aus, um darauf das Essen zu legen, das er sich selbst zubereitet hat. Er ißt sehr konzentriert; am Ende der Mahlzeit schließt er die Augen und spricht das Tischgebet. Vor einigen Tagen warf ihm ein Arbeiter in der Nähstube vor, er nutze seine Flinkheit, um Profit zu machen.

»Ich nehme doch nur ganz wenig dafür«, sagte Pinchas und zog den Kopf zwischen die Schultern, wie um sich zu schützen.

»Jemand, der den Anspruch hat, religiös zu sein, darf die Not seiner Arbeitskollegen nicht ausnutzen.«

»Ich nutze niemanden aus.«

»Doch«, sagte ein anderer und schlug ihn ins Gesicht.

Das Verhalten der Juden, die der Tradition folgen, wird ständig unter die Lupe genommen, und wenn sie etwas falsch machen, werden sie erbarmungslos bloßgestellt. Sogar in der Näherei predigt man ihnen: »Man darf heutzutage nicht religiös sein. Ein religiöser Mensch ist entweder ein Betrüger oder ein Heuchler – bestenfalls ein Einfaltspinsel, dem nicht mehr zu helfen ist.« Auch in der Fabrik, in der Ida arbeitet, scheint es nicht anders zu sein. Dort nennt man die frommen Juden Fanatiker. Selbst ganz unauffällige, gemäß der Tradition lebende Juden entkommen ihren Anklägern nicht.

Bei uns gibt es Kommunisten, Anarchisten, Bundisten

und Zionisten. Die nächtlichen Diskussionen nehmen kein Ende, oft sind sie gallenbitter, aber nur die gottesfürchtigen Juden werden wirklich gehaßt. Da sie den Haß spüren, verhalten sie sich noch unauffälliger, verinnerlichen ihren Glauben immer mehr, beten nur flüsternd, doch das alles hilft ihnen nicht. Solange es Wut gibt, richtet sie sich gegen sie. Mal bricht sie in der Näherei aus, mal in Honigs Keller. Ida sagt, die frommen Juden hielten Empfindungen wach, die wir noch brauchen würden.

»Was für Empfindungen meinst du?«

»Die Empfindung großer Freude.«

Es ist schwer zu sagen, ob die gottesfürchtigen Juden vergeistigter sind als wir. Aber manchmal bricht aus ihrer sturen grauen Gleichgültigkeit eine Welle der Wärme, als sei es ihnen gelungen, ein bißchen Barmherzigkeit aus der Tiefe emporzuholen. Vater weiß viel über den Glauben der Juden, aber er spricht nicht darüber. Von traditionell lebenden Juden hält er sich fern, und wenn man ihn nach einem religiösen Gesetz oder einem Brauch fragt, sagt er: »Warum fragt ihr mich?« Die Gottesfürchtigen wissen, aus was für einer Familie er kommt; sie suchen seine Nähe, doch Vater geht auf Abstand zu ihnen, ja ignoriert sie.

Vor kurzem kam ein orthodoxer Jude zu Vater und erzählte ihm von einem Wunder, das mein seliger Großvater gewirkt haben soll. Vater hörte sich die Geschichte an und sagte, ohne aufzublicken: »Das ist kein Wunder.«

»Was dann?« beharrte der Mann.

»Die Natur.«

»Aber der Mann ist gesund geworden. Er konnte wieder sprechen, und ihm war nichts mehr davon anzumerken, daß er bis dahin stumm gewesen war.«
»Ich sage dir noch einmal, das ist kein Wunder.«
Der Fromme wich zurück, als habe er sich die Finger verbrannt.

14

Zwei Wochen vor Pessach wurde in allen Werkstätten das Pensum erneut hochgesetzt, und wer es nicht schaffte, bekam beim Abendappell Schläge. In dieser Zeit erreichten uns die Postkarten zweier Männer, die im Spätherbst deportiert worden waren. Sie schrieben, die Arbeit dort sei erträglich, man solle sich keine Sorgen um sie machen; außerdem deuteten sie an, daß sie nicht so bald nach Hause zurückkehren würden, zumindest nicht vor dem Sommer. Zunächst verbreiteten diese Karten neue Hoffnung, doch schnell hatten wieder die Pessimisten das Sagen. Sie hatten die Karten genau studiert und meinten, sie seien nicht ohne Hintergedanken geschrieben und offenbarten eine ganz andere Wahrheit. Einige Tage diskutierte man, deutete jeden Buchstaben und jedes Zeichen, dann war die Sache vergessen.

Ida fällt es sehr schwer, das neue Pensum zu schaffen. Der Aufseher verlangt jede Woche ein höheres Bestechungsgeld und droht, Ida und ihre Mutter beim Kommandanten der Fabrik zu denunzieren. Jedesmal legt Idas Vater noch einen Ring oder eine Brosche dazu. Vor kurzem hat er seine goldene Armbanduhr weggegeben. Jetzt ist klar, daß wir Idas Schwangerschaft nicht länger verbergen können. Wir müssen fliehen.

Nachts schleiche ich mich an den Rand des Ghettos und prüfe die Zäune. Sie sind hoch, und der Stacheldraht ist dicht. Die Wachtürme stehen zwar Dutzende von Metern auseinander, aber sie überblicken das gesamte Gebiet. Nur in mondlosen Nächten entstehen tote Winkel; dann könnte man es vielleicht wagen. Idas Vater hat eine alte Militärkarte gefunden, und so sitzen wir zusammen und studieren die Straßen und Wege, auf denen wir zu seinem Jugendfreund gelangen können, einem ganz und gar untypischen Ukrainer. Er hatte in Wien studiert und war dort mit der jüdischen Intelligenz in Kontakt gekommen; auch hier sind seine Freunde Juden. Alle finden, daß er ein anständiger Mensch ist und daß wir nicht länger im Ghetto bleiben dürfen.

Mittlerweile hat Idas Mutter sich völlig aus der Gegenwart gelöst und sich in ihr früheres Leben versponnen. Die Munitionsfabrik nennt sie Ziegelei, und sie spricht die Leute mit ihren alten Titeln an, Herr Doktor Zauber und Herr Dozent Lumpel. Vergeblich versucht Idas Vater, sie auf andere Gedanken zu bringen. Vor Ungeduld und Müdigkeit schimpft er manchmal mit ihr. Dann verteidigt Ida sie.

Wir verbringen die Nächte noch immer in Honigs Keller und spüren, daß unsere Zeit abläuft. Wir werden hier nicht mehr lange sein. Bald werden andere Augen die-

ses vergangene Leben betrachten und staunen. Aber bis dahin wird weiter diskutiert. Schwere Anwürfe aus allen Richtungen. Kommunisten gegen Bundisten, Allgemeine Zionisten gegen die Leute des Haschomer Haza'ir. Erfolglos bemüht sich Honig, die Gemüter zu beruhigen. Es ist nichts zu machen, lang unterdrückte Gefühle drängen nun hervor.
Ida staunt und sagt: »Was für ein wunderbarer Keller!«
»Wunderbar?«
»Was hier alles hochkommt.«
»Die Diskussionen?«
»Nein. Die Gesten, die Gesichter, die Phantasien.«
Mir machen Idas Gefühle angst. Jeden Tag nimmt sie von einem Teil des Kellers Abschied. Gestern hat sie zu mir gesagt: »Die beiden Kommunisten da in der Ecke, die werde ich nie vergessen.«
»Was ist mit denen?«
»Diese wunderbare Einfalt.«
Idas Empfindungen, die, zugegeben, weit über das hinausgehen, was ich begreifen kann, reißen mich dennoch mit. Sie sind scharf und verletzen. Am Abend hat sie gesagt: »Alles, was wir jetzt sehen, ist in uns eingebunden, wir verinnerlichen es immer mehr, und eines Tages werden wir es uns wieder anschauen.«
»Und was werden wir dann sehen?«
»Daß nichts verlorengegangen ist.«
Doktor Weissel hat Ida untersucht und befindet, ihre Schwangerschaft entwickle sich normal; die Schwächeanfälle müßten uns nicht beunruhigen, das gehöre nun einmal dazu. Im Keller traf Ida eine Freundin aus Kindheitstagen. Sie war mit Wunden übersät. Ida kniete sich

vor sie hin und fragte: »Was ist dir denn zugestoßen, Dina?«

»Sie haben mich geschlagen.«

Ida nahm die blau angelaufene Hand ihrer Freundin und küßte sie, was diese so aufwühlte, daß sie in Tränen ausbrach und laut weinte. Auf dem Heimweg war Ida aufgeregt und erzählte von Dina, von ihrer Liebe zur französischen Literatur und ihrer feinen Beobachtungsgabe, und wir nahmen uns vor, sie gleich nach dem Krieg besuchen zu fahren.

Abends planen wir die Flucht. Wenn es uns gelingt, unter den Zäunen durchzukriechen, ist der Weg ins nächste Dorf ziemlich sicher. Aber noch scheint der Mond, und wir müssen warten, bis es nachts dunkler ist. Ida sagt immer wieder, was für ein wundervolles Paar Honig und seine Frau seien. Später einmal werde man sicher von ihnen erzählen, wie von anderen Leuten, die auch ohne große Heldentaten diese Schlacht entschieden hätten. Alles, worauf Idas Blick fällt, verliert seine Gewöhnlichkeit und kleidet sich in Licht.

Mitten in unsere Vorbereitungen hinein kam jener kalte Morgen und fällte die Entscheidung. Wir standen in Dreierreihen und sollten gerade auf die Knie sinken, um zu beten, da verkündete der Kommandant der Näherei, er habe eine Liste der besten Arbeiter, die stets ihr Pensum erfüllt, nie geschlampt und immer fleißig gearbeitet hätten. Zur Belohnung würden sie in die Zentralnähstube nach München verlegt. Gleich danach verlas er die Namen und befahl den Aufgerufenen, sich an der Mauer zu sammeln. Mein Name wurde genannt, und Mutter hielt mich mit beiden Händen. Mein Name wurde zum zweiten Mal genannt. Ich löste mich von ihr und rannte zur Mauer. Alles geschah in Sekunden, und schon waren wir von Wachposten umringt und wurden zu Lastwagen geführt, die am Tor warteten. Keiner fragte etwas oder wollte Papiere sehen, auch das Aufsteigen verlief schnell und geordnet. Wir standen eng gedrängt, und schon ging es los.

Die Fahrt von den Werkstätten zum Bahnhof dauerte nicht länger als eine halbe Stunde. Am Bahnhof stand bereits ein Waggon mit offenen Türen. Es war ein kleiner Waggon, und wir wurden hineingedrängt.

»Wie lange fährt man nach München?« fragte mich jemand neben mir.

»Weiß ich nicht«, antwortete ich.

»Wir haben Glück«, sagte er mit einem Lächeln.

»Warum?«

»Wir fahren nach München.«

Trotz der Enge und obwohl man fast erstickt, sind die meisten zuversichtlich. In München ist das Pensum bestimmt nicht so hoch, da wird man uns nicht erniedrigen, und wir werden uns nicht hinknien und beten müssen. Durch die Ritzen spähend, versuchen wir herauszubekommen, in welche Richtung der Zug fährt. Die Schilder verwirren nur. Meine Beine werden schwach, und ich würde mich am liebsten hinhocken.

Nach stundenlangem Stehen wird der Wunsch, sich hinzuhocken, immer größer. Schließlich schaffst du es, doch nur für einen Moment, denn der Luftmangel da unten ist unerträglich. Vergeblich versuche ich, wieder aufzustehen. Meinen alten Platz hat bereits der Körper eines anderen eingenommen. »Ich ersticke«, schreie ich mit letzter Kraft, drücke die anderen zur Seite und richte mich auf.

Wer an den Wänden des Waggons steht, müht sich mit Fingernägeln und Taschenmessern ab, die Ritzen etwas zu vergrößern. Mit jedem Atemzug wird die Luft knapper. Der Mann, der zu mir sagte, wir hätten Glück, steht eingequetscht zwischen zwei großen Männern und fleht sie an, ihm ein bißchen Raumzu lassen, doch sie reagieren nicht. Es gelingt ihm wenigstens, eine Hand herauszuziehen, mit der fuchtelt er und ruft um Hilfe.

Nach zwei Tagen blieb der Zug stehen. Wir hörten, wie Türen geöffnet und geschlossen wurden, aber unsere ging nicht auf. Erst am Abend wurde sie aufgemacht, und wir fielen hinaus. Sofort sahen wir den schwarzen wilden Fluß, der an den Ufern flimmerte und mit ohrenbetäubendem Krach dahinfloß. Später, wieder auf den Beinen, sahen wir hohe schmale Wachtürme und ein mit großen Lettern überschriebenes, beleuchtetes Tor: »Arbeit macht frei, Arbeit macht rein.«

15

Die Dunkelheit wurde immer dichter. Man schaltete Lampen ein, die den Platz, auf dem die Gleise endeten, mit Licht überfluteten und uns blendeten: Wir waren also betrogen worden. Das war nicht München, und dennoch sagten manche: »Wahrscheinlich ist es ein Vorort von München.« In einiger Entfernung, abgetrennt durch einen hohen Zaun und von einem starken Scheinwerfer angestrahlt, sahen wir Menschen in zerrissenen Arbeitsanzügen, die mit langen Sägen Baumstämme zersägten.

Während wir uns noch wunderten, wo wir wohl waren, hörten wir ein Brüllen, das die Luft erzittern ließ: »Ihr Schweine, stellt euch auf, in Dreierreihen!« Vom Appell bei der Näherei wußten wir, was wir zu tun hatten, und sofort, wie altgediente Gefangene, die Peitschen und Prügel am eigenen Leib gespürt haben, stellten wir uns in Dreierreihen auf.

Wie sehr die Fahrt uns verändert hatte, ahnten wir noch

nicht. Wir standen unweit von dem Waggon, in dem wir angekommen waren. Der Körper war noch zusammengedrückt. Zu atmen tat weh. Quälender Durst brannte bis in die Speiseröhre, und meine Augen sahen nur Wasser: Wasser, das aus Wasserhähnen fließt, und daneben hohe Gläser, in denen Mutter im Sommer Gästen, die zufällig vorbeigeschaut hatten, kalte Getränke servierte.

Und während wir dastanden, erschien aus dem Dunkel ein Mann in Uniform und brüllte: »Hinknien!« Auch diesen Befehl kannten wir aus dem Ghetto, doch jetzt klang er bedrohlicher, vielleicht weil der Platz von einem hohen, engmaschigen Zaun umgeben war. »Ihr seid hierhergekommen, um zu arbeiten und euch zu bessern. In Europa waren die Juden Parasiten. Damit ist es jetzt vorbei. Jeder Mensch muß arbeiten. Der Handel und die Universitäten korrumpieren Körper und Geist. Hier wird der jüdische Körper arbeiten lernen, und der jüdische Geist wird sich nach jahrelanger Deformation wieder geradebiegen. Ab sofort ist hier jeder zur Prüfung. Und jetzt aufgestanden und gerufen: Arbeit macht frei! Arbeit macht rein!«

Das Geschrei ließ uns ein bißchen den Durst vergessen, und uns wurde etwas leichter. Ein solcher Empfang erstaunte uns nicht mehr. Befremdliches kannten wir bereits aus dem Ghetto, doch nun wirkte die Dunkelheit anders auf uns: Es war, als umschlösse uns nicht die Wirklichkeit, sondern ein Traum.

Von diesem Moment an wurde nicht mehr gesprochen. Schilder wiesen uns den Weg. In einer Baracke, an der »Kleiderkammer« stand, mußten wir uns ausziehen

und alles, was wir besaßen, abgeben. Plötzlich sahen wir alle gleich aus. Zu unserem großen Glück nahmen sie uns nicht auch noch die Schuhe, und so blieb uns wenigstens etwas von unserem früheren Leben.
Von der Kleiderkammer ging es in die Haarschneidekammer. Dort erfuhren wir zum erstenmal, von den Friseuren, stattlichen starken Männern mit blondem Haar, daß wir nun jenseits des Bugs waren.
»Was macht man hier?«
»Brücken bauen.«
»Gibt es zu essen?«
»Nicht viel.«
»Und Wasser?«
»Vom Fluß.«
Danach wurden wir in eine lange Baracke gedrängt. Von einem der Balken hing eine Petroleumlampe und verbreitete im zähen Dunkel einen dumpfen Schein. Die Baracke war vollgestellt mit zweistöckigen Pritschen. Das war die erste Nacht. Wir hatten noch nicht wirklich verstanden, wohin es uns verschlagen hatte. Wir dachten, es wäre ein Alptraum, der vorüberginge, am Morgen würde der Irrtum entdeckt und wir kämen zurück ins Ghetto, zurück zu unseren Lieben und in die Näherei, an die wir uns gewöhnt hatten.
Unter uns war einer mit Namen Stahlnacht, ein hochgewachsener Mann mit den Umgangsformen eines Bankangestellten, der in der Näherei nie ein Wort gesagt hatte. Schon in der ersten Nacht erfuhren wir, daß er im Ersten Weltkrieg beim österreichisch-ungarischen Heer Offizier gewesen war. Er schaute sich um und sagte: »Das erinnert mich an ein Rekrutenlager; wahr-

scheinlich beginnt morgen die Ausbildung.« Zuerst klangen seine Worte unglaubwürdig, doch dann wurde uns klar, daß Stahlnacht einige Ausdrücke des Uniformierten aufgeschnappt hatte, die wir nicht kannten, »die nächste Stufe« etwa. Ab jetzt, so folgerte er, würden die Uniformierten uns beobachten und entscheiden, wer fronttauglich sei und wer zu anderen Diensten herangezogen werde.

»Sie mustern uns fürs Militär?«

»So scheint es.«

Plötzlich fiel uns auf, daß ein gewisser Offizierston auch in seiner Stimme mitschwang. Unter anderem sagte er: »Jeder gesunde Mann kann Soldat sein, wenn er nur will. Ein Mann mit Ehrgefühl wird darauf nicht verzichten.«

»Juden haben keinen Militärdienst gemacht«, bemerkte jemand trocken.

»Das stimmt. Die Juden haben sich vor dem Militärdienst gedrückt. Sie wurden meist gegen ihren Willen eingezogen, und nur wenige kamen zur kämpfenden Truppe. Sie haben sich gedrückt, das ist völlig klar, und wenn sie dienten, dann in der Etappe.«

»Wozu auch kämpfen?« fragte jemand provokativ.

»Um kein Schlappschwanz zu sein«, antwortete Stahlnacht klipp und klar.

»Aber wir haben doch nicht einmal Sport getrieben.«

»Sprich für dich selbst und nicht in der Mehrzahl.«

»Ich zumindest habe keinen Sport getrieben.«

»Ein Soldat, der zur Infanterie eingezogen wird, absolviert zunächst einen Grundwehrdienst von drei Monaten und kommt dann zur kämpfenden Truppe. Wenn er ernsthaft und gehorsam ist, wird er auf einen Lehrgang für Unteroffiziere geschickt. Und wenn er ein besonders guter Unteroffizier ist, schickt man ihn zum Offizierslehrgang. Jeder gesunde Jude muß in einer kämpfenden Einheit dienen.«

»Wieso unbedingt in einer kämpfenden Einheit?«

»Um sich zu stählen. Der Dienst bei der kämpfenden Truppe lehrt dich, nicht zu reden, schon gar nicht zu diskutieren, sondern zu gehorchen. Und Kultur zeichnet sich durch Gehorsam aus.«

»Gehorsam wem gegenüber?«

»Gegenüber deinen Vorgesetzten.«

»Ein ziemlich rigides Leben, nicht wahr?«

»Nicht unbedingt. Wer Befehle befolgt, lernt sie lieben. Juden hassen es, Befehle auszuführen. Ihr Lebensraum ist die Anarchie. Nur im Zustand der Anarchie fühlen sie sich wohl. Es macht ihnen Freude, nicht zu gehorchen, deshalb drücken sie sich ja. Ich habe solche Juden immer hart rangenommen. Die haben bei mir in der Zelle gesessen. Von allen habe ich Ordnung verlangt.«

»Und Sie waren beim Militär Oberleutnant?«

»Hauptmann.«

»Warum sind Sie nicht dort geblieben?«

»Das war nicht meine Schuld.«

So sprach Stahlnacht. Ich hatte noch nie einen Juden so reden gehört. Die Art, wie er sprach, war furchterregend, und gleichzeitig lag in seinen Worten das Versprechen, daß, wenn wir nur wirklich wollten, wir uns hier zum Guten entwickeln würden und zu gegebener Zeit als bereicherte, stärkere Menschen nach Hause zurückkehren dürften. Die beschämende Arbeit im Ghetto verschwände aus unserer Erinnerung, und unser Handeln wäre nicht mehr von Angst bestimmt. In dieser Illusion sanken wir auf die Pritschen und schliefen ein.

16

Der Schlaf dauerte nicht lange. Noch mitten in der Nacht weckte uns das Gebrüll des Uniformierten, der mit der Peitsche links und rechts um sich schlug. Die enge Barackentür wurde uns zur Falle, und jeder bekam Schläge ab. Sofort traten wir in Dreierreihen an, zum Morgenlauf.

Für einen Moment mischte sich Vergangenes mit Gegenwärtigem. Ich bin auf dem Schulhof des Gymnasiums, und unser Sportlehrer feuert uns an, das Ziel zu erreichen und beim Endspurt richtig zu atmen. Herr Nussbaum war einer der beliebtesten Lehrer, ein gebildeter Mann, der zwei Jahre Medizin studiert hatte, bis seine Familie das Studium nicht mehr finanzieren konnte. Er kannte sich in Ernährungs- und Gesundheitsfragen aus, war aber nicht überheblich. Er sagte: »Jeder, der die Pflege und Ertüchtigung des Körpers predigt, ist grausam und dumm. Die Pflege und Ertüchtigung des Körpers sind etwas Intimes. Wer seine

Muskeln zur Schau trägt, lenkt von seiner menschlichen Bestimmung ab.«
Doch die Wirklichkeit hatte uns sofort wieder. Zu dem Uniformierten gesellten sich andere, und die schlugen erbarmungslos auf uns ein. »Die Juden wollen nicht laufen. Wir werden ihnen schon Beine machen. Hier gibt es keinen Handel und keine Akademikerprivilegien. Hier wird gearbeitet. Ihr habt die Welt schon genug betrogen.« Solche Reden hatten wir bereits im Ghetto gehört. Hier klangen sie plötzlich wie das Programm einer Lehre, die wir am eigenen Leib erfahren sollten.
Direkt nach dem Laufen gab man uns zwanzig Minuten, um die Pritschen herzurichten und uns zu rasieren. Dann der Appell und eine Viertelstunde Frühstück. Zum Frühstück bekamen wir eine dünne Scheibe Brot und einen Napf Tee.
Den ersten Tag verbrachten wir damit, Steine vom Appellplatz zum Fluß zu tragen und von dort wieder zurück. Das ist einer der Späße, die jeder Jude, den es hierhin verschlägt, erdulden muß. Unser Offizier, Herr Stahlnacht, ist davon überzeugt, daß es sich um eine Art verschärfte Grundausbildung handelt. So ähnlich hatte man seinerzeit die Rekruten gequält, die vom Dorf kamen. Auch sie waren hin- und hergehetzt und erniedrigt worden. Die Armen hatten geglaubt, das sei beim Militär so üblich, und nicht gewagt, den Mund aufzumachen.
In der Nacht spricht uns unser Offizier Mut zu. Er sagt: »Wir haben gute Chancen, die Prüfung zu bestehen. Wenn wir sie bestehen, wird man uns wie Soldaten behandeln. In der Armee gibt es harte Regeln, aber keine

Willkür. Ein Soldat darf sich über seine Kommandanten beschweren.« Der Gedanke, die Prüfung zu bestehen, erfüllte uns in dieser Nacht mit einem merkwürdigen Stolz.

Am nächsten Tag wurden wir aufgeteilt, sechs Männer ein Trupp. Sofort mußten wir uns neben die Baumstämme stellen. Erst sah es aus, als könne man sie überhaupt nicht von der Stelle bewegen, doch wenn jemand die Peitsche über dir schwingt, vollbringst du Unmögliches. Und siehe da: Wir haben die Balken nicht nur hochgehoben, sondern auch weggetragen, und am Ende des Weges haben wir sie nicht fallen gelassen, sondern an genau der Stelle abgelegt, auf die der Uniformierte zeigte. Und das sechzigmal.

Nach einem Tag der Sklavenarbeit und Schläge ist der Körper wund, und die Beine können nicht mehr. Die Petroleumlampe leuchtet uns mit ihrem trüben Licht. Wir kriegen kaum ein Wort heraus, sitzen auf den Pritschen und wissen, der Tod ist nahe. Der Tod, das ist der Barackenboden, das sind die gesprungenen Pritschenbretter, das ist der Arbeitsanzug, der an der Haut klebt. Und trotzdem lebst du. Als ob dieser wunde Körper mit seinem Schmerz dich am Leben erhält. Unser Offizier, Herr Stahlnacht, sagt immer wieder, dies sei eine, wenn auch schwere, sogar sehr schwere Grundausbildung, doch die nächste Stufe werde leichter sein. Dann nämlich werde man uns auf verschiedene Einheiten verteilen, und es werde alles nach festen Grundsätzen verlaufen, für Willkür sei da kein Platz.

»Wie kommen Sie darauf?« fragte jemand nach.

»So zumindest war es bei uns.«

»Haben Sie dort ähnliches durchgemacht?«
»So schlimm war es nicht, das muß ich zugeben.«
Trotz allem standen wir am nächsten Morgen aufs neue in Dreierreihen. Wir kamen vom Morgenlauf zurück, brachten schnell unsere Pritschen in Ordnung, rasierten uns und standen schon wieder in Dreierreihen da. Jetzt zweifeln wir nicht mehr, daß wir für etwas bestraft werden. Wofür, das wird uns hier wohl noch klarwerden. Unser Offizier bringt dauernd neue Erklärungen und Entschuldigungen. Sein asketisches Aussehen hat etwas Unheimliches. »Das Leiden ist nicht so schlimm, wenn man es verachten kann. Also verachtet es und seid stark!« predigt er bei jeder Gelegenheit.
Aber es ist nicht leicht, das Leiden zu verachten, wenn der Körper schmerzt. Die Uniformierten beschuldigen uns, wir seien Simulanten, faul und verschlampt. Sie drohen, uns nicht in die nächste Stufe zu versetzen. Was diese nächste Stufe ist und wer dorthin versetzt wird, weiß keiner. Die Uniformierten wachen darüber, daß wir uns rasieren, eine Kopfbedeckung tragen und die Schuhe zugeschnürt haben. Wer bei einer Nachlässigkeit ertappt wird, bekommt eine Ohrfeige oder einen Tritt. Das morgendliche Appellstehen ist schmerzhaft und erniedrigend, noch schlimmer allerdings ist die Arbeit. »Mutter, Mutter, hol mich doch zu dir«, höre ich nachts jemanden sehnsüchtig sagen, und ich habe Angst, daß er bald Hand an sich legt.
Stahlnacht hat recht: Wer um Erbarmen bettelt, kriegt nur noch schlimmere Schläge. »Steh aufrecht und steck ein, was dein Schicksal dir zugedacht hat«, predigt er. Den Mutigen unter uns bringt er Achtung entgegen, er

nennt sie beim Vornamen und erzählt ihnen ausführlich von seinem Militärdienst während des Ersten Weltkriegs, doch seine Ratschläge helfen uns mehr als ihm. Die Uniformierten haben ihn ins Visier genommen. Immer wenn er schutzlos in der ersten Reihe steht, schlagen sie ihn. Stahlnacht kapituliert nicht so schnell. Wenn es uns gelinge, unsere Angst niederzuringen, predigt er, würden wir in die nächste Stufe versetzt. Die sei dann leichter. Da werde man uns menschenwürdig behandeln.
»Und wann ist es soweit?«
»Im Laufe des Monats, nehme ich an.«
So vergeht ein Tag nach dem andern. Unser früheres Leben ist wie abgeschnitten von uns. Der Körper ist die ganze Zeit wund. Hätten wir wenigstens Stoffstückchen, die das Blut und den Eiter aufsaugen, doch wir haben keine, und so kleben die zerschlissenen Arbeitsanzüge, die von Blut und Schweiß inzwischen braun geworden sind, an den Wunden.

17

Am fünften Tag unseres Aufenthaltes wurde Doktor Buchbinder überraschend zum diensthabenden Verantwortlichen ernannt. Der Uniformierte zeigte mit dem Finger auf ihn und rief: »226246 wird diensthabender Verantwortlicher.« Wir hatten gehört, daß es beim Militär einen ähnlichen Posten gab, wußten aber nicht, wie dort eine Ernennung vor sich ging. Trotzdem freuten wir uns. Wenn sie einen diensthabenden Verantwortlichen ernannten, bedeutete das, daß nicht alles willkürlich war. Sicher würde es bald ordentliche Befehle geben und eine Regelung über Pflichten und Rechte. Stahlnacht war ein bißchen verletzt, daß man nicht ihn ausgewählt hatte, doch wie es seine Art war, trug er auch dies mit Würde.

Doktor Buchbinder war Direktor des städtischen Gymnasiums gewesen, bis man ihm kündigte. Er hatte in Wien studiert, seitdem kennzeichneten ihn Offenheit und ein weiter Horizont: natürlich Griechisch und Latein, aber auch ein neuer Zugang zu den Wissenschaften. Das städtische Gymnasium, das vor seiner Ankunft ein mittelmäßiges Niveau gehabt hatte, erlebte unter seiner Leitung einen großen Aufschwung, und die Absolventen verbreiteten überall in Europa seinen guten Ruf. Doktor Buchbinder war der Stolz der Stadt. Einige ruthenische Intellektuelle hatten angeboten, ihn bei sich zu verstecken, doch er hatte im Ghetto bleiben und in der Näherei arbeiten wollen, um abzuwarten, bis das Regime wieder zur Besinnung käme. Wie alle anderen hatte er geschuftet und sein Pensum erfüllt, und denen, die nicht mitgekommen waren, hatte er geholfen.

Bereits am nächsten Tag bekam er zwei Ohrfeigen, weil er diejenigen unter uns, die zu spät zum Appell gekommen waren, nicht geschlagen hatte. Alle schlagen uns, keiner bleibt davon verschont. Stahlnacht ist bereit zuzugeben, daß die hiesigen Appelle besonders hart sind, und dennoch lehnt er das System als solches nicht ab. »Die Juden haben sich all die Jahre vor dem Militärdienst gedrückt. Sie haben ihren Ruf ruiniert. Jetzt vertraut man ihnen nicht mehr. Wir müssen uns und der Welt beweisen, daß wir Leiden ertragen und genauso gute Soldaten sein können wie alle anderen auch.«

»Das ist Schinderei«, sagt jemand.

»Es dient der Stählung«, korrigiert ihn unser Offizier.

Wenn der Hunger nicht wäre, könnte man es vielleicht aushalten. Der Hunger peinigt uns auch im Schlaf. Einige wachen nachts auf, stehen an der verriegelten Tür und zittern. Ich habe beobachtet, daß wir uns, seitdem wir hier sind, Eigenschaften von Tieren angewöhnt haben: die ängstlich vorgebeugte Haltung, das Männchenmachen und alle möglichen Geräusche, die uns mitten in einem Gespräch entweichen.

Einmal in der Woche führt man uns zum Fluß, damit wir uns das Gesicht und die Hände waschen. Das kühle Wasser weckt, wie um uns zu provozieren, Erinnerungen an zu Hause. Viele haben hier schon versucht, ihrem Leben ein Ende zu setzen. Als man uns das erste Mal zum Wasser führte, war Mordechai Baum so aufgeregt, daß er ganz vergaß, wo er war, und den Uniformierten fragte, ob wir das nun jede Woche tun würden. Der fiel über ihn her und schlug ihn, und zwar so lange, bis er sagte: »Du wirst keine Fragen mehr stellen. Du wirst es nicht wagen, noch einmal den Mund aufzumachen.« Und so kam es auch. Mordechai hörte zwar nicht auf zu sprechen, verlor aber von den Schlägen das Gehör. Von da an verstand er einen nur noch, wenn man schrie.

Ohnehin werden wir immer nur angeschrien. Manchmal schließen sich unseren Uniformierten andere Uniformierte an, und auch die schreien und prügeln. Irrigerweise hatten wir gemeint, Doktor Buchbinder als diensthabender Verantwortlicher könne unsere Sache vor den Uniformierten vertreten, doch auch ihn schreien sie aus der Ferne an, und wenn er nicht die Peitsche über uns schwingt und uns schlägt, dann bekommt er selbst die Schläge. Nachts bittet Doktor Buchbinder all jene um Vergebung, die er hat schlagen müssen.

In dieser Zeit bemerkte einer der Uniformierten, daß unser Offizier, Herr Stahlnacht, eine Binde ums Bein gewickelt trug, die er noch von zu Hause besaß. Er wurde aus der Reihe geholt, gezwungen, die Binde abzuwickeln und sich vornüber zu beugen. So schlugen

sie ihn zwanzigmal. Zweimal fiel er hin, und beide Male stand er auf, ohne einen Laut von sich zu geben.
Seit man ihn derart geschlagen hat, ist er verändert. Er hat seine Selbstsicherheit verloren, und wenn du ihn nach etwas fragst, schaut er dich ängstlich an und sagt: »Mit solchen Appellen kenne ich mich nicht aus.«
»Worauf bereiten sie uns dann vor?«
»Keine Ahnung.«
»Wie würden Sie unsere Situation militärisch beschreiben?«
»Das ist nicht das Militär, das ich kenne. Hier ist es anders.«
In dieser Nacht träumte ich von zu Hause. Ich sah Mutter vor einer Leinwand stehen und malen. Sie war so versunken, daß sie nicht merkte, wie ich hereinkam. Später drehte sie sich zu mir um und sagte zerstreut: »Wie geht es dir, mein Lieber?«
Ich staunte, daß sie nicht fragte, was mir in der langen Zeit, die wir uns nicht gesehen hatten, widerfahren war.
»Wie geht es Vater?« fragte ich zurück.
»Alles in Ordnung.«
Mutter war nicht mehr die alte. Die leichte Bitterkeit, die sonst immer auf ihren Lippen gelegen hatte, war verschwunden. In ihren Augen glänzte ein Licht, als hätte sie endlich den Weg zu ihrem Inneren gefunden und nichts mehr zu befürchten.
»Mutter«, rief ich.
Mutter hob die Augen zu mir und sagte: »Jedem das Seine. Auch mir. Endlich das Meine. Was wunderst du dich?«
»Ich habe doch bloß eine Frage gestellt.«

»Was hast du gefragt?«
Das war der erste Tunnel, den ich grub. Es überraschte mich, daß ich mich an alle Einzelheiten des Gespräches erinnerte.
Und wieder standen wir zum Morgenlauf bereit. Ein Peitschenhieb landete auf mir, es tat sehr weh, doch ich lief weiter. Der Anblick meiner Mutter im Traum begleitete mich den ganzen Tag. Jetzt, wo sie mich gesehen hatte, wo sie wußte, was ich durchlitt, würde sie nicht ruhen, bis es ihr gelungen wäre, mich hier herauszuholen. Doch später, als der Hunger stärker wurde und meine Beine strauchelten, da war ich mir nicht mehr sicher, ob sie meine Not begriffen hatte. Vielleicht hatte ich ihre Antwort nicht richtig verstanden.

18

Jetzt wissen wir, daß sich das Lager über viele Kilometer den Fluß entlang erstreckt. Jeden Tag treffen mehr Menschen ein, doch es ist schwer zu schätzen, wie viele es sind. Die einzelnen Kompanien sind durch hohe, engmaschige Zäune voneinander getrennt, und die Internierten haben keinen Kontakt zueinander; trotzdem spürt man, daß Tausende von Menschen in den abgezäunten Arealen leben. Manchmal dringt das Stöhnen eines Menschen zu uns, es klingt wie das Stöhnen des Flusses und erschüttert die Erde, auf der wir stehen.

Vor einigen Tagen hat sich ein Mann unter den Zäunen zu uns durchgegraben. Er war überzeugt, daß dies der letzte Zaun sei und er von hier aus in die Wälder fliehen könne. Als er seinen Irrtum erkannte, war es schon zu spät. Zwei Uniformierte hatten ihn bereits gepackt und schleiften ihn zum Fluß. Der Elende wußte, was ihn erwartete, und bettelte um sein Leben. Doch das verlän-

gerte sein Leiden nur, denn bevor die Uniformierten ihn in den Fluß warfen, traten sie eine Weile auf ihn ein.
Nachts, wenn Baumstämme auf dem Platz angeliefert werden, wecken sie uns auf und hetzen uns zu den offenen Waggons, und wir klettern hinauf und laden ab. Stehen wir oben auf den Stämmen, können wir sehen, wie groß das Lager ist: ein ödes Gebiet mit unzähligen länglichen Baracken. Erst da begreifen wir, wie unbedeutend wir sind: Jeder einzelne von uns zählt weniger als ein Brett im Lattenzaun. Jemand hat überschlagen, es seien zehn Brücken, die gleichzeitig über den Bug gebaut würden, ein anderer kam zu dem Ergebnis, es müßten mindestens zwanzig sein.
So verging der Juni. Im Juli gab es einige helle, warme Tage, die Oberfläche des Bugs schaukelte ruhig, die Offiziere und andere Uniformierte badeten, und in der Zeit, die mir zwischen zwei Baumstämmen blieb, suchten mich Tagträume heim. Einmal sah ich, so klar wie ein Spiegelbild, eine Scheibe Brot mit frischer Butter vor mir. Doch die Nächte sind kalt und qualvoll. Das Laub, das wir auf den Pritschen verteilen, polstert nicht. Wären nicht die Träume, die uns mit zu Hause verbinden, hätte uns diese Qual schon ganz ausgehöhlt. Die Träume sind geheime Tunnel, durch die wir zurückkehren, so daß wir einen Moment lang wieder sind, wer wir waren. Im Traum sehe ich manchmal Mutter und Vater, Ida hingegen nie. Nicht einmal im Traum wage ich zu fragen, wie es ihr geht. Mutter sagt unermüdlich, in der Näherei sei alles wie früher, das Pensum sei zwar abermals heraufgesetzt worden, doch das Leben gehe weiter. Ich versuche an ihrem Gesicht abzulesen, ob sie die

Wahrheit spricht. Schwer zu sagen. Sie redet plötzlich gelöst, als habe sie sich von lange quälenden Fesseln befreit. Jetzt verstehe ich, daß sie all die Jahre zu Hause angebunden gewesen war, sie hat Vater geholfen, sie war in unserer Familie die gute Seele gewesen. Nun stand sie an der Staffelei und malte. Was sie früher nicht getan hatte, tat sie jetzt. Auf einmal flüstert sie mir zu: »Mach dir keine Sorgen um uns. Du mußt dich um dich selbst kümmern. Das ist nun das Wichtigste.«

»Ich kümmere mich ja um mich, ich versuche mich doch durchzuschlagen, und ich sage euch: Glaubt denen kein Wort! Die Näherei im Ghetto ist der beste Ort auf der Welt. Ihr könnt euch nicht vorstellen, wie gut es euch da geht. In München sind wir nie angekommen. Wir werden hier nicht nur für Sünden bestraft, die wir begangen haben, sondern auch für jeden sündigen Gedanken. Jeder Tag ist wie eine Woche; und auch nachts findet man keine Ruhe.«

Noch während ich sie warne, landet eine Peitsche auf meinem Rücken. Ich springe auf und beginne mit dem Morgenlauf. »Wir laufen, also leben wir«, sagt jemand und bringt uns für einen Moment zum Lachen. So fängt er an, der neue Tag. Das Laufen, so schwer es uns allen fällt, gibt uns etwas von der Freiheit wieder, die wir verloren haben. Zum Beispiel stellt sich einer vor, am Ende der Strecke bekäme er eine Tasse Kakao, wie früher auf dem Gymnasium. Aber das geht schnell vorüber. Schon wieder der schändliche Appell, schon wieder die stichelnden Worte, das Gebrüll und die Schläge. Früher habe ich manchmal den Satz gehört, der Mensch sei »härter als Eisen«; erst jetzt verstehe ich ihn.

Die Schwarzseher unter uns wollen herausgefunden haben, daß auf all den Brücken, die über den Bug gebaut werden, vermutlich Truppen übersetzen sollen und daß der Tag nicht fern ist, an dem die Deutschen ganz Rußland erobern und sich mit der japanischen Armee zusammentun. Die Optimisten halten dagegen, bei so schnell gebauten Brücken handele es sich wohl eher um Rückzugswege; nur noch ein bißchen Geduld, denn der Zusammenbruch stehe kurz bevor.
Zumindest bei uns haben die Optimisten die Oberhand. Vielleicht wegen des schönen Wetters. Vor einigen Tagen hat man uns zu der Scheibe Brot ein Stück Rettich und etwas Salz dazugegeben. Sofort machte das Gerücht die Runde, die Deutschen bereuten unsere Deportation aus dem Ghetto und würden uns schon bald wieder nach Hause lassen. Jede Vermutung, jedes Gerücht sind uns Anlaß zur Hoffnung. Einige von uns glauben fest daran, daß in naher Zukunft der Irrtum auffliegen und man uns in die Hauptnäherei in München bringen wird, denn dort schätze man geübte Kräfte, unter deren Händen Uniformen entstünden, die diesen Namen verdienten.
Es gibt weitere Gründe, zuversichtlich zu sein. Gestern ist es Salo, dem Großhändler, einem kleinen, untersetzten Mann, gelungen, im Tausch gegen einen goldenen Ring eine ganze Wurst zu ergattern. Er brachte sie sofort zu Doktor Buchbinder, damit der sie gerecht verteile. Wir leben hier insgeheim wie in einer Kommune, das ist der einzige Lichtblick in all dem Dunkel. Die Kommune kann keinen retten, der sich in Phantasien verstrickt, an Ruhr erkrankt oder sich bösartig entzün-

dende Wunden hat, aber in anderen Gefahrensituationen, und derer gibt es viele, wird manch einem geholfen, und ab und zu wird sogar jemand gerettet.
Wenn Hunger und Verzweiflung einen Menschen zerstören, wenn die Gefahr besteht, daß er aufgibt und sich das Leben nimmt, geht Doktor Buchbinder zu ihm hin und sagt: »Ich habe einen Hinweis bekommen, daß wir bald eine größere Ration Brot erhalten, vielleicht sogar ein Stück Butter.« Diese Worte wirken Wunder, denn der Betreffende taucht aus seinen Halluzinationen auf. Obwohl er weiß, daß auch Doktor Buchbinder keinerlei Kontakt zu den Uniformierten hat, daß sie ihn verachten und ihm wie allen anderen nur aus der Entfernung Befehle zurufen, glaubt er ihm, steht auf und kommt wieder zu Kräften.
Das Tagespensum liegt inzwischen bei fünfundsechzig Stämmen. Wenn es nicht regnet und der Brückenbau schnell vorangeht, müssen wir sogar noch mehr herbeischaffen. Es gab schon Tage, an denen wir neunzig Stämme angeschleppt haben. Doch die Uniformierten lassen nicht locker; sowie wir anhalten oder langsamer gehen, schlagen sie mit ihren Prügeln auf uns ein. Auch Doktor Buchbinder kommt nicht ungeschoren davon. Meistens schlagen die Uniformierten stumm, doch wenn sie fluchen, treiben sie es besonders schlimm. Dennoch stellen wir uns vor, daß sie sich eines Tages einmal ändern werden. Dieser Gedanke kam auf, weil sie nach getaner Arbeit vor ihren Baracken sitzen und im Radio klassische Musik hören. Hier ertönt klassische Musik aus jeder Ecke, und das ist eine der schrecklichsten Täuschungen an diesem Ort, denn die Musik erin-

nert uns an das Leben, in das wir so gern zurückkehren würden. Schon einige sind in diese Falle gelaufen. Es beginnt meistens mit einem plötzlichen Weinen, begleitet von lange zurückgehaltenen Sätzen wie: »Meine Schwester hat das so oft gespielt, zuerst fiel es ihr schwer, aber irgendwann hat sie es geschafft. Es war eine ihrer Lieblingsstellen.« So läßt du dich verführen, ohne es zu merken, und begibst dich in die Welt der Halluzinationen, aus der viele nicht mehr freikommen.

Vor ungefähr zwei Wochen begann einer der Kaufleute zu weinen: Max Drucker, ein grundehrlicher Mann, der auch hier versuchte, anderen zu helfen. Erst dachten wir, irgendeine Erinnerung wecke das starke Gefühl, doch schnell wurde klar, daß auch ihn die Musik getroffen hatte.

Keiner hatte ihn je über Musik sprechen hören. Sein Vater und seine Mutter hatten kein Instrument gespielt, er selbst war, wie er offen zugab, noch nie in einem Konzert gewesen, und ausgerechnet hier schüttelte ihn die Musik. Sofort versuchten einige, ihn aus dem Sog herauszureißen, aber selbst mit vereinten Kräften bekamen wir ihn nicht mehr los. Es war furchtbar, mit anzusehen, wie dieser Kaufmann, von dessen praktischem Wesen man sogar in seinen Halluzinationen etwas spürte, sich allmählich mit dem Tod verband. Er sprach nicht mehr unsere Sprache, sondern war in die seiner Vorfahren zurückgefallen, und schließlich redete er mit Worten, die hier schon keiner mehr verstand: in der Sprache des Talmuds, den er in seiner Jugend fleißig gelernt hatte. Allein und mutig lief er in seinen Tod, noch bevor der Uniformierte bemerkte, was mit ihm geschehen war. Sein Trupp hatte gerade den Baumstamm abgelegt, da richtete er sich auf, trat an den Rand der Brücke und sprang. Buchbinder meldete es sofort, und ein anderer rückte an seine Stelle. Wir haben schon viele Gesichter des Todes gesehen, und trotzdem können wir uns nicht an ihn gewöhnen. Wann immer einer von uns stirbt, geht ein Teil unserer Seele mit.

19

Jeden Tag kommen Züge mit Menschen an. Wir sind von den Neuankömmlingen getrennt, können sie aber sehen. Bestimmt hoffen sie, daß die körperliche Arbeit sie retten wird, das sagt uns ihr stilles Staunen. Aber nicht lange. Schon kommen die Uniformierten aus ihren Löchern, stürzen sich wütend auf die Menge, prügeln und schießen. Und die Elenden ducken sich und rennen los.

So ungefähr hatte man auch uns empfangen. Wir haben unsere Ankunft längst vergessen, stehen schon auf einer anderen Stufe. Nachts diskutieren wir zwar noch, suchen nach Erklärungen oder erinnern uns, doch in Wahrheit sind wir bereits von unserer Innenwelt getrennt, und hätten wir nicht unsere Träume, wir wären entseelte Geschöpfe. Die Träume geben uns für einen Moment unsere Seelen wieder. Danach schickt uns der Morgen zurück in die Sklaverei.

Trotzdem spekulieren wir weiter. Die besonders Scharfsichtigen unter uns schätzen, daß täglich mindestens hundert Menschen hinzukommen, was bedeutet, daß noch viele Brücken zu bauen sind. Andere behaupten, hier entstehe eine riesige Waffenindustrie; bald würden wir deshalb anders behandelt, es gebe schon Anzeichen dafür. Jemand hatte gehört, im Lager VII verteile man größere Brotrationen und einen Nachschlag Suppe.

Die Logik ist zäh und will nicht sterben. Alle rechnen herum, kombinieren verschiedene Gerüchte, und bis es Abend wird, klingt es so: Die Juden waren immer loyal gegenüber den Regimen, unter denen sie lebten, und dem gesunden Menschenverstand zufolge wird man sie nun zum Kriegseinsatz mit heranziehen. Dieser alte Glaube ist derart in uns verwurzelt, daß wir, obwohl die Tatsachen dagegen sprechen, an ihm festhalten. Eines Nachts rief einer von seiner Pritsche: »Die werden sich noch verantworten müssen für ihre Verbrechen! Die deutsche Kultur selbst wird sie ausspeien!«

»Du glaubst noch an die deutsche Kultur?«

»Es ist die meine. Eine andere habe ich nicht.«

»Dein Judentum ist für dich keine Kultur?«

»Ehrlich gesagt – nein.«

»Wie erklärst du dir das Verhalten der Deutschen?«

»Eine gleichzeitige Sonnen- und Mondfinsternis. Mehr fällt mir dazu nicht ein.«

So irren die Leute durch die Nacht. Im Juli gelangten wir in den Besitz von zwei Laib Brot. Unsere Stimmung wurde besser. Jeden Tag beobachteten wir, wie der Bug seine Opfer verschlang, doch wir redeten uns ein, es seien die letzten. Wir klammerten uns an den Glauben, daß wir am Ende des Sommers entweder freigelassen

oder in die Kriegsindustrie abberufen würden und unser Leid damit vorüber wäre.
Vor einigen Tagen wurde der Ingenieur Schulmann in eines der Büros beordert. Alle freuten sich. Schulmann, einer der namhaften Ingenieure unserer Stadt, hatte in Wien und in Italien studiert und nach seiner Rückkehr ein Ingenieurbüro eröffnet, das schnell bekannt wurde. Schon im Ghetto hatten wir uns gewundert, warum man ihn nicht für den Krieg zu Rate zog, und siehe, endlich kam der ersehnte Moment, und man holte ihn.
Schulmann gehörte zu den Menschen, die du, wenn du ihnen einmal begegnet bist, nicht mehr vergißt. Ein hochgewachsener, kräftiger Mann, aber nicht von einer Stärke, die angst macht. Er hatte eine sanfte Stimme, und wenn er dastand und etwas erklärte, leuchtete sein Gesicht. Er besaß große Kenntnisse, nicht nur auf dem Gebiet des Ingenieurwesens, sondern auch als Architekt, und er war ein Fachmann für Kunstgeschichte. Zwei Bücher hatte er geschrieben, die als Standardwerke galten und viel zitiert wurden.
All die Tage, die er bei uns war, stärkte er in uns den Glauben, das Leben werde am Ende dieses Alptraums wieder wie früher weitergehen. Bis dahin sollten wir der grausamen Zeit ihren Tribut zahlen, sie überlisten, geduldig sein und abwarten. Plötzlich wurde Schulmann zum Lagerkommandanten abgeholt. Wir waren überzeugt, daß er sich bei ihm für uns einsetzte.
Die Tage seiner Abwesenheit waren Tage angespannten Wartens. Nachts sagten wir: Bestimmt haben sie ihn nach Deutschland geschickt, damit er dort eine Spezial-

einheit von Ingenieuren aufbaut, mit einem Konzept, wie man es sonst nirgends kennt. Auf diese Weise werde er den Offizieren des Generalstabs beweisen, daß die Juden dem Reich und seiner Kultur treu seien und keine feindliche Gesinnung hätten, ja daß man sie als loyale Mitstreiter behandeln müsse, da sie viel zum Kriegseinsatz beisteuern könnten.

Unterdessen tauchte unser Offizier, Herr Stahlnacht, aus seinem Elend auf. Sein Zustand hatte sich in den letzten Wochen verschlechtert. Er, der immer darauf geachtet hatte, rasiert zu sein und einen sauberen Napf zu haben, ist nachlässig geworden und wird manchmal mit einem Schlag ins Gesicht oder einem Tritt bestraft. Nach der Arbeit sitzt er auf seiner Pritsche und versinkt in Schwermut, doch Schulmanns Fortbleiben hat ihn wachgerüttelt.

Eine Woche später sank unsere Hoffnung. Vielleicht, weil es plötzlich regnete und sich der Weg vom Platz zur Brücke in eine gierige Masse Schlamm verwandelte. Die Stämme saugten die Feuchtigkeit auf und wurden noch schwerer. »Hilfe, helft mir!« riefen etliche verzweifelt, doch keiner beachtete sie.

»Wenn es schon im Sommer so ist, wie soll erst der Winter werden?« fragte einer.

»Keine Sorge. Im Winter sind wir schon nicht mehr hier«, antwortete ein zweiter.

Der Hunger kehrt zurück und zeichnet unsere Körper. Wieder phantasierst du von nichts anderem als Brot. Es gibt Leute, die bringen sich für eine viertel Scheibe Brot in Gefahr. Doktor Buchbinder redet nachts mit den Dieben und bittet sie, ihren letzten Funken Menschlichkeit

zu bewahren und sich nicht korrumpieren zu lassen. Wir dürften nicht als Diebe sterben.
Und während uns die Tage mit großen Fäusten kneteten, sahen wir eines Morgens Schulmanns Körper am Ufer liegen. Er lag auf der Seite, als schliefe er; so hatte der Bug ihn wohl an Land gespült, nicht wie die vielen anderen auf dem Rücken.

20

Der August war kühl, und der Hunger fraß uns völlig auf. Große, angesehene Leute, die früher bekannte Firmen geleitet oder an den Hochschulen für Verwaltung studiert hatten, wurden nachts beim Brotstehlen erwischt. Hunger, das wissen wir inzwischen, ist stärker als die Angst vor dem Tod.
Zwei starke, lebenshungrige Männer, deren Gesichter ich noch aus der Näherei im Ghetto kannte, waren zu Polizisten unserer Baracke ernannt worden. Sie wohnen jetzt in einem benachbarten Häuschen, haben einen Pullover und Handschuhe bekommen, schlafen auf Betten mit Matratzen, erhalten eine doppelte Ration Brot, und das Wichtigste: Sie werden nicht eingeschlossen wie wir. Die Polizisten unterstehen den Uniformierten, und wenn die Uniformierten es befehlen, fallen sie wie aufgehetzte Hunde über uns her. Unter ihnen gab es manchmal welche, von denen es hieß, sie seien früher redliche Kaufleute, besonnene und zurückhaltende

Handwerker gewesen. Hier waren sie nicht wiederzuerkennen. Keiner von uns sprach mit ihnen, als seien sie nicht mehr unsere Brüder, sondern Doppelgänger der Uniformierten.
Zweifellos leben sie besser als wir, aber welchen Preis zahlen sie dafür! Wer nicht grausam genug ist, den quälen die Uniformierten. Bevor zwei aus unseren eigenen Reihen dazu ernannt wurden, hatten transsilvanische Gefangene wie Fronvögte über uns geherrscht, doch sie waren ihren Vorgesetzten wohl nicht grausam genug gewesen und zur Bewährung in eine Sondereinheit versetzt worden.
»Wenn das hier das Leben ist, dann mach ich mich lieber schleunigst davon.« Diesen Satz habe ich schon oft gehört und sein Resultat mehr als einmal gesehen. Ein Mensch springt von der Brücke, wird vom Wasser verschlungen, und sein Leiden hat ein Ende.
In anderen Arbeitslagern, heißt es, wird einem das Sterben nicht so leichtgemacht. Dort ist der Selbstmord schwierig, der Tod oft qualvoll lang.
Wir haben in unserer Baracke einen Mann, Pinchas, der ist um die Fünfzig. Während der ganzen Zeit, die wir schon hier sind, habe ich noch kein Wort aus seinem Mund vernommen. Er ist fromm, doch man merkt es ihm nicht an, denn er besitzt weder Gebetsmantel noch Gebetsriemen, auch ein Gebetbuch hat er nicht. Wie wir anderen arbeitet er von morgens bis abends, aber in seinem ganzen Verhalten liegt eine Langmut, die wir schon verloren gaben. Es stimmt, man würde ihm das Wort verbieten, wenn er den Mund aufmachte, denn falls es jemanden gibt, gegen den sich der Haß aller richtet,

dann ist es Pinchas. Schon sein Name bringt die Leute auf. Pinchas weiß das, doch seine Langmut schützt ihn nicht nur vor den Uniformierten und den Polizisten, sondern auch vor seinen Brüdern.

Früher stand er vor allen anderen auf und betete, doch seit ihn ein Mitgefangener deshalb geschlagen hat, betet er nicht mehr laut. Eine Zeitlang richtete er im Liegen den Oberkörper auf und betete flüsternd, aber auch dieses Gebet erregte den Zorn eines Gefangenen. Jetzt bewegt er nur noch lautlos die Lippen.

Ich weiß nicht, warum, aber wir sind uns sicher, daß bloß er diese Hölle überleben und nach Hause zurückkehren wird. Ein völlig unbegründetes Gefühl, und dennoch nährt es unseren Haß gegen ihn. Einmal schoß einer von uns einen Giftpfeil auf ihn ab: »Du bist ein Heuchler, und du wirst als einziger zu deiner heuchlerischen Frau zurückkehren.«

Das Wort »Heuchler« hatte ich hier bis dahin noch nicht gehört, und der Satz klang einen Moment nach wie ein Fluch im Dunkel. Die Polizisten behandeln Pinchas besonders brutal; wann immer sie ihn sehen, schlagen oder treten sie ihn. Wäre er schwächer, er hätte sich längst davongemacht. Er ist zwar klein, aber ziemlich kräftig. Sein Glaube hat seine Gesichtszüge geprägt, sie bleiben gleichgültig. Egal, was die Polizisten mit ihm treiben, egal, was seine Leidensgenossen ihm antun, Gott im Himmel sieht alles und wird sie richten. Diese Gelassenheit demonstriert er jeden Tag, wie um uns zu provozieren.

Pinchas trägt zwei vergilbte Blätter bei sich, vermutlich aus einem Gebetbuch, und immer wenn die Unifor-

mierten und Polizisten ihn nicht sehen, zieht er sie schnell aus der Tasche und küßt sie.
Eines Tages fiel ist ein großer, starker Mann über ihn her und schrie: »Die Guten sterben einen gewaltsamen Tod, aber Kriecher und Heuchler wie du, die überleben. Doch du wirst den Tag deiner Befreiung nicht mehr erleben. Dafür werden wir schon sorgen. Auch du wirst sterben.« Pinchas wußte, daß ihn niemand verteidigte und er Erniedrigungen und Schläge einstecken mußte. Merkwürdigerweise hatte dieses Wissen seinem Gesicht keinen Anflug von Vergeistigung verliehen. Von Tag zu Tag wurde es stumpfer, was unseren Haß weiter schürte.
In dieser Zeit wurden sechs neue Leute zu uns in die Baracke gestoßen. Bisher war noch nie ein Neuer zu uns gekommen. Unsere einzigen Informationen bezogen wir aus dem, was nachts von den benachbarten Kompanien zu uns herübergerufen wurde. Nur so erfahren wir, was um uns herum geschieht oder auch mal etwas von zu Hause, doch sicher wissen wir nichts. Jetzt kamen diese sechs Bärtigen zu uns, in zerrissenen Häftlingskleidern; sie rochen nach Sägespänen. Es stellte sich heraus, daß es nicht weit von hier eine Sägerei gab, in der eine Kompanie von Zwangsarbeitern Tag und Nacht Balken und Bretter zurechtsägt.
Sofort erkannte ich einen von ihnen: Herrn Honig! Ich freute mich so, daß ich kein Wort hervorbrachte. Schließlich konnte ich wenigstens seinen Namen sagen. Er schaute mich an und zögerte einen Moment. Als er mich dann erkannte, schloß er mich in die Arme und sagte: »Mein Sohn, du bist ja auch hier.«
Wir bestürmten die Neuankömmlinge, versuchten In-

formationsfetzen über unsere Angehörigen zu erhaschen. Ihre staunenden Blicke verrieten, wie sehr wir uns verändert hatten. Doch auch sie waren nicht mehr die, die wir einst gekannt hatten. In der Baracke herrschte Aufregung. Der Gedanke, daß der Ort, den wir verlassen hatten, noch existierte, daß unsere Verwandten abends weiterhin in Honigs Keller gingen, selbst wenn Honig nicht mehr da war, dieser Gedanke bewegte uns sehr und freute uns. »Jetzt kann ich ruhig sterben«, kreischte jemand, als er erfuhr, daß seine Frau samt den fünf Kindern in einem Versteck untergekommen war. Nur einer saß auf seiner Pritsche und sagte kein Wort: unser Offizier. Kühl und fast ein bißchen selbstzufrieden beobachtete er, wie wir uns um die Neuen scharten. Er schien zu fragen: Wieso schwirrt ihr um sie herum wie die Fliegen? Wir wußten, auch er hatte Familie und betagte Eltern, doch er hielt sich abseits von dem Trubel, und sein Gesicht war vor Härte verzerrt.

21

Die ganze Nacht über hat Honig erzählt. Zahllose Bilder trägt der kleine Mann in sich. Die Stadt, von der wir seit fünf Monaten getrennt sind, erwacht zu neuem Leben. Honig berichtet von den Akcjas, die von Tag zu Tag hinterlistiger werden. Die Aufseher haben aufgehört zu schlagen und verhalten sich so anständig, daß neue Hoffnung aufkommt. Bei der letzten Akcja gaben sie jedem, der deportiert wurde, ein Paket mit Brot, Butter und Obst mit, als Vorgeschmack darauf, wie er in den »Kolonien« am anderen Ufer des Bugs leben werde. Oder sie verteilten Pullover und sagten, es handele sich um ein Geschenk aus den landwirtschaftlichen Kolonien, in denen man seiner Ankunft schon sehnsüchtig entgegensehe. Die letzten Akcjas verliefen ruhig, man hörte sogar hier und da ein höfliches oder rücksichtsvolles Wort.

Menschen, die sich über Monate versteckt hatten, kamen nun aus ihren Löchern und stellten sich, im festen

Glauben, daß sie auf der anderen Seite des Bugs ein ruhiges Arbeitsleben erwarte. Einige naive Leute waren sogar davon überzeugt, es sei das beste, sich freiwillig zum Kriegseinsatz zu melden und allen zu zeigen, daß die Juden ehrlich, treu und zu körperlicher Arbeit fähig sind.

Spät in der Nacht erzählte mir Honig dann, daß Ida sich zusammen mit zwei Freundinnen im Keller unseres Hauses versteckt halte. Mutter und Vater kümmerten sich um alles, ich müsse mir keine Sorgen machen. Mein Atem stockte. Seit ich hier bin, versuche ich jeden Tag, Ida vor mir zu sehen, doch alle Bemühungen helfen nichts, und ich habe von ihrem Gesicht nicht einmal eine Ahnung. Als Honig ihren Namen jetzt nannte, tauchte es aus der dichten Wolke auf, die es sonst umgab.

Die anderen lassen von den Neuen nicht ab. Gerade fragen sie einen aus, dessen Stimme mir bekannt vorkommt. Er erzählt, wie er sich verführen ließ und deportiert wurde: Eines Tages hatte es im Ghetto eine Bekanntmachung gegeben, in der es hieß, der Bezirkskommandant suche Freiwillige mit Gymnasialbildung, die bereit seien, sich auf einer Werft am Bug für Schiffbau und Flößerei weiterzubilden. Schon in seiner Jugend hatte er Schiffbauingenieur werden wollen, doch seine Eltern brachten das Geld nicht zusammen, ihn nach Danzig zu schicken, und so war aus dem Traum nichts geworden. Diese Bekanntmachung gefiel ihm, und sofort meldete er sich und schrieb sich ein. Doch er hatte noch einen weiteren Grund: Er wollte seine geliebte Frau Betty suchen, die vor neun Monaten entführt wor-

den war und von der er seitdem kein Lebenszeichen mehr bekommen hatte. Da weiß ich, es ist mein Cousin, der arme Felix.
Nach Mitternacht wurde es ruhig, doch ich konnte nicht einschlafen. Idas Gesicht, das mir für einen Moment erschienen war, hatte sich wieder hinter eine dichte Wolke zurückgezogen. Im Halbschlaf sehe ich Vater und Mutter mit den Fluten des Flusses kämpfen. Endlich kommen sie dagegen an und erreichen das Ufer. Ich bin überrascht, denn sie wirken in ihren Badeanzügen jünger, so wie in den Sommerferien, wenn wir im Prut baden waren. »Wo bist du?« fragt Vater und zeigt auf den Globus, den er mir in der achten Klasse gekauft hat. Meine Stimme versagt, meine Hände sind gelähmt, ich habe nicht die Kraft, den Kopf zu heben und ihm zu antworten. Vater schaut mich durchdringend an: Er versteht wohl nicht, warum ich schweige.
Plötzlich entdecke ich Ida. Sie ist sehr dünn geworden. Klein ist sie, man sieht ihr die Schwangerschaft nicht an. Wie ein junges Mädchen kommt sie mir vor, gerade auf dem Heimweg von der Schule. In der achten Klasse sah ich Ida einmal auf den Stufen der Schultreppe sitzen und verliebte mich sofort. Wir waren zwar in derselben Klasse, sie saß in der ersten Reihe, ich in der letzten, doch bis dahin hatte ich sie nicht beachtet. In diesen Jahren war ich ganz und gar in die Lektüre von Jules Verne versunken, und Mädchen interessierten mich nicht. Später erzählte mir Ida, daß auch sie die Bücher von Jules Verne gerne las.
Ich himmelte sie an und traute mich nicht, sie zu fragen, ob wir Freunde sein wollten. Sie war eine Muster-

schülerin, und ich wackelte in einigem Abstand hinter ihr her. In Mathematik und Latein, zwei Hürden, an denen viele andere scheiterten, war sie die Klassenbeste. Den Herbst über wetteiferten wir, und dadurch fühlte ich mich noch mehr zu ihr hingezogen. In der Klasse gab es, zugegeben, bessere Schüler als mich, aber ich strengte mich Idas wegen besonders an. Jetzt kommt es mir vor, als hätte ich sie betrogen und irregeführt.

Der Traum zerriß unter furchtbarem Gebrüll. Der Wechsel von der Pritsche zum Appellplatz dauert nur wenige Sekunden. Ein Peitschenhieb auf den Rücken genügt, um dich von allem wegzuholen, was einmal war, und du hebst die schmerzenden Beine und rennst los.

Unsere Träume sind sich, wie sich herausstellt, ziemlich ähnlich. Immer trennt uns ein breiter tiefer Fluß von unseren Lieben. Der Fluß ist so tief, daß du dir nicht vorstellen kannst, ihn je zu überqueren. Manchmal taucht ein Boot auf, aber es ist so klein und so leicht, daß jede Welle es mühelos umwerfen kann.

Merkwürdigerweise interessieren sich etliche von uns ausgerechnet für Träume. Einige meinen, viel Wasser im Traum bedeute, daß wir nicht mehr lange leben und in den Wassern des Bugs untergehen würden. Andere sehen in dem vielen Wasser ein eindeutiges Zeichen, daß wir bald befreit würden und unsere Lieben wieder in die Arme schließen könnten.

Einer der Internierten, ein richtiger Überlebenskünstler, ist unser Traumdeuter: Paul. Wenn wir auf ihn hören würden, besser gesagt, wenn wir sein Verhalten nachahmen könnten, dann wäre unser Leben leichter. Seine Lehre besteht aus mehreren Grundsätzen. Erster

Grundsatz: Gleichgültigkeit. Nimm alle Katastrophen, die dir widerfahren, gelassen hin, als richteten sie sich nicht gegen dich, als gingen sie dich nichts an, und wenn es besonders schlimm ist, sage dir: Dieses Leben ist nur eine Illusion, und so, wie Illusionen zerstieben, wird auch der Schmerz vergehen. Den Körper kann man brechen, die Seele nicht. Die Seele ist ewig, sagt Paul immer, und Träume sind die Sprache der Seele. Man muß sich seine Träume gut anschauen und ihnen zuhören, denn sie möchten uns eine Richtung weisen und uns schützen.

Wenn einer von uns klagt, daß ein böser Traum ihn quält, und sich das Leben nehmen will, schaut Paul ihn an und sagt: »Erzähl mir, wovon hast du geträumt?«

»Der Bug hat versucht, mich zu verschlingen.«

»Aber am Ende hat er dich nicht verschlungen.«

»Ist das nicht ein Zeichen, daß er mich verschlingen wird?«

»Es zeigt vielmehr, daß du dich nicht fürchten sollst. Wenn du die Angst besiegst, wirst du nicht untergehen.«

»Der ist ja verrückt«, sagen einige und halten Distanz. Andere sind jedoch beeindruckt von Pauls Gelassenheit, von der Art, wie er sich ausruht, wie er schläft, und von seiner ungewöhnlichen Großmut. Paul ist einer der wenigen, die ihre Brotration an jemanden weitergeben können, mit dem sie noch nie ein Wort gesprochen haben.

»Auch das ist verrückt«, urteilen die Skeptiker.

»Aber das ist keine Kleinigkeit«, sagen die, die ihn bewundern.

An kalten Tagen, wenn wir alle damit beschäftigt sind, die Risse in den Arbeitsanzügen und die Löcher in den Schuhen zu flicken, sitzt Paul mit geschlossenen Augen auf der Erde und schlummert vor sich hin, völlig reglos, bis der Ruf »Appell!« ihn hochreißt.
Ihm können Kälte, Frondienst und Schläge nichts anhaben. Am Ende des Krieges wird er aufstehen und wieder nach Hause gehen. Das denken viele, und deshalb kommt es öfter vor, daß sich jemand in seiner Not an ihn wendet und sagt: »Ich habe eine Bitte an dich. Wenn der Krieg vorbei ist, tu mir den Gefallen und geh zu meiner geschiedenen Frau und bitte sie in meinem Namen um Verzeihung. Sag ihr, daß ich erst hier angefangen habe, sie zu lieben.« Anstatt die Fassung zu verlieren, hat Paul immer eine überraschende Antwort parat. Einmal habe ich ihn sagen gehört: »Warum bist du so sicher, daß ich überleben werde?«
»Das ist so ein Gefühl.«
»Keiner weiß, wann seine Stunde kommt, aber bis es soweit ist, mußt du leben.«
Seine Herkunft und was er früher gemacht hat, sind uns ein Rätsel, und er gibt sich keine Mühe, Licht in dieses Dunkel zu bringen. Einige Tatsachen sind trotzdem bekannt. Er wurde vor siebenundvierzig Jahren in den Karpaten geboren, war in seiner Jugend Kommunist, wandte sich aber schon bald von dieser Überzeugung wieder ab und wählte ein Leben in Abgeschiedenheit. Er zog zwei Jahre lang durch den Fernen Osten und vertiefte sich nach seiner Rückkehr in die östlichen Lehren. In Czernowitz nannte man ihn den »Sonderling« oder den »komischen Paul«, doch hier begegnen ihm

die meisten mit Achtung und Sympathie; einige bitten ihn, ihre Träume zu deuten, oder vertrauen ihm ihr Testament an.
Seit die sechs Neuen angekommen sind, träumen alle von zu Hause. Auch ich träume nun von Ida. Im Traum ist sie in der ersten Klasse im Gymnasium, es ist die Zeit vor unserer Freundschaft, als wir noch Rivalen waren. Ihr Gesicht ist sehr schön, und ich betrachte sie und frage mich: Warum ignoriert sie mich, warum schaut sie mich nicht an? Spürt sie denn nicht, daß ich sie liebe?

22

Im September war es furchtbar kalt. In den Fässern gefror das Wasser. Schreckliches Gebrüll läßt den noch dunklen Morgen erzittern. Sofort der Appell, dann das Laufen. Der Uniformierte hat eine neue Methode ersonnen, uns zu quälen: Wir müssen uns mit Schlamm beschmieren. »Die Juden sind ja so empfindlich und machen sich nicht dreckig. Wir werden ihnen schon beibringen, keine Angst vor dem Dreck zu haben.« Solange es dunkel ist, haben wir manchmal den Eindruck, daß er uns nicht haßt, sondern nur treu die Weisungen eines Gerichts ausführt, das uns dazu verurteilt hat, bessere Menschen zu werden. Manchmal spüre ich, daß wir tief in diesem Läuterungsprozeß stecken, es ist ein schwieriger Prozeß, der noch lange dauern wird, doch wenn das Feuer ausgeht, wenn sich die Tore des Lagers öffnen, dann werden die Leute an den Straßen stehen und staunen, daß wir all diese Prüfungen durchgestanden haben, ohne zu zerbrechen. Honig ist in meinem Trupp, und so geht der Tag leichter vorüber. Es ist erst einen Monat her, daß er Mutter, Vater und Ida gesehen hat. Und für einen Augenblick meine ich, mit Ida im Keller zu sitzen und von dem Tag zu träumen, an dem wir aus dem Ghetto befreit werden und nach Cîmpulung fahren.

»Cîmpulung.« Das Wort kommt mir ungewollt über die Lippen.

»Was?« fragte Honig verwundert.

»Idas Eltern wollen uns in ihrem Sommerhaus in Cîmpulung wohnen lassen.«

»Es ist gut, das Leben dort neu zu beginnen.«

So ziehen ganz von allein Namen und Orte vorüber, wie Bojen; sie werden von Ankern gehalten, die man nicht sieht.

»Herr Honig«, sage ich.

»Was ist, mein Lieber?«

»Ist Ida mir böse?«

»Nein. Wie kommst du darauf?«

»Verzeihung«, sage ich, und es tut mir leid, gefragt zu haben.

Der Monat in der Sägekompanie hat Honigs Gesicht altern lassen, ihn aber nicht verbittert. Seine gläubigen Vorfahren, die all die Jahre in ihm verborgen waren, schauen mich nun aus seinen Augen an. Ich stelle fest, daß er jetzt Wörter benutzt, die er früher nicht in den Mund genommen hat. Er erzählt mir von seinem Vater und seiner Mutter, die die Nachbarn meiner Großeltern im Dorf gewesen sind. Und einen Moment ist es so, als wären wir alle in den Karpaten verwurzelt. Von jeher ist das Land des Baal Schem Tov unsere Heimat gewesen,

dahin werden wir eines Tages zurückkehren, denn dort ist der unversehrte Glaube noch aufbewahrt.
Ich muß mich sehr verändert haben, zuerst erkannte mich Felix nicht. Dann umarmte er mich und nannte meinen Namen. Im Ghetto hatte er sich zum Gespött der Leute gemacht. Auch hier spricht er wie ein Kind von Betty, als habe er sie auf dem Heimweg von der Schule aus den Augen verloren. Doch jetzt verspottet ihn keiner. Er ist stark und hilfsbereit, er ist das Rückgrat seines Trupps. Immer wieder sagt er: »Mein Körper ist groß genug, der kann schon ein paar Schläge aushalten.« Ab und zu holt der Uniformierte ihn heraus, damit er ein paar Säcke Zement auf dem Rücken trägt. Auch diese Arbeit tut er, ohne zu klagen. Nur manchmal erwacht sein Leid, dann seufzt er und fragt: »Aber wo ist sie nur, meine Betty?«
Mit unserem Offizier geht es zusehends bergab. Seine Haltung wird nachlässig, die meiste Zeit des Tages verbringt er in seiner Depression. Manchmal ist er zufrieden, doch das drückt sich nicht in Worten aus. Früher hat er geschimpft: »Die Juden sind unpünktlich, sie achten nicht auf ihr Äußeres, sind immer gehetzt und nicht fähig, irgend etwas in Ruhe zu betrachten. Ich habe mich von ihnen distanziert und bin sofort auf die Offiziersschule gegangen. Jeder junge Jude sollte auf der Offiziersschule erzogen werden. Nur eine gründliche Erziehung wird die Juden verändern.«
Wenn ihn jetzt einer etwas fragt, hebt er den Kopf und sagt: »Die sind ja verrückt geworden.«
»Das Militär ist doch normalerweise so straff organisiert, daß man nicht so leicht verrückt wird.«

»Stimmt«, sagt unser Offizier und kommt wieder zu sich.
»Das heißt also, Sie haben Ihre Meinung geändert. Früher haben Sie uns immer beschimpft und auf Schritt und Tritt verurteilt.«
»Ich habe mich wohl geirrt.«
»Sie müssen zugeben, daß Ihre Beschuldigungen nicht gerechtfertigt waren. Jeder jüdische Kaufmann, sogar jeder Kleinkrämer ist menschlicher als der Major mit Doktortitel, der jetzt in der Amtsstube sitzt und seine Uniformierten auf uns hetzt.«
»Was wollen Sie eigentlich von mir?« Unser Offizier hat seine Sprache wiedergefunden.
»Daß Sie Ihre Irrtümer eingestehen, das ist alles.«
»Das habe ich bereits getan.«
»Nicht ausdrücklich.«
Der Mann, der unseren Offizier quält, muß einen großen Haß angestaut haben und richtet ihn jetzt gegen Stahlnacht. Der ist bereit, alles zuzugeben, er verspricht sogar, über die Juden in Zukunft nur noch Gutes zu sagen, doch dem anderen reicht das nicht; er verlangt eine ausdrückliche Entschuldigung.
»Schlagen Sie mich doch, wenn Sie wollen«, sagt unser Offizier da überraschend.
Der Mann bleibt unbeirrt: »Glauben Sie nicht, daß Sie mich damit beeindrucken können.«
So quält bei uns manchmal einer den andern. Es gibt düstere Tage des Vergessens, an denen man Vater und Mutter nicht mehr kennt, die einem doch das Leben geschenkt haben. Dann ist man in der Welt gefangen wie in einer fettigen Blase. An solchen Tagen wird nicht ge-

redet und kaum gestichelt, man versinkt in sich selbst wie ein Stein, doch sowie die Wolken sich ein bißchen verzogen haben, kommt die Erinnerung wieder hervor, und sie ist grausam und schmerzhaft. Außer unserem Offizier gibt es unter uns noch einige andere, Religiöse, Kommunisten und einen getauften Juden, deren Sünden man nicht vergißt. Jedesmal wenn wir zusammen sind, entflammt der Streit aufs neue; er ist gemein und voller Gift.

Kürzlich sind einige über Pinchas hergefallen, weil er sein Versprechen vergaß und beim Beten versehentlich gemurmelt hat. Pinchas entschuldigte sich in aller Form, doch das half ihm nichts. Die anderen kamen mit schlimmen Anwürfen, nannten ihn einen Kriecher und Heuchler und beruhigten sich erst, als einer »Eine widerliche Religion!« zischte.

Die Rechnungen, die manche zu begleichen haben, sind sehr alt; sie reichen zurück bis in die Zeit des Ghettos und sogar noch weiter. Manchmal erinnert sich jemand an eine Beleidigung, die seinerzeit gar nicht ihm selbst gegolten hat, sondern seinem Onkel oder Cousin, und hier fordert er plötzlich mitten in der Nacht Genugtuung.

Doktor Buchbinder ermahnt uns immer wieder, daß wir unser Menschsein verlieren werden, falls wir aufhören, uns gegenseitig zu helfen. Einige sind schon schwach, wenn wir ihnen nicht helfen, werden sie sterben. Doktor Buchbinder, der in seiner Jugend Kommunist war, in Gefängnissen saß und seinen Eltern damals viel Schmerz bereitete, leidet hier mehr als alle anderen. Wenn die Dreierreihen nicht ganz gerade stehen, wenn jemand nicht richtig läuft, ganz zu schweigen von dem Pensum, das jeder Trupp schaffen muß, ist er der erste, der Schläge bekommt. Einmal hetzten sie einen Hund auf ihn, der riß ihm ein Stück Fleisch aus dem Oberarm. Trotz all dieser Erniedrigungen hat er sich nicht verändert. Wenn wir zufällig einen Laib Brot ergattern, verteilt er ihn zu gleichen Teilen und nimmt sich selbst nichts davon. Der Hunger ist schwer zu ertragen, vor allem in der Kälte, aber noch keiner hat Doktor Buchbinder klagen gehört, er habe Hunger oder fühle sich schwach. Dank solcher Leute wie Doktor Buchbinder halten wir uns noch auf den Beinen.

23

Im Oktober wurde die Kälte schneidend. Die Baumstämme auf unseren Schultern sind feucht und schwer, als seien sie mit Blei ausgegossen. Eine unvorsichtige Bewegung, und du wirst von so einem Stamm erdrückt oder lebensgefährlich verletzt. Aber das ist nicht alles. Sie haben erneut das Pensum hochgesetzt. Schon vor Morgengrauen tragen wir Stämme zur Brücke, und zur Nacht werden wir in unsere Baracke gepfercht wie Arbeitstiere in ihren Stall. Jetzt sind die Nächte kürzer geworden. Der Schlaf ist ungeschützt, er wird von wildem Gebrüll unterbrochen.

Im Oktober starben der Fabrikant Hermann Graetz, der Apotheker Max Steinschneider und der Journalist Eduard Lazarus. Alle drei waren in meinem Trupp gewesen. Der Fabrikant Graetz hatte mich manchmal angeschaut und gesagt: »Du bist ja noch jung, hast noch nicht einmal das Abitur. Wie bist du bloß hierhergeraten?« Schiller war seine große Passion. In der Baracke

und beim Balkentragen hat er uns viele Gedichte aufgesagt. Die rhythmischen Zeilen linderten den Druck für eine Weile und lenkten uns ab.
Jetzt ist auch Hermann Graetz nicht mehr. Zu sterben fällt uns leicht, unser Leben ist flüchtig wie ein Morgendunst. Einen Tag vor seinem Tod hatte Graetz gesagt: »Morgen bin ich schon über alle Berge. Schade nur, daß ich nicht den Glauben meiner Vorfahren habe, kein Wort, das ich euch hinterlassen könnte.« Am nächsten Tag brach er zusammen, fiel hin und starb auf der Stelle. So holt sich der Tod jede Woche zwei oder drei Männer. Vergeblich versucht Doktor Buchbinder, den Geschwächten Hoffnung zu machen. Der Tod geht hier ein und aus, als wäre er einer von uns.
Gläubige Juden beten; es hat den Anschein, daß ihnen das Sterben leichter fällt. Wir wissen kaum, was in den anderen Kompanien passiert. Wir sind völlig isoliert. Gerüchten zufolge bekommen diejenigen, die unmittelbar am Bau der Brücke beteiligt sind, eine dickere Suppe und sonntags zwei Würfel Zucker. Es heißt, sie lebten länger, einige seien sogar schon zwei Jahre dort.
Unsere Einheit ist geschrumpft. Aber keine Sorge, mit den letzten Transporten sind stattliche junge Männer aus Transsilvanien angekommen, sie treten an die Stelle der Verstorbenen. Jeden Tag spucken die Züge Männer aus, und die werden sofort auf die Kompanien verteilt. Auch zu uns kommen welche. Sie ertasten sich ihren Weg im Dunkel, trauen ihren Augen nicht. Doktor Buchbinder weiht sie ein.
»Im Winter wird die Front zusammenbrechen, dann sind wir gerettet«, verkünden unsere Wahrsager. Ihre

Prophezeiungen bewegen niemanden mehr. Die Nächte sind kalt, und die Bretter, auf denen wir schlafen, verschlimmern die Kälte. Ich schließe die Augen und sehe nur noch schwarze Ödnis. Ida ist nicht da, auch Mutter und Vater besuchen mich nicht mehr im Schlaf. Ich versuche, mir den Ort vorzustellen, aus dem ich herausgerissen wurde, und sehe einen dunklen Fleck über dem Abgrund schweben.

Gewiß, meine Sinne sind im letzten Monat stumpf geworden, meine Gedanken behäbig; mein ganzes Wesen sammelt sich in meinen Füßen. Die Strümpfe fallen auseinander, ähneln einem Knäuel vergammelter Wollfäden. Vergeblich versuche ich, die Löcher zu stopfen. Auch meine Schuhe sind völlig zerschlissen. Zum Glück habe ich ein paar Stücke Draht gefunden, die sie zusammenhalten, aber die nassen Sohlen bekommt man nicht trocken. Meine Fußsohlen sind gefroren. Das kleine Feuer, das wir abends anzünden, reicht nicht aus, die Kälte zu vertreiben. Wann immer wir einen Moment Ruhe haben, löse ich die Drähte und massiere mir die Zehen.

Jetzt wissen wir es alle: Das sind erfolglose Versuche, am Leben zu bleiben. Keiner wird diesem Winter entkommen, der fest entschlossen ist, uns umzubringen. Trotzdem habe ich Paul, unserem Traumdeuter, erzählt, daß ich jeden Kontakt mit meinen Lieben verloren habe.

»Das ist auch gut so«, meinte er, »wir müssen uns jetzt ganz auf uns selbst konzentrieren. Im Frühling wirst du sie wieder sehen.«

»Und Ida?«

»Auch Ida.«

Es ist schwer zu entscheiden, ob Paul das Gute aus den Träumen herausliest oder ob er es in sie hineininterpretiert. Vielleicht treibt er auch ein Spiel mit uns, wie diejenigen, die uns landwirtschaftliche Kolonien am Ufer des Bugs versprochen haben.

Ich würde gerne von Pinchas etwas lernen, doch die Art, wie er sich gibt, ist so abschreckend, daß ich zurückweiche, selbst wenn ich zu ihm hingehen und ihn zu seinem Glauben etwas fragen will. Bestimmt hat die große Feindschaft ihm gegenüber, selbst wenn sie unterdrückt wird, seine Zunge gelähmt. Er spricht nicht. Schon seit Wochen haben wir kein Wort mehr aus seinem Mund gehört.

»Warum sprichst du nicht?« fragt ihn jemand plötzlich provozierend. Auch darauf keine Reaktion.

Unter uns sind einige, deren Schweigen eine entsetzliche Spannung verbreitet. Sie schweigen, weil sie die ganze Zeit über andere belauschen, und wenn jemand etwas sagt, was ihnen nicht gefällt, dann springen sie auf und fallen über ihn her.

Ich habe jetzt einen echten Freund: Honig. Er erzählt mir von Vater und von Vaters Familie. Viele haben damals gegen ihre Eltern rebelliert, doch die Rebellion meines Vaters war, wie ich erfuhr, besonders rücksichtslos und schmerzhaft. Er hat alle Verbindungen abgebrochen. Immer wieder hat man ihn gedrängt, er solle sich mit seinen alten Eltern versöhnen. Doch er wollte nicht. Außerdem hat Honig mir gesagt, daß unser Offizier Theo Stahlnacht mütterlicherseits entfernt mit mir verwandt ist. Seine Angehörigen waren zuerst dagegen

gewesen, daß er zum Militär ging, und begriffen seine Beweggründe nicht, und als sie ihn dann doch verstanden, wurde ihr Widerstand noch größer. Kaum hatte er seinen Offizierskurs jedoch abgeschlossen und stand in Uniform vor ihnen, verziehen sie ihm und waren stolz.
Während Theo aufstieg und zum Hauptmann befördert wurde, beschuldigte man ihn, Heereseigentum unterschlagen und Unterlagen gefälscht zu haben. Das war pure Verleumdung, der Prozeß zeigte es, und die Richter sprachen ihn frei, rügten ihn aber wegen einer formalen Nachlässigkeit. Theo legte bei der nächst höheren Instanz Berufung ein. Der Prozeß dauerte ein ganzes Jahr, und schließlich wurde die Rüge aufrechterhalten. Das war ein schwerer Schlag. Zuerst beschuldigte er die Offiziere seiner Einheit, die ihn verleumdet hatten, doch dann gab er sich selbst die Schuld und sagte: »Ein Jude ist vielleicht nicht in der Lage, einen höheren Rang im Militär zu bekleiden.«
Ja, ohne daß wir es merken, kehrt unser früheres Leben zu uns zurück. Und auch wenn sich die Bruchstücke kaum miteinander verbinden lassen, kommt in einige dunkle Angelegenheiten Licht.
Die Nächte sind kalt. Es fällt nicht leicht, einzuschlafen. Von den Pritschen hört man abgehackte Silben und Sätze. Schwer zu sagen, worüber die Leute schimpfen und warum sie sich plötzlich wieder beruhigen. Manchmal steht einer von seiner Pritsche auf und hält eine lange Rede. An solche Auftritte haben wir uns schon gewöhnt, und wir reagieren nicht mehr. Aber dann und wann flammt doch ein Streit über Dinge auf, die viele Jahre zurückliegen, etwa über jenes Symposion zur

jüdischen Kunst im Jahr 1936. An diesem wichtigen Ereignis hatte Trude Pollak teilgenommen. Sie verfocht die These, es gebe keine jüdische Kunst, da die Juden immer alles diskutieren müßten und nicht schweigen könnten. Ohne Schweigen gebe es keine Kunst.

Es stellte sich nämlich heraus, daß einer ihrer Anhänger unter uns war. Immer wenn die Kälte unerträglich wird, klettert er von seiner Pritsche und zählt noch einmal all die Argumente auf, die Trude Pollak bei jenem Symposion angeführt hatte. Aus der Vergessenheit kramt er die Namen bekannter Schriftsteller, Maler und Bildhauer hervor und nennt sie allesamt Clowns und Scharlatane, Dilettanten der Feder und des Pinsels, und er wiederholt, daß die Juden zwar gut streiten könnten, scharfsinnige Unterscheidungen fänden, Eindruck schinden und die Verhaltensweisen anderer imitieren könnten – doch von Kunst verstünden sie nichts.

»Was ist denn passiert, Bruno?« beschwichtigen seine Gefährten ihn eilends, doch Bruno ist ganz in seinem Element: »Es gibt keine jüdische Kunst. Das ist alles Scharlatanerie, wertlos wie Häcksel und Spreu.«

»Warum bist du überhaupt aufgewacht?«

»Weil mich das umtreibt.«

»Das Wesen der jüdischen Kunst treibt dich jetzt um?«

»Auch jetzt, ja.«

»Beruhige dich, mein Lieber. Wer weiß, was uns morgen erwartet. Man soll nicht in Unfrieden auseinandergehen. Was vorbei ist, ist vorbei. Die Vergangenheit existiert nicht mehr.«

»Aber du stimmst mir doch zu, daß es keine jüdische Kunst gibt. Daß alles, was wir machen, bloße Nachahmung ist, Gerede, sinnloses Diskutieren und Geltungssucht.«

»Da gebe ich dir recht.«

»Nur das wollte ich hören. Es ist mir wichtig, daß es noch Leute gibt, die in dieser Frage genauso denken wie ich. Und noch wichtiger ist mir, daß Trude weiß: Auch unter uns gibt es Leute, die hinter ihr stehen. Verstehst du, was ich meine?«

24

Anfang November hörten einige Leute dumpfen Geschützlärm. »Jetzt müssen wir durchhalten, mehr denn je«, sagten die wiederauferstandenen Kommunisten. Der Optimismus, an den sie sich klammern, entbehrt jeder Grundlage. Unser Offizier nimmt an, daß es sich um den Lärm von Manövern handelt, denn er bemerkt keine Anzeichen eines Rückzugs, im Gegenteil, die Truppen werden verstärkt.
Tatsächlich rollen auf einer nur wenige Kilometer entfernten, bereits fertig gebauten Brücke die Kolonnen. Die rollen nach Osten, nicht nach Westen, und von Überstürzung ist keine Spur.
Trotzdem meinen die Kommunisten, die deutschen Truppen seien geschwächt: Sie wirkten weniger entschlossen als früher, sähen verlottert aus, und man könne beobachten, daß sie zurückgeschickt würden, um geordnet noch einmal wiederzukommen. Kurz, die Selbstsicherheit des Heeres habe Schaden genommen.

Das ist natürlich Spekulation. In dieser Hinsicht ist alles wie am ersten Tag. Die Sicht ist verstellt, wir sehen nur Ausschnitte. Wir leben von Gerüchten und Hoffnungen, zermalmen jedes Gerücht zu feinem Staub, formulieren eigene Vermutungen und bauen dann Türme bis hoch in den Himmel.

Indessen wurde ein etwa fünfunddreißigjähriger Mann zu uns gebracht, sehr groß und erstaunlich kräftig gebaut. Doktor Buchbinder erklärte ihm ausführlich unsere Situation, und der Mann hörte zu, brummte etwas, stellte jedoch keine Fragen. Wenn Neue zu uns stoßen, versuchen sie zu verstehen, was hier vor sich geht. Dieser Mann beobachtete uns zwar, zeigte aber keinerlei Interesse. Als Doktor Buchbinder sich erkundigte, ob er noch Fragen habe, starrte er ihn an und sagte: »Was gibt es da noch zu fragen?«

Etwas später wandte sich einer von uns an ihn: »Aus welcher Stadt kommst du?« Der Mann schaute ihn einen Augenblick an und brummte wieder. Der die Frage gestellt hatte, trat den Rückzug an und sagte: »Wenn du nicht reden willst, bitte schön. Ich wollte dich nicht ärgern oder etwas aus dir herausbekommen, was du nicht erzählen willst. Wir sind hier so ganz abgeschlossen von der Welt, da interessieren wir uns für jede Kleinigkeit. Verzeih, daß ich dich belästigt habe.«

Als der Fremde diese aufrichtigen Worte hörte, wurden seine Gesichtszüge weicher, und er berichtete uns in einfachen Worten, was er erlebt hatte, bevor man ihn hierherbrachte.

Er hatte mit seiner Familie in einem kleinen Dorf nicht weit von Klausenburg gewohnt. Die Juden des Ortes

waren Bauern, sie nährten sich redlich von ihrer Hände Arbeit. Zwei Jahre hatten sie unter der Besatzung gelebt und sich nicht gefürchtet. Alle glaubten fest, daß die Deutschen anständig und ehrlich wären und ihre Versprechen hielten. Vor etwa zwei Wochen hatte man dann angeordnet, sie sollten sich in der Synagoge versammeln, und tatsächlich waren alle in ihren Festtagskleidern erschienen. Sofort hat man sie getrennt: hier die Männer, dort die Frauen, die Alten und die Kinder. Die Männer wurden zum Bahnhof geführt, alle anderen in den Wald. Während der Mann erzählte, versagte seine Stimme fast. Erst jetzt fiel uns auf, wie groß und kräftig er war. Er saß auf seiner Pritsche wie ein abgekämpfter Soldat. Männer wie er werden im kommenden Winter die Baumstämme schleppen. Wir werden dann schon in einer anderen Welt sein, ging es mir durch den Kopf, und wohl nicht nur mir.
Er reihte sich sofort ein und trug mit uns die Baumstämme, als habe er schon immer hier gearbeitet. Die schweren Stämme schreckten ihn nicht. Mehr noch, er packte fest und sicher zu und erleichterte es so dem ganzen Trupp. »Du bist großartig«, sagten alle. Es war, als hätte man uns nicht einen zusätzlichen Mann gebracht, sondern einen Kran.
Nachts wollten die Leute mehr von ihm wissen. Doch der Neue war, wie wir schnell merkten, kein Mann vieler Worte. Er warf ein paar Sätze auf Jiddisch hin, mehr nicht. Die große Überraschung kam am nächsten Morgen: Da legte er Gebetsriemen an und hüllte sich in seinen Gebetsmantel; er stand zwischen den Pritschen und betete. Nie hatte es einer gewagt, so unbefangen vor uns

zu stehen und laut zu beten, auch nicht im Ghetto. Pinchas durfte nur flüsternd beten, und selbst das war einigen noch zu laut. Der Neue aber stand nun ganz in seinen Gebetsmantel gehüllt und bewegte den kräftigen Körper vor und zurück und zu den Seiten. Man sah ihm an, daß er es gewohnt war zu beten. Natürlich wagte keiner, etwas zu sagen.
Beim Morgenappell überragte er uns alle. Sein Körper war zwar schwer, aber nicht plump. Er lief rhythmisch und mit regelmäßigen Schritten. Wir bemerkten außerdem, daß der Uniformierte, selbst wenn er blind um sich schlug, ihn nicht anrührte.
Auf dem Weg zur Arbeit fragte ihn einer von uns beiläufig: »Du glaubst noch an Gott?«
»Du nicht?« fragte er zurück und riß drohend die Augen auf.
»Offen gesagt, nein.«
»Verflucht seist du«, sagte er und spuckte verächtlich aus.
Seitdem wußten wir, daß der Glaube bei ihm ein heikles Thema war; man mußte sich vor Diskussionen mit ihm in acht nehmen. Von da an zeigte er, wie stark er war. Jede seiner Bewegungen, auch die kleinste, zeugte von großer Kraft. Die Uniformierten quälten ihn nicht. Wenn sie jemanden brauchten, der ein Faß Teer, einen besonders großen Sack Zement oder einen Stahlschrank transportieren sollte, riefen sie ihn, und er trug die Dinge an ihren Platz. Er lud sie langsam auf und setzte sie bedächtig ab. Er war der einzige, der eine gewisse Nähe zu den Uniformierten hatte. Nicht, daß er mit ihnen geredet hätte oder sie mit ihm, aber immerhin

nannte einer von ihnen ihn »Buzzi« und zeigte ihm mit einem Stock, was er machen sollte. Manchmal schien es, als amüsierten sie sich über ihn. Bei der Arbeit sahen sie ihm gerne zu.

Einmal fanden sie bei einer Razzia den Gebetsmantel und die Gebetsriemen unter seiner Decke. Buzzi gestand sofort, daß beides ihm gehörte. Wir waren uns sicher, dies würde sein Ende sein. Doch zu unserer maßlosen Überraschung rührten sie ihn nicht an, beschlagnahmten nicht einmal seine Kultgegenstände. Sie standen da und lachten, als hätten sie das Spielzeug eines großen Jungen entdeckt.

Mit uns sprach er nicht viel. Er fragte nichts, und auch wir gaben acht, ihn nichts zu fragen. Sein schweigender Körper hatte eine starke Präsenz. Neben ihm wirkten wir schwächer, als wir wirklich waren.

»Ein merkwürdiger Jude«, sagte einer von uns.

»Wenn das ein Jude ist, dann möchte ich keiner sein«, antwortete ein anderer.

»Tatsache ist, daß die solche Juden mögen.«

»Wenn das stimmt, haben wir hier keine Chance. Wir werden bald abtreten müssen.«

»Du mußt aber zugeben, es ist gut, kräftig zu sein. Eine Doktoratsurkunde ist hier keine Versicherungspolice.«

»Das gebe ich zu.«

Seit Buzzi bei uns ist, nimmt sich Pinchas gewisse Freiheiten heraus. Er steht zum Beten wieder von der Pritsche auf und stellt sich ans Fußende, doch auch er begibt sich nicht in Buzzis Nähe. Jetzt fällt uns auf, daß sie nur noch besonders starke Männer hierherbringen, Männer, die sie sich einzeln aussuchen. Wenn sie genügend von Buzzis Art zusammenhaben, werden sie uns in den Bug werfen.

Aber bis dahin leben wir. Am Sabbat verstummt Buzzi ganz. Er bewegt sich kaum. Sein Gesicht ist verschlossen, nur ab und zu kommt ihm ein Wort aus dem Gebet über die Lippen. Wenn er am Sabbat in Schweigen versinkt, wagt es erst recht keiner, ihn anzusprechen.

Inzwischen hörte man erneut Geschütze; die Kommunisten verbergen ihre Freude nicht mehr. Diesmal haben verschiedene Leute das Donnern gehört, weshalb wir wissen, daß es keine Halluzination gewesen ist. Außerdem hatte in der Nacht einer aus der Kompanie neben uns den Mut, »Wir sind auf dem Vormarsch!« zu uns herüberzurufen. Wahrscheinlich mußte er teuer dafür bezahlen. Für unsere Kommunisten war dies ein Siegesruf.

Als sie – ich weiß nicht, von wem – erfuhren, daß Max mein Onkel ist, schauten sie mich erstaunt an, als wäre ich nicht mehr derselbe Mensch, der mit ihnen schon Monate der Zwangsarbeit gemeinsam verbracht hat. Ich begreife, daß unsere Kommunisten Onkel Max sehr verehren; sie sprechen seinen Namen mit großer Bewunderung aus.

Seit Honig zu uns gestoßen ist, kommt mein früheres Leben aus seinem Versteck, und ich entdecke, daß ich den Leuten, mit denen zusammen ich mich hier quäle, schon einmal begegnet bin, etwa unserem Offizier oder meinem Cousin Felix und jetzt auch noch den Kommunisten. Sie fragen mich, was aus Onkel Max geworden ist, und ich erzähle ihnen von seiner Nische im Keller, von seinem plötzlichen Verschwinden und daß er die

Intelligenzija neu organisieren wollte. Und je länger ich ihnen erzähle, um so klarer tut sich unser Haus im Ghetto vor mir auf, und ich sehe Ida im Keller sitzen, genau da, wo früher Onkel Max saß, und ihr schönes Gesicht schweigt. Sie leidet meinetwegen. Idas Eltern hatten mich wegen meines Vergehens seinerzeit nicht gescholten, doch nun meine ich zu fühlen, daß ihre Mutter den Zorn nur verheimlicht hatte und mir in Wahrheit sehr böse ist. Auch ihr Vater ist zornig. Ich spüre ihre Feindseligkeit am ganzen Körper. Ida hatte mehrere Male gesagt: »Dieses Vergehen haben wir doch gemeinsam begangen.« Ob sie heute noch genauso denkt?

Honig erzählte mir, von den Deportierten seien keine Briefe mehr ins Ghetto gekommen, nur noch ab und zu ein paar Zettelchen, die ihren Weg anders gefunden hätten. Er selbst erhielt einen Zettel, den sein großer Bruder aus einem Waggon geworfen hatte. Der Wind hatte ihn fortgetragen, und so war die Nachricht zu einem Hofbesitzer gelangt, der mit seinem Bruder die Schule besucht hatte. Dieser Mann erkannte die Handschrift und brachte den Zettel zu Honig. Darauf stand: »Laßt euch nicht täuschen. Sie führen euch nur in die Irre.«

Seit seiner Ankunft hier ist Honig dünn geworden, aber er beschwert sich nicht, er hört jedem zu, redet selbst wenig. Die Leute erinnern sich an das Café in seinem Keller, wie großzügig Honig war und wie er oft Armen half. Auch hier erkennt man an ihm diese Charakterzüge. Ich habe beobachtet, wie jemand zu ihm sagte: »Honig, mach dir keine Sorgen, wenn der Krieg vorbei ist, zahle ich dir meine Schulden zurück. Ich habe sie nicht vergessen.«

»Warum willst du denn nicht annehmen, daß ich sie dir erlasse?« antwortete Honig überraschend.
»Wenn man Schulden macht, muß man sie zurückzahlen.«
»Wenn der Gläubiger aber darauf verzichtet, ist der Schuldner sie los.«
Ist Honig in der Nähe, wird einem warm ums Herz. Er spricht, wie er immer gesprochen hat, ohne laut zu werden, er erzählt, was er weiß, erteilt aber keine Ratschläge. So wie damals in seinem Keller umringen ihn auch jetzt die Leute, obwohl sie wissen, daß er ihnen nichts mehr geben kann.

25

Der Regen hört nicht auf, und die Arbeit ist ein tägliches Stapfen im Schlamm. Ein falscher Tritt, und du bist verloren. Buzzi ist nicht nur in seinem Trupp der wichtigste Mann. Wenn ein Trupp vor oder nach dem seinen im Schlamm steckenbleibt, zieht Buzzi auch ihn wieder heraus. Jede Woche machen sich zwei oder drei von unseren Leuten davon, und neue Gefangene kommen und nehmen ihren Platz ein. Jeder weiß, daß auch er selbst bald an der Reihe ist. Honig hat mir einen Zettel und einen Bleistift gegeben. Ich kniete mich hin und schrieb: »Ida, meine Liebe, auf Wiedersehen in einer besseren Welt«, und übergab den Zettel dem Wind, der ihn forttrug. Sofort bereute ich, was ich geschrieben hatte. Doch der Zettel war schon nicht mehr in meiner Gewalt. Jeder, der an ein Stückchen Papier herankommt, läßt Zettelchen fliegen. Seit Honig uns von der Nachricht seines Bruders erzählt hat, tun das alle. Auch mein Cousin Felix.

Seine Naivität ist ihm auch hier nicht vergangen. Auch bei uns sagt man ihm immer wieder, Betty sei nicht entführt worden, sondern freiwillig mit Korolenko weggelaufen. Sie sei sicher Christin geworden und trage nun ruthenische Kleider. Felix hört diese beschämenden Worte, doch sie treffen ihn nicht. Jetzt hat er ein neues Argument: »Wenn Korolenko auf sie aufpaßt, ist es nur gut, daß sie bei ihm ist.«

Tatsächlich war seine Betty ihm nicht einen Tag treu. Sie hatte die verschiedensten Liebhaber, arme und reiche, junge und nicht mehr so junge, Juden und Nichtjuden. Es heißt, sie habe Felix wegen seiner Einfalt und Kraft geliebt, was sie aber nicht daran hinderte, ihn dauernd zu betrügen. Die Leute dachten, Felix würden, nachdem sie sich mit einem Christen davongestohlen hatte, endlich die Augen aufgehen. Doch genau das Gegenteil geschah. Er bewunderte sie nur noch mehr. »Sie ist doch schön wie die Sonne«, sagte er immer wieder.

Es war eine ärgerliche Blindheit, dennoch verspottet ihn hier keiner. Einfalt ist, wie sich herausstellte, an einem Ort wie diesem etwas Gutes. Felix arbeitet und ist ganz in die Arbeit versunken. Da er sich konzentriert, hat er mehr Kraft als wir, und sein Trupp schafft das Pensum und wird nicht geschlagen. Doktor Buchbinder versetzt ihn immer wieder in einen anderen Trupp, um den Schwächeren zu helfen, und alle schätzen ihn.

Unterdessen frißt uns der Schlamm. Er dringt in die Kleider und klebt am Körper. Die Kleider zerschleißen immer mehr, bald arbeiten wir nackt.

Mittwoch abends führt man uns hinunter an den Bug, damit wir uns waschen. Das Wasser ist eiskalt, doch der

Wunsch, sich von dem Schlamm zu befreien, läßt uns mutig sein. Wir waschen uns, einige in Kleidern, andere unbekleidet. Die Nackten sind dünn, ihr Mut macht einem angst. Sie hüpfen auf der Stelle und rufen: »Wenn schon sterben, dann wenigstens sauber.«
Es kam schon vor, daß einer unserer Kommunisten die Kleider auszog und die Internationale anstimmte. Sofort stürzte sich der Uniformierte mit zwei Polizisten auf ihn, doch der Kommunist ignorierte die Peitschenhiebe und hörte nicht auf zu singen. Einen Moment bevor sie ihn völlig zerfetzten, sprang er mit einer merkwürdigen Eleganz in den Bug und tauchte unter. So mancher hat schon versucht, den Bug zu durchqueren und zu fliehen, doch bisher ist es wohl keinem gelungen.
An diesem Abend keimte nicht nur bei den Kommunisten die Hoffnung, daß der Mensch, wenn er nur wolle, als freier Mensch sterben könne. Eine neue Losung machte nachts im Flüsterton die Runde: »Sag Stalin, und sei stark! Denk an Stalin, und fürchte dich nicht!« Dieses flüsternde Wiederholen gab uns Zuversicht und den Glauben ans Leben zurück.
Danach kam ein trüber, qualvoller Tag. Das allmorgendliche Laufen war schlimm; viele verloren, was sie von den Schuhen noch an den Füßen trugen. Der Appell fand unter Gebrüll in strömendem Regen statt. Der Uniformierte schrie: »Die Juden wollen nicht im Regen arbeiten? Wir werden es ihnen beibringen!« Wir wußten, das war das Tor zur Hölle, und hofften nur, daß der Gang dorthin nicht so lang sein würde.
Doch an diesem bitteren Regentag, an dem kein Hoff-

nungsschimmer zu sehen war, ergatterte einer von uns auf wundersame Weise eine Wurst und ein großes Stück Rauchfleisch. Nachts verteilte Doktor Buchbinder beides im Licht, das durch die schmalen vergitterten Luken in die Baracke drang, gerecht an alle. Die gottesfürchtigen Juden aßen nicht mit. Buzzi stand neben seiner Pritsche und sah, vielleicht wegen der Dunkelheit, doppelt so groß aus wie ein gewöhnlicher Mensch. Wir wußten, auch er hatte Hunger, doch keiner wagte es, ihm ein Stück Wurst anzubieten. Derweil ging Buzzi zu Pinchas und fragte ihn, ob am nächsten Abend wirklich der Sabbat beginne, und Pinchas stand von seiner Pritsche auf und nickte. Buzzi schaute seinen Glaubensbruder einen Moment lang an. »Das ist gut«, sagte er dann und kehrte an seinen Platz zurück.

26

Die Nächte sind kalt und feucht, doch der Schmerz, der vom Hunger kommt, ist schlimmer als der von der Kälte. Einige haben begonnen, einen unterirdischen Gang zur Kompanie neben uns zu graben. Das Graben bringt uns alle in Gefahr, doch niemand protestiert. Hunger und Verzweiflung graben gemeinsam und geben uns etwas Freiheit und Wagemut zurück. Die Kommunisten hatten angefangen, schon bald schlossen sich andere an, und nun wechseln wir uns die ganze Nacht hindurch ab, um ins Dunkel zu graben.

In der Kompanie neben uns arbeiten Bauschlosser; sie sind größer als wir und schwarz von Eisenstaub und Rost. Aus irgendeinem Grund erscheinen sie uns weniger niedergeschlagen, weshalb wir mit ihnen Kontakt aufnehmen wollen. »Sag Stalin, und sei stark! Denk an Stalin, und fürchte dich nicht!« Mit diesen Worten lösen wir uns ab.

Die Entfernung von unserer Baracke zu der benachbar-

ten Kompanie beträgt nicht mehr als zwanzig Meter, doch das Graben mit Metallstücken geht sehr langsam voran. Trotzdem hoffen wir, in einem Monat, vielleicht sogar früher, zu der anderen vorzustoßen.
Seit wir graben, hat sich die Stimmung verändert. Die Trennung zwischen uns und unseren Lieben ist wie aufgehoben. Wir träumen und erinnern uns sogar daran. Gestern habe ich von Ida geträumt, und sie sagte, sie habe meinen Zettel bekommen: »Aber was soll diese Resignation? Warum hast du den Glauben an ein Leben nach dem Tod verloren?«
»An ein Leben nach dem Tod?« überlege ich.
»Das Leben nach dem Tod, das ist das wahre Leben.«
Tief im Herzen weiß ich, daß Ida irrt, doch aus ihren Augen strahlt eine solche Sicherheit, daß ich es nicht wage, ihr zu widersprechen. Und dennoch sage ich: »Haben wir nicht die ganze Zeit gehofft, uns noch im Land der Lebenden wiederzusehen?«
»Ich sage im ›Land der Lebenden‹ und meine damit die kommende Welt«, sagt Ida mit einer Stimme, die ich von ihr nicht kenne.
»Ida«, sage ich, sowie ich meine Sprache wiedergefunden habe, »haben wir nicht gesagt, daß der Mensch nichts anderes besitzt als eben dieses Leben, hier in dieser Welt?«
»Ich habe meine Meinung geändert.«
»Wie das?«
»Diese Welt ist ein so furchtbares Durcheinander«, sagt Ida und bricht in Lachen aus. Ihr Lachen habe ich tief in mir aufbewahrt, jetzt aber bedrückt es mich.
»Ida, ich verstehe nicht, warum du lachst.«

»Ich lache über uns«, antwortet sie sofort.
»Wieso?«
»Weil wir auf so eine Entfernung miteinander sprechen.«
»Die Entfernung zwischen uns bringt dich zum Lachen?«
»Anscheinend«, sagt sie, und das Strahlen kehrt auf ihr Gesicht zurück.
Danach erzählt sie mir: »Der Zustand meiner Mutter ist so schlimm wie noch nie. Sie hat sich nun völlig von uns abgeschlossen; wir müssen sie im Keller verstecken. Es fällt ihr sehr schwer, im Keller zu sitzen, und sie schlägt gegen die Wände und fleht, wir sollten sie aus dem Versteck holen. Wir haben zum Keller hin eine doppelte Tür gebaut, damit ihre Schreie nicht nach draußen dringen. Aber täusche dich nicht: Ich liebe sie mehr denn je. Jeden Tag offenbart sie mir Geheimnisse. Manchmal sitze ich die ganze Nacht bei ihr und höre ihr zu.«
»Was erzählt sie dir?«
»Von ihrem inneren Leben.«
»Sie wollte als junge Frau Schauspielerin werden, nicht wahr?«
»Nicht darum geht es.«
»Worum dann?«
»Um ihre wunderbare Fähigkeit, sich von allem, was sie umgibt, zu lösen. Vater weiß die Anstrengung nicht zu schätzen, die mit dieser Ablösung verbunden ist. Er schämt sich und verheimlicht ihren Zustand sogar seinen engen Freunden. Wofür schämt er sich da, großer Gott! Sie ist bereits dort, wo alles gut ist.«

Während diese letzten Sätze noch nachklingen, dringt das wilde Gebrüll des Uniformierten zu mir, und sofort springe ich auf. Idas Nähe gibt mir so viel Kraft, daß ich den Prügel auf meinem Rücken kaum spüre.

27

Der Regen hört nicht auf. Der Weg vom Platz zur Brücke ist zu einem Matsch aus Schlamm und Schnee aufgeweicht, und wir versinken bis zu den Oberschenkeln. Die Uniformierten über uns schlagen zu, doch auch ihre Schläge bringen uns kaum voran. Das ist dann wohl das Ende. Schon zwei unserer Gefährten sind vor Erschöpfung im Schlamm versunken, und auch wir werden ihnen folgen. Jetzt quält uns die Kälte nicht in den Füßen, sondern sie zerrt an den Oberschenkeln.

Doch siehe, welch ein Wunder, in dem Moment, als uns die Schlinge schon um den Hals gelegt ist, entdeckt Buzzi etwas, was nicht nur seinen Trupp, sondern uns alle rettet. Er findet ein langes Drahtseil, bindet es um den Stamm, und so schleifen wir ihn über Pfützen und Schlamm.

Dieser Trick funktioniert. Einen Stamm nach dem andern schleifen wir so zur Brücke. Die Uniformierten beobachten Buzzi und staunen. Das Schlimme war dann jedoch, daß der Schlamm nachts gefror und zu einer Eisplatte wurde. Du machst einen Schritt und rutschst aus, und wenn zwei oder drei ausrutschen, fällt der Baumstamm hin, und die ganze Truppe mit ihm. Auch hierfür fand Buzzi eine Lösung. Er legte zwei lange Stämme auf das Eis, und auf denen rollen wir die Stämme bis zur Baustelle am Bug.

Buzzis Erfindungen belustigen die Uniformierten, und uns bringen sie ein wenig Erleichterung. Aber die währt nicht lange. Plötzlich gibt es den Befehl, die Brücke müsse bis zum 20. Januar fertig sein. Jetzt arbeitet das Lager Tag und Nacht wie im Fieber. Unser Abendessen, einen Napf Tee und eine halbe Scheibe Brot, bekommen wir an der Brücke. Die kalten, harten Pritschen, auf denen wir uns seit Monaten quälen, wurden zur ersehnten Bettstatt.

Das Leiden macht blind, und dennoch sehen wir Buzzi in all seiner Kraft und Herrlichkeit. Er scheint in Dingen, die mit Eis zu Tun haben, besonders begabt zu sein, denn wir transportieren jetzt mehr, als wir jemals auf dem Rücken getragen haben, doch die Uniformierten sind nicht zufrieden: Sie verlangen immer mehr. Zum Glück haben die Züge manchmal Verspätung; einmal kamen zwei Tage lang überhaupt keine Lieferungen. Da drehten die Uniformierten durch und in ihrer Wut schlugen sie sogar Buzzi. Der knirschte mit den Zähnen und biß sich auf die Lippe. Wir sahen ihn das erste Mal wütend. Wenn ihm etwas mißfällt, brummt er meistens und verzieht den Mund, doch da war er wütend, und seine Wut erschreckte uns.

Die Verzögerung dauerte, wie sich herausstellte, nicht lange, jetzt rollen die Züge wieder ununterbrochen. Nachts entladen wir die Waggons im Scheinwerferlicht. Der Platz hat sich in einen tiefen Sumpf verwandelt; die Stämme, die wir abladen, versinken sofort. Am nächsten Tag ziehen wir sie an die Oberfläche. Was würden wir ohne Buzzi tun? Wenn ein Trupp es nicht schafft, einen Stamm aus dem Schlamm zu ziehen, steht er auf und ruft: »Keiner ist wie unser Gott, keiner ist wie unser Herr!«, und siehe, welch ein Wunder, der Balken steigt auf.

In dieser Zeit geschah etwas, was wohl nur an Orten wie unserem geschehen kann: Die Kompanie neben uns, zu der wir den Tunnel gruben, hatte unsere verzweifelten Versuche mitbekommen und uns entgegengegraben. Als wir nach zwei Tagen Arbeit in die Baracke zurückkehrten, waren wir schon mit ihnen verbunden, und nicht nur das; wir fanden im Gang zwei Würste, einen Karton Zuckerwürfel und einige Paar Schuhe. Die Kommunisten feiern. Jedesmal, wenn uns etwas zu essen oder eine Flasche Wodka erreicht, feiern sie, preisen Stalins Namen und prophezeien den baldigen Sieg; dann setzen sie sich in einen Winkel und summen leise bis spät in die Nacht.

Die gottesfürchtigen Juden essen nicht mit. Wir haben Buzzi schon knurren gehört: »Warum gibt man den Menschen nichts zu essen? Ich verstehe nicht, warum man den Menschen hier nichts zu essen gibt.« Seine Beschwerde klang anders als die von uns. Er beschwerte sich wie ein Pächter, dessen Gutsherr ihm nicht die ihm gebührende Beachtung schenkt.

Seit Buzzi zu uns gestoßen ist, ist sein Körper noch breiter geworden; Zeichen der Schwäche sind an ihm nicht zu erkennen. Wenn es sein muß, nimmt er ein Brett oder eine Holzstange, legt sie sich übers Knie und bricht sie durch. Auch Eisenstangen verbiegt er mühelos. Sagt jemand etwas, was ihm nicht gefällt, schaut er ihn schief an. Im allgemeinen mißhandeln ihn die Uniformierten nicht, doch wenn sie oder die Offiziere wütend sind, dann benehmen sie sich ihm gegenüber, als sei er nicht Buzzi, sondern ein ganz gewöhnlicher Gefangener.

»Für die sind wir keine Menschen, für die sind wir Ungeziefer«, sagte jemand.

»Das ist nicht in Ordnung«, schimpfte Buzzi.

»Wir kommen hier nicht mehr raus.«

»Was redest du da! Die Hilfe Gottes naht unerwartet und mit einem Mal«, sagte Buzzi entschieden.

»Das war vielleicht früher so.«

»So ist es auch heute noch.«

»Und du glaubst daran?«

»Warum fragst du?«

»Ich frage, weil ich den Glauben verloren habe.«

»Schweig!«

»Warum?«

»Führe vor dem Himmel keine frechen Reden!«

28

Das Lager fiebert. Die Offiziere, die ihre Kontrolltürme bisher nie verlassen haben, steigen zu uns auf den Platz herunter und verbreiten Schrecken. Wenn sie auftauchen, fallen die Uniformierten wie Hunde über uns her. Buzzi schimpft: »So geht man nicht mit arbeitenden Menschen um.« In ihm glimmt noch ein Ehrgefühl, das uns längst abhanden gekommen ist.
Ab und zu redet er nachts mit Pinchas. Dann ist er entspannt und erzählt von seinem Dorf, von den Juden dort und von den Nichtjuden. Wenn Buzzi erzählt, ist es, als ginge das Leben, das wir einmal geführt haben, weiter, als ließe man uns alle bald wieder zurück, jeden an seinen Platz: Pinchas in die Vorstadt, Buzzi in sein Dorf und uns in die Straßen und Häuser, die wir verlassen haben.
Buzzi ist besorgt, den Sabbat zu versäumen, und fragt Pinchas oft, wann wieder Sabbat sei. Uns sind die Zeiten durcheinandergeraten. Manchmal scheint es mir,

als wäre ich schon Jahre hier gefangen, und wenn ich jetzt nach Hause käme, würde mich keiner erkennen. Diese Angst drängt sich bis in den Schlaf.

Vor einer Weile haben Buzzi und Pinchas über Chanukka gesprochen. Pinchas rechnete aus, daß das Lichterfest in der kommenden Woche sei.

»Was sollen wir machen?« fragte Buzzi. »Wir haben doch keine Kerzen.«

»Wenn man keine Kerzen hat, sagt man den Segen eben ohne Kerzen.«

»Ich glaube, man sagt den Segen dann besser gar nicht«, meinte Buzzi nachdenklich.

»Wieso? Man hält wenigstens die Gebote, die man erfüllen kann. Das ist, soviel ich weiß, die Regel.«

»Aber einen Segen über die Kerzen zu sprechen, ohne daß man Kerzen hat, wäre ein vergeblich ausgesprochener Segen. Ist es nicht so?«

»Vielleicht«, stimmte Pinchas zu.

Buzzi scheint in Fragen der Gebote und Bräuche nicht ganz so unbeholfen. Wenn er darüber spricht, hellt sich sein Gesicht auf, und seine Worte sprudeln. Er erzählt Pinchas von seinem großen, mannshohen Chanukkaleuchter, den er eigenhändig gebaut hat.

»Warum so hoch?« fragt Pinchas.

»Um die Kunde des Chanukkawunders weithin zu verbreiten.«

»Wenn der Leuchter so groß ist, kannst du ihn ja gar nicht im Haus anzünden.«

»Richtig«, sagt Buzzi, »ich zünde ihn im Hof an, und das ganze Dorf, Juden wie Nichtjuden, kommt ihn sich anschauen.«

»Von so einem Brauch habe ich noch nie gehört«, sagt Pinchas.
»Es ist auch keiner, es ist nur eine Möglichkeit, das Gebot auf besonders prächtige Weise zu erfüllen«, erklärt Buzzi.
»Bei uns sind die Chanukkaleuchter klein. Früher standen sie im Fenster, aber die Betrunkenen haben uns deshalb angegriffen. Immer wenn wir den Leuchter ins Fenster stellten, haben sie die Scheiben eingeschlagen. Als mein seliger Vater den Schaden sah, hat er entschieden: Der Chanukkaleuchter kommt nicht mehr auf die Fensterbank.«
»Habt ihr so große Angst vor den Nichtjuden?« fragt Buzzi lächelnd.
»Ja, sie sind gewalttätig.«
»Bei uns im Dorf würde kein Nichtjude es wagen, unsere Scheiben einzuschlagen.«
»Da habt ihr Glück.«
»Wer pöbelt, dem zahlen wir mit gleicher Münze heim. Es heißt in der Thora doch ›Auge um Auge‹.«
»Unsere Weisen haben diesen Vers anders ausgelegt.«
»Ich erinnere mich nicht.«
Ohne eine Kurzfassung des Schulchan Aruch, in dem alle Gebote aufgeschrieben und erklärt sind, und ohne Rabbiner, den man befragen kann, tappen auch sie im dunkeln. Doch selbst in diesem Umherirren verbirgt sich etwas, das uns fehlt: der Glaube.
Als Buzzi merkte, daß ich ihnen zuhörte, fragte er mich: »Und woher stammst du, junger Mann?«
Ich sagte es ihm.
»Und woher stammen deine Eltern?«

Auch das verriet ich ihm.
Da sagte er: »Großer Gott, du bist aus heiligem Fels geschlagen!«
Ich senkte den Kopf und bereute, daß ich mein Geheimnis verraten hatte.
»Hast du Gebetsmantel und Gebetsriemen?«
»Nein.«
»Du kannst meine nehmen. Der Enkel vom Jadower Rebben hat keinen Tallit und keine Tefillin! Das ist ja unglaublich«, sagte er und wandte sich an Pinchas, als sei ihm etwas ganz Sonderbares widerfahren.
»Ich kann nicht beten«, gestand ich ihm.
»Warum nicht?« fragte Buzzi und riß seine großen Augen auf.
Ich wußte nicht, was ich antworten sollte, und schwieg.
Auch Buzzi schwieg. Sein Gesicht verfinsterte sich, als habe er eine Unheilsbotschaft erhalten.
Ich wollte mich entschuldigen, wußte aber nicht, wie.
Buzzi ist freundlich zu mir; wenn er mich sieht, sagt er: »Keiner ist wie unser Gott, keiner ist wie unser Herr, nicht wahr?«
»Ja«, antworte ich ihm zitternd.
»Dann wird Er uns auch diesmal retten.«
Wenn ihm auffällt, daß mich ein schwerer Baumstamm fast erdrückt, sagt er: »Geh zur Seite«, und schenkt mir einen Augenblick des Verschnaufens. Alle lassen sich von ihm helfen, doch lieben tut ihn keiner. Sogar wenn er leise redet, verbreitet er Angst. Ein ketzerisches Wort bringt ihn aus der Fassung. Einmal ging er zu einem Fluchenden hin, packte und schüttelte ihn wüst, und der erschrak furchtbar und bat: »Schlag mich nicht!«

»Ich schlage dich nicht, aber Gott im Himmel, der wird dich schlagen.«
»Vergib mir«, bettelte der Mann.
»Nicht mich mußt du um Vergebung bitten, sondern den, der Himmel und Erde gemacht hat.«
»Ich bitte um Vergebung.«
»So bittet man nicht um Vergebung.«

29

Buzzi murrt. Seit man auch ihn schlägt, murrt er. Manchmal spricht er zu sich selbst in der dritten Person: »Nie hat jemand den Baruch geschlagen. Sogar Baruchs Vater hat ihn nicht geschlagen. Er wußte, daß Baruch die Gebote hält und beim Beten nichts ausläßt.« Jetzt wissen wir, daß er zu Hause Baruch hieß. Ich finde, der Name paßt zu ihm.

In unseren Reihen gibt es auch einen Juden, der zum Christentum übergetreten ist. Er heißt Ernst Glickstein und ist ein großer hagerer Mann mit einem asketischen Äußeren. Als er klein war, wechselten seine Eltern ihre Religion und ließen auch ihn taufen. Ernst war Buchhalter von Beruf. Sein christlicher Kollege hatte ihm angeboten, ihn bei sich auf dem Dachboden zu verstecken, doch Ernst lehnte ab. Er wollte lieber den Weg der Juden gehen. Gleich nach der Gründung des Ghettos kam er, um mit uns zu leben, und wurde zur Arbeit in der Näherei verpflichtet. Nicht weil er zu den Juden zurückkehrte und sich den Leidenden anschloß, mögen ihn die Leute, sondern weil er lustig ist. Alles, was er erzählt, jeder seiner Gesichtszüge bringt einen zum Lachen. Er pflegt zu sagen: »Einmal ein Jud – immer ein Jud.« Und wenn man ihn fragt: »Du warst doch schon auf der anderen Seite, warum bist du zu uns zurückgekommen?«, antwortet er: »Ich bin nicht zurückgekommen. Ich war ja nie weg.«

»Warum haben wir dich dann all die Jahre nicht gesehen?«

»Weil ich mich vorbereitet habe.«

»Worauf?«

»Um bereit zu sein, wenn ich zurückkehre.«

Und es stimmt, was er sagt. Ernst hat die ganzen Jahre über Jiddisch und Hebräisch gelernt. Schon auf dem Gymnasium hat er sich Lehrmaterial besorgt. Später kaufte er viele Bücher in den beiden jüdischen Sprachen, und alle wußten, daß man bei ihm alte wie neue Schriften finden konnte.

Seine Eltern hatten es schwer mit ihm. Nicht nur, weil er nicht in die Kirche ging, sondern auch weil er die meiste Zeit des Tages in Kaffeehäusern verbrachte, Schach spielte, seine Freunde unterhielt und sein Geld für jüdische Bücher hinauswarf.

Manchmal stellte er sich jemandem vor, indem er sagte: »Ich bin ein jüdischer Goi.«

»Eine Mischung aus zwei Dingen, die man nicht mischen darf, nennt man Kilajim.«

»Ich bin so dünn, in mir können gar nicht zwei Dinge sein.«

Seine große Liebe war Trude Pollak. Zwei Jahre waren

sie verheiratet gewesen, doch ihrer unterschiedlichen Ansichten wegen trennten sie sich wieder. Sie behauptete immerzu, es gebe keine jüdische Kunst, weil die Juden die ganze Zeit viele Worte machten und kein Gefühl für die Sprache besäßen, und Ernst hielt dagegen, die Juden hätten früher sehr wohl verdichtete Ausdrucksformen gekannt und würden in Zukunft zu ihnen zurückfinden. Das war nur eines der Gebiete, auf denen ihre Meinung auseinanderging. Tatsächlich waren sie sich in keiner Frage einig. Trude verstand seinen Humor nicht und er nicht ihre Feindseligkeit gegen die Juden. Sie trennten sich, trafen sich aber weiterhin dann und wann, um zu streiten und ihre Argumente zu schärfen. Trude Pollak hatte viele Verehrer, doch Ernst, sagt man, hat sie geliebt.
Damals, in der Zeit des Ghettos, trafen sich die beiden bei Honig. Trudes finanzielle Situation war schlecht, und Ernst half ihr aus. Im Ghetto hatte er eine gute Zeit. Den größten Teil der Nächte verbrachte er bei Honig, von Freunden umringt. Im Keller begann alles, was in ihm verborgen schlummerte, zu blühen: die Liebe zu seinen Freunden etwa. Er gab sein ganzes Geld für sie aus. Wenn er betrunken war, rief er: »Es lebe der Baal Schem Tov. Es lebe Martin Buber, er hat ein wunderbares Buch über den Baal Schem geschrieben.«
Während der Zeit im Ghetto löste er sich aus den meisten, im Grunde aus allen Banden, die seine Eltern für ihn geknüpft hatten. Wie um sie zu ärgern, sprach er Jiddisch und rezitierte Gedichte von Itzig Manger und Elieser Steinberg. Außerdem erklärte er: »Das ist die wunderbarste Poesie. Wie schade, daß eine so große

Schauspielerin wie Trude Pollak sie nicht zu schätzen weiß.« Weder Hunger noch Zwangsarbeit konnten ihn unterkriegen. Er erzählte weiterhin seine Witze über assimilierte und getaufte Juden, die sich bemühen, ihre Herkunft zu verbergen. Nicht alle mochten Ernst. Einige machten einen Bogen um ihn und nannten ihn einen Clown.

Seit Buzzi wußte, daß Ernst getauft war, hielt er nicht mehr an sich. Er sagte: »Was suchen solche verchristelten Juden unter uns? Ich verstehe das nicht, was haben die hier verloren?« Und auch als man ihm antwortete, Ernst habe sich doch von der Kirche abgewandt und sein Schicksal aus freien Stücken gewählt, beruhigte er sich nicht und sagte zähneknirschend: »Ich hasse sie.«

Einmal meinte Buzzi, Ernst habe sich über ihn lustig gemacht, deshalb ging er zu ihm und schlug ihn ins Gesicht. Die Ohrfeige war wohl nicht sehr fest, trotzdem lief Ernst blau an. Seitdem besteht zwischen den beiden eine dauernde Spannung. Ernst versucht, nicht in Buzzis Nähe zu kommen, und Buzzi ignoriert ihn. Jemand hörte Buzzi einmal sagen: »Das ist alles nur wegen der verchristelten Juden.«

»Von welchen verchristelten Juden redest du?«

»Von denen, die hier im Lager herumkriechen.«

Seit Buzzi das sagte, passen die Leute auf Ernst auf, damit Buzzi ihm nichts tut, und Ernst hat aufgehört, uns nachts zu unterhalten. Die Nächte sind zur Zeit sehr kurz. Oft gibt es plötzlich einen Appell. Vielleicht ist es besser so. Die Pritschen tun doch nur weh. Sofort stehen wir stramm und rufen: »Arbeit macht frei! Arbeit macht rein!« Mit dem dünnen Tee und der halben Scheibe Brot, die wir um halb sechs bekommen, gibt man uns etwas vom menschlichen Aussehen zurück, das wir in der Nacht verloren haben. Buzzi spricht laut den Segen. Das läßt mich erschaudern.

30

Die Geschütze donnern, und der Himmel über uns steht in Flammen. Ein Häftling aus der Kompanie neben uns kam durch den Gang gekrochen und brachte uns zwei Flaschen Wodka. Als wir sein strahlendes Gesicht in der Öffnung des Gangs sahen, wußten wir, daß die Front durchbrochen war und die Rote Armee vorrückte.

Unser Offizier meinte jedoch, daß die Front sich zwar verschiebe, aber noch nicht durchbrochen sei. Man dürfe sich nicht zu früh freuen, sie könne sich binnen eines Tages erneut verschieben; die Deutschen seien stark und würden nicht so schnell aufgeben, sie seien schwer zu bezwingen. Die militärische Einschätzung, die er abgab, holte ihn für einen Augenblick aus seinem Trübsinn, und ein Offizierston kehrte in seine Stimme zurück.

Da brach Felix plötzlich in Tränen aus. All die Tage seit seiner Ankunft hatte er fleißig gearbeitet, und es schien, als erlöse ihn die Sklavenarbeit von der quälenden Sehnsucht, ja als habe sein Leben nun einen Halt gefunden. Aber das war ein Irrtum. Er hatte Bettys Verschwinden die ganze Zeit still mit sich herumgetragen, und ohne Vorwarnung übermannte ihn die Sehnsucht aufs neue.

»Was ist passiert, Felix?« fragten die Leute und scharten sich um ihn.

»Ich sehne mich so nach Betty.«

»Wieso denn?«

»Ich habe sie nachts im Traum gesehen.«

»Und was hat sie dir gesagt?«

»Sie hat mir gesagt, daß sie mich liebt.«

»Das ist doch schön.«

»Aber ich kann nicht zu ihr.«

»Vielleicht braucht sie deine Hilfe jetzt gar nicht.«

»Doch, sie braucht mich, sie braucht mich«, jammerte er und war nicht zu beruhigen.

Hier haben die Leute Felix gern; die Sympathie für ihn ist in den letzten Wochen noch gewachsen. Er kümmert sich um alle, auch um solche, die als Drückeberger gelten oder ihn heimlich verspotten. Wenn wir einen Laib Brot bekommen, teilt Doktor Buchbinder ihm ein bißchen mehr zu, weil er größer ist und schwerer arbeitet als die anderen.

Als Doktor Buchbinder sah, in welcher Not Felix steckte, ging er zu ihm und sagte: »Der Krieg ist bald vorbei, mein Lieber, nur noch ein paar Tage, dann fährst du schnurstracks zu Betty.«

»Wie soll ich denn fahren?«

»Wie? Mit der Eisenbahn natürlich.«

Die handfesten Worte von Doktor Buchbinder dämpften sein Weinen etwas, und sein Murmeln verstummte. Doktor Buchbinder hatte, ohne es zu wissen, eine Prophezeiung gemacht. Die Waggons, die am nächsten Tag von der Front eintrafen, waren verdreckt, manche zertrümmert. Eingerußte, kräftige Häftlinge luden leere Fässer und Kisten ab, und andere luden, im Gegenzug, Kartons mit Konserven und Fischbüchsen auf. Die Uniformierten waren hysterisch. Alles ging mit großer Hast vonstatten, als ob jeder um sein Leben rennen würde.

»Wahrscheinlich ist es schon vorbei«, sagte einer der Häftlinge.

»Was?« fragte sein Gefährte.

»Der Krieg.«

»Nicht für uns, mein Lieber.«

»Sondern?«

»Für diejenigen, die am Leben bleiben.«

Felix hob den Kopf und schaute die beiden, die sich unterhielten, mit einem Ausdruck an, als wollte er sagen: Ich muß zu Betty, sie ist in Not, und ich muß zu ihr. Die beiden verstanden offenbar, was er meinte, und betrachteten ihn spöttisch. In dieser Nacht träumte ich von dem Rabbiner, der Ida und mich getraut hatte. Zuerst sah ich seine kräftigen Söhne am Eingang stehen und jeden, der hineinwollte, gründlich kontrollieren. Dann sah ich seine Schlafkammer, von zwei Wachskerzen erhellt. Der Rabbiner wirkte kleiner, als ich ihn in Erinnerung hatte.

»Was hast du gelernt, seit du mir versprochen hast zu lernen?« fragte er mich überraschend.

»Ich bin im Arbeitslager gewesen, Herr Rabbiner.«

»Und dort hast du keine gottesfürchtigen Menschen getroffen?«
»Das schon, aber das war doch kein Leben.«
»Hast du sie wenigstens beobachtet, wie sie Gott dienen?«
»Ein bißchen.«
»Und was hast du von ihnen gelernt?«
»Buzzi hat uns alle sehr beeindruckt, mit seiner Stärke und seinem Glauben, aber es wäre übertrieben zu sagen, daß wir ihn geliebt haben.«
»Ich sehe, du hast nichts gelernt«, sagte er und gab seinen Söhnen ein Zeichen, ihm aus dem Alkoven zu helfen.
Erst jetzt merkte ich: Auch Mutter stand dabei. Um ihr helles Gesicht hatte sie ein grünes Tuch gehüllt, das ihre großen Augen betonte. Man sieht ihr an, daß ihr das Leben mit Vater nicht leicht fällt. Vater ist unnachgiebig, ein Mann mit Grundsätzen, der keine Kompromisse kennt. Jedesmal wenn jemand ihm gegenüber seinen Vater erwähnt, senkt er den Blick und bringt den anderen zum Schweigen. Auch von Mutter verlangt er manchmal, still zu sein. Mutter fragt nicht und mischt sich nicht ein; sie wirkt jetzt noch untertäniger als sonst, der Drang zu malen jedoch ist nicht verloschen. Nicht einmal in dieser schweren Zeit. Ich will malen, sagt ihr ergebenes Gesicht, wenn ich von euch Farbe, Pinsel und Papier bekäme, würde ich nur noch malen. All die Jahre habe ich das, was ich sah, in mir zurückgehalten, jetzt kann ich das nicht mehr. Als Vater diese ungesagten Worte hört, fragt er: »Jetzt, mitten im Krieg, wo nichts mehr stimmt und es an allem fehlt,

da willst du malen?« Mutter zuckt zusammen und verstummt.
Die Geschütze donnerten die ganze Nacht, und auch im Morgengrauen funkelte Lichterregen am Himmel, doch die Uniformierten erlassen uns weder den morgendlichen Lauf noch den Ruf: »Arbeit macht frei! Arbeit macht rein!« Es sind kaum mehr zwei Wochen, bis die Brücke fertig sein muß, und das wird dann wohl unser Ende sein. Honig gibt mir ein Stückchen Papier und einen Bleistift. »Ida«, schreibe ich, »falls wir uns nicht mehr sehen: Alles hat sich gelohnt. Auf ewig Dein, Erwin.« Ich werfe den Zettel in den Wind.

31

Buzzi kam zu mir und sagte: »Sprich das Glaubensbekenntnis ›Höre, Israel‹.«

»Ich kann es nicht auswendig«, sagte ich zitternd.

»Sprich: Höre, Israel, Gott, unser Gott, ist Gott, der einzig Eine!«

»Ich habe Angst, daß ich die Worte durcheinanderbringe.«

»Sprich sie langsam, dann kommst du nicht durcheinander.«

Es fällt mir schwer, aber ich gebe mir große Mühe und sage die Worte. Buzzi ist zufrieden, und ein unbändiges Lächeln der Genugtuung zieht über sein großes Gesicht. Jetzt übersteigt seine Kraft die der Kommunisten. Die Leute hängen an ihm und hoffen, durch ihn gerettet zu werden. Keiner zweifelt mehr daran, daß nur Buzzi es vermag, die tobenden Uniformierten zu besänftigen. Er hat eine Reihe von Holzplanken ausgelegt, auf denen rollen wir die letzten Stämme zur Brücke. Wenn die

Planken verrutschen und ein Baumstamm steckenbleibt, ruft er: »Keiner ist wie unser Gott, keiner ist wie unser Herr!« und rückt sie wieder zurecht. Die Brücke, zu der wir über Monate die Baumstämme hingeschleppt haben, ist bald fertig.

Indessen hört es nicht auf zu schneien. Die Sicht ist schlecht, und die Kälte macht wund. Ein Glück, daß die benachbarte Kompanie uns noch Schuhe gebracht hat. Auf diesem Weg bekam ich ein Paar Stiefel. Wir sind damit beschäftigt, den Platz leerzuräumen und die Waggons zu beladen. Auch diese Räumung geht in vorbildlicher Ordnung vor sich. Jeder Gegenstand, den wir auf den Waggon laden, wird registriert und bekommt den Stempel: »Wehrmachtseigentum«.

»Erwin, mein Lieber«, flüsterte Honig.

»Was ist?« fragte ich und reichte ihm mein Wassergefäß.

»Ich werde nicht mehr nach Hause kommen. Richte ihnen aus, daß du mich noch gesehen hast.«

»Nein«, schrie ich, ohne es zu wollen.

Erschrocken ergriff Honig meine Hand.

Am nächsten Tag traf gegen Abend die erste Kolonne ein. Eine lange, müde Kolonne, dreckig und geschlagen. Auf den Gesichtern der Soldaten lag die Trauer derer, die den Sturm hinter sich haben. Sie zogen vorbei und winkten. Schwer zu sagen, wem sie winkten und warum. Die Wachleute auf dem zentralen Wachturm der Kommandantur waren nervös, schrien Befehle und schossen in die Luft. Wir hätten uns gern gefreut, konnten aber nicht. Der deutsche Rückzug verlief, das mußten wir zugeben, geregelt. Nichts ließen sie zurück.

»Keiner ist wie unser Gott!« ruft Buzzi, und wir folgen ihm wie Schatten.
Noch immer halten die Uniformierten am Morgenlauf und am Appell fest. Gleich danach räumen wir die Magazine leer. Sie waren musterhaft ordentlich: Säcke und Kisten getrennt. Ein Zug nach dem anderen fährt ab und taucht ins kalte Dunkel. Plötzlich sah ich ganz deutlich Trude Pollak vor mir stehen, und sie redete, wie es ihre Art war, doch diesmal trug sie einen roten Sommerhut, der ihr gut stand und auch zu dem paßte, was sie sagte.
Buzzi organisiert das Beladen der Züge. Die schweren Sachen hievt er selbst auf die Schulter und lädt sie ein, den Rest schleifen wir hinauf. Immer schön langsam, keine Eile – das ist jetzt seine Taktik. Wir wissen, nachdem das Lager abgebaut ist, wird man uns auf einen Strafmarsch schicken, und doch machen wir uns Hoffnungen, daß sie uns, wenn wir irgendwann hinfallen sollten, für tot halten werden.
So verging ein weiterer Tag. Jede Stunde ist ein Geschenk. Der Hunger ist nicht mehr so quälend wie vorher. Die dünne Suppe, die man uns zweimal am Tag bringt, trinken wir wie Menschen, die zum Tod verurteilt sind. Von den beiden an ihren Füßen aneinandergeketteten Häftlingen, die den Suppenbehälter zu uns ziehen, erfahren wir, daß die russische Armee flußabwärts schon eine Brücke erobert hat. Tatsächlich donnern die Geschütze, und der Himmel brennt.
»Keiner ist wie unser Gott!« ruft Buzzi und sagt, wir sollten uns verteilen, damit es uns nicht alle auf einmal treffe.

Am Abend kam Buzzi zu mir und sagte: »Sprich das ›Höre, Israel‹.«
Ich sagte, was ich noch wußte.
»Sprich es laut.«
Ich sagte es lauter.
»Noch lauter.«
Nachdem er gehört hatte, wie ich den Vers sprach, reckte er den Hals, und das unbändige Lächeln lag wieder auf seinem Gesicht.

32

Am nächsten Tag hatten sich die zurückweichenden Truppen bereits erholt und versuchten einen Gegenschlag. Unser Lager wurde wie alle Lager in der Gegend nun umkämpft. Es hatte in der Nacht geschneit, und wir räumten den Schnee für die Geschützstellungen. Schon jetzt wurden Häftlinge auf Strafmärsche geschickt. Linien von Menschenschatten durchziehen die weißen Ebenen; wer hinfällt, wird erschossen.
Buzzi sagt, wir müßten uns in der Nähe der Geschützmannschaften halten und die Uniformierten meiden. Wann immer einer vor Schwäche zusammenbricht, ruft er: »Keiner ist wie unser Gott!« und eilt ihm zu Hilfe. Unser Offizier hat sich in seine eigene Welt versponnen und spricht nun so, wie er wohl früher als Hauptmann beim österreichisch-ungarischen Heer gesprochen hat. Vergeblich versuchen wir, ihn zum Schweigen zu bringen. Er scheint verrückt geworden zu sein. »Das deutsche Heer«, verkündet er immer wieder, »ist das beste

auf der Welt. Keiner kann es bezwingen. Es ist ein Irrtum zu glauben, daß die primitive russische Armee es bezwingen könnte.« Seine Halluzinationen trieben ihr Spiel mit ihm. Schließlich ging Buzzi zu ihm hin und rief laut: »Keiner ist wie unser Gott, verstehen Sie?« Unser Offizier erschrak und sagte: »Was ist passiert?«

»Schweig!«

Und er schwieg tatsächlich.

In der Zwischenzeit brachten die zwei an den Füßen gefesselten Häftlinge die Suppe. Zwei Tage hatten wir sie nicht gesehen und schon geglaubt, sie seien gestorben oder hingerichtet worden. Wir freuten uns. Die dünne Suppe wärmte die Körper und flößte uns neuen Willen ein. Neben dem Suppenbehälter standen die beiden Häftlinge, und ein blödes Lächeln lag auf ihren von Kälte zerfressenen Gesichtern. Plötzlich hob einer von ihnen den Kopf und sagte: »Vielleicht wißt ihr ja, für welche Sünden wir bestraft werden?« Seine Frage stand eine Zeitlang klar in der eisigen Luft.

Einer der Neuankömmlinge sprach jetzt mit unserem Offizier und versuchte, ihn zu überzeugen, daß das deutsche Heer sich wirklich zurückzog und der Einzug der Russen nur noch eine Frage weniger Stunden war. Der Offizier hörte mit leerem Blick zu und sagte kein Wort.

Abends hielten die Uniformierten einen Appell ab und zählten uns zweimal. Wir standen auf dem Appellplatz und zitterten vor Kälte.

»Wo ist 732?« brüllte der Uniformierte.

»Tot, Herr Kommandant«, rief Doktor Buchbinder laut.

»Und wo ist 740?«

»Auch tot, Herr Kommandant.«
»Die sterben ja bloß, um nicht zu arbeiten«, schimpfte der Uniformierte, und wir kehrten in die Baracke zurück.
Die windige Baracke ist jetzt unsere Zuflucht und unsere Hoffnung. Durch den Tunnel bringt uns die Kompanie von nebenan Brot, Wurst und Nachrichten. Auf einem ihrer Zettel hatte gestanden: »Seid stark, Brüder, haltet durch. Die Rettung ist nahe.«
Man besteht noch auf dem Laufen, aber nicht mehr auf der Rasur. Unsere Gesichter sind schwarz und abgehärmt, ähneln den hartgetretenen Schneeflächen, über die wir unsicher tapsen. Es ist einfacher zu kriechen, als aufrecht zu gehen. Buzzi steht als einziger fest auf beiden Beinen, lädt sich einen eisernen Schrank auf die Schulter und hält dabei das Gleichgewicht. Jetzt sind wir ganz sicher, daß nur er überleben und eines Tages mit seiner schweren, ungeschickten Zunge erzählen wird, was uns widerfahren ist und wie wir umgekommen sind.
Es hört nicht auf zu schneien, die Sicht ist eingeschränkt. Hunger und Kälte ziehen den Körper zu Boden und flüstern: Nur einen Moment die Augen schließen und schlafen. Diese Verlockung ist stark, du kannst ihr nicht widerstehen und sinkst wirklich auf die Knie, aber deine Gefährten wissen, was das bedeutet, und reißen dich sofort wieder hoch, und wenn sie nicht die Kraft dazu haben, hat sie Buzzi. Buzzi leistet wirklich mehr als alle Trupps zusammen. Er besitzt übermenschliche Kräfte.
Am letzten Abend – wir wußten nicht, daß es der letzte

war – rief einer der Offiziere Buzzis Namen, und Buzzi, der gerade ein großes Paket auf der Schulter trug, hörte das anscheinend nicht und lief weiter. Der Offizier ging zu ihm hin und verpaßte ihm einen kräftigen Tritt. Buzzi stolperte und fiel. Auch nachdem er wieder aufgestanden war, schrie und trat der Offizier weiter auf ihn ein. Einen Moment stand Buzzi da, als gebe er sich geschlagen, doch gleich darauf setzte er wie ein Panther zum Sprung an, packte den Offizier an der Gurgel und mit demselben Schwung zwei andere Uniformierte und erdrückte sie an seinem Körper. Es reichte ihm nicht, die drei zerquetscht zu haben; er nahm einen Kanister Benzin, goß ihn über die Versorgungsbaracke und stieß dabei furchtbare Laute aus. Die Offiziere auf dem Wachturm der Kommandantur waren vermutlich entsetzt. Sie schossen und setzten die Baracke in Brand. Danach sahen wir, wie die Offiziere brennend in die Dunkelheit davonrannten und die Brücke zu erreichen suchten, doch Feuer und Rauch jagten ihnen nach. Buzzi goß weiter Benzin auf die Bretter, fachte das Feuer an, und in diesen riesigen Flammen fuhr er selbst zum Himmel auf.

33

Wie gesagt, das war der letzte Abend, doch wir wußten es nicht. Alles passierte schnell und wie von starker Hand geführt. Über die Jahre werden wir noch fragen, ob sich die Dinge wirklich so ereignet haben, wie sie in unserer Erinnerung sind, und wer dieser Buzzi wohl gewesen ist, den man zu unserer Rettung gesandt hat. Noch am selben Abend war uns klar: Hätte er nicht so viel Benzin vergossen, wäre der Rückzug weniger schnell vonstatten gegangen, und uns hätte man wahrscheinlich auf einen Strafmarsch geschickt, wie die Häftlinge aus den anderen Lagern auch. An jenem Abend hatte Buzzi nicht wie ein Mensch ausgesehen, sondern wie ein Riese, der über die Mächte der Dunkelheit herfiel, um sie mit Feuer zu vernichten.

»Buzzi«, schrie unser Offizier, halb ohnmächtig am Rande der Eisenbahnschienen, »du warst ein echter Held!« Das war für ihn ein ehrenvoller Tod. Er mochte keine Selbstmörder und keine, die aus Schwäche zusammenbrechen. »Im Kampf zu fallen ist ein edler Tod, den sollte man anstreben«, sagte er immer wieder. Die ganze Zeit hatte er hier Heldentaten geplant und dann doch nicht ausgeführt.

»Buzzi!«, rief er, nach Luft ringend. Seine Erregung weckte uns aus der starr machenden Angst, und wir ließen uns mitreißen.

»Was ist mit Ihnen?« fragte ihn Doktor Buchbinder.

»Buzzi ist ein echter Held; wir dagegen sind nur Ungeziefer.«

»Was hätten wir denn tun können?« fragte Doktor Buchbinder, vor allem, um ihn zu beruhigen.

»Aufstehen und kämpfen. Ein Mensch, der kämpft, bewahrt seine Würde.«

»Und womit hätten wir kämpfen sollen?«

»Buzzi hat uns gezeigt, daß man auch ohne etwas kämpfen kann.«

So begann unser Leben danach oder, wie es später heißen sollte, unsere Verwandlung. Keiner wußte, wer noch am Leben war und ob die Truppen sich tatsächlich zurückzogen. Buzzis Feuer war unersättlich, es sprang von einer Baracke auf die nächste über. Der Himmel war rot. Wie Fackeln brannten die Baracken.

Noch in derselben Nacht, im weißen Dunkel, hörten wir eine gewaltige Explosion: Unsere Brücke stürzte ein. Dann verbreitete sich eine unglaubliche Stille, und außer dem fallenden Schnee hörte man gar nichts mehr. Diese letzte Nachtwache war so bedrohlich lang, daß wir meinten, wir würden erfrieren. Doch Pinchas, der es die ganze Zeit nicht gewagt hatte, auch nur einen Ton von sich zu geben, nahm seinen Mut zusammen, ging

Zweige und Bretter auflesen und machte ein Feuer. Wir wußten, wenn es noch irgendwo Offiziere oder Uniformierte gab, so würden sie jetzt kommen und uns erschießen, doch die Kälte war stärker als die Angst. Pinchas erschien uns nun größer, als habe Buzzi ihm etwas von seinem Wesen hinterlassen, damit er sein Werk in dieser Welt vollende. Keine Stunde verging, da spendete das Feuer bereits Wärme.

Am Morgen hörte es auf zu schneien. Eine große Wintersonne zeigte sich am Himmel. Wir standen neben dem letzten Waggon, als habe ein dunkles Meer uns ausgespuckt. Pinchas brachte einen großen Topf und füllte ihn mit Schnee. Das Feuer schmolz den Schnee, und dichter Dampf stieg auf. Das kochende Wasser ließ uns die Anblicke der Nacht vergessen. Durst quälte uns. Und wieder überraschte uns Pinchas. Er hatte in einer zerstörten Baracke ein paar Becher und ein Päckchen Tee gefunden und brühte uns einen Tee, und unser Offizier, nach wie vor unter dem Eindruck von Buzzis Heldentat, beobachtete seine fleißigen Bewegungen, als sei es nicht unser Pinchas, sondern jemand, den er noch nie gesehen hatte.

Später tauchten aus dem Dunkel die beiden Häftlinge auf, die uns immer die Suppe gebracht hatten. Sie waren halb erfroren und hielten sich etwas entfernt. Doktor Buchbinder rief sie, sie sollten zu uns kommen, doch sie rührten sich nicht. Da ging er zu ihnen hin und sagte, daß der Krieg vorbei sei. Die Häftlinge, die noch aneinandergekettet waren und nun den leeren Suppenbehälter hinter sich herzogen, rissen die Augen auf. Sie verstanden wohl nicht, was er gesagt hatte, oder sie glaub-

ten ihm nicht. Doktor Buchbinder berichtete ihnen, der Rückzug sei überstürzt vonstatten gegangen, die Brücke sei gesprengt worden, jetzt gebe es hier keine Deutschen mehr, und sie könnten ruhig zu uns ans Feuer kommen und sich wärmen, doch auch diese Worte weckten sie nicht aus ihrer Starre. Sie standen da, gefangen in ihren Halluzinationen. Deshalb trat Doktor Buchbinder zwischen sie, packte beide am Arm und führte sie zu uns.
Pinchas reichte ihnen Tee und sagte: »Trinkt.«
Der eine tat den Mund auf und fragte: »Wie?«
»Es gibt hier keine Deutschen mehr«, sagte Pinchas.
»Und jetzt?« fragte der eine Häftling mit rauher Stimme.
»Jetzt wird es gut, wenn Gott will.«
Bei diesem Satz zog sich das dunkle Gesicht des Mannes zusammen, und ein kleiner Spalt eines Lächelns tat sich auf.
»Du kannst die Ketten ablegen.«
»Sind hier keine Uniformierten?«
»Nein.«
»Und wohin bringt man uns jetzt?«
»Jetzt bringt man uns nirgendwo mehr hin.«
»Wir werden hier leben?«
»Wir werden nach Hause gehen, wenn Gott will.«
Als der Häftling das hörte, spannte sich die Haut auf seinen Wangenknochen.

34

Schon zwei Tage sitzen wir am Feuer und rühren uns nicht von der Stelle. Nur Pinchas geht immer wieder fort und kommt mit Keksen und Decken zurück. Die Müdigkeit füllt uns wie Blei. Von hier aus können wir die letzten Überreste unseres Lagers sehen: ein verlassenes Gebiet mit einigen verstreuten Schneehügeln. Die fieberhafte Arbeit, die Angst, die Qualen – alles hat sich in Luft aufgelöst und ist verschwunden. Die Stille wird immer gewaltiger, nicht mehr lange, und sie verschluckt uns ganz.

»Ich habe eine ordentliche Baracke gefunden«, verkündet Pinchas.

»Wo?« fragt Doktor Buchbinder.

»Nicht weit von hier. Da gibt es alles. Betten, Decken und Küchengerät.«

»Gleich«, sagt Doktor Buchbinder.

Honig sitzt neben mir. Er ist in den letzten Tagen sehr schwach geworden. Allmählich kommt er wieder zu

sich, er ähnelt nun meinem Vater. Das Reden fällt ihm schwer. So sitzen wir zusammen und schweigen. Die meiste Zeit schneit es, in den Pausen reißt der Horizont auf und gibt einen Blick auf die offenen Weiten frei. Jetzt ist es klar: Nicht wegen des Winters haben sich die Deutschen zurückgezogen, sondern weil sie von der Roten Armee massiv beschossen wurden, so, wie es unsere Kommunisten prophezeit haben. Wo sind sie jetzt, die diesen Tag so sehnsüchtig erwarteten? Die beiden Kommunisten, die bei uns sitzen, haben die Botschaft der Befreiung noch nicht begriffen. Sie trinken den Tee, den Pinchas ihnen reicht, und starren vor sich hin. Ab und zu kommt ihnen ein Wort oder ein Satz über die Lippen. Das Feuer und der heiße Tee wiegen sie gleichsam in den Schlaf, und sie schlummern ein.
Auch Honig ist eingeschlafen, aber ich rede zu ihm. Ich habe das Gefühl, daß Schlafen jetzt gefährlich ist, daß wir wach bleiben müssen. Tatsächlich sahen wir gegen Mittag in zwei oder drei Kilometern Entfernung eine Gruppe von Leuten über den Schnee auf uns zukommen. Zuerst hielten wir sie für umherirrende Häftlinge, doch bei angestrengterem Hinsehen erkannten wir, daß sie Uniformen trugen. Wenn das stimmte, gab es in der Gegend doch noch Bestien. Wir wußten, der Wahnsinn der Uniformierten kannte keine Grenzen. Am letzten Tag, kurz vor dem Brand, schickten sie eine gesamte Kompanie auf den Strafmarsch, weil sie ihr Pensum nicht erfüllt hatte. Buchbinder meint, wir sollten Buzzis Rat befolgen und uns lieber über das ganze Gebiet verteilen. Buzzis Namen spricht er mit großer Ehrfurcht aus, als berufe er sich auf eine Autorität. Doch sein Rat

wird nicht befolgt. Das Feuer und die Halluzinationen lullen uns so ein, daß es schwer ist, sich davon loszureißen.

Es gab noch andere Trugbilder. Etwas später sahen wir am Bug den Schatten eines Menschen. Er bewegte sich entlang der Pappelreihe wie ein umherstreunender Überlebender, doch manche meinten, es sei ein Uniformierter, der nach entlaufenen Häftlingen suche. Felix war sich sicher, Betty vor sich zu haben. Lange stand er da und beobachtete den Schatten, bis er sich nicht mehr beherrschen konnte. Er rief: »Betty!« Es war ein lauter Schrei, der uns ins Mark fuhr. Sofort gingen einige zu ihm und redeten ihm gut zu, nur Doktor Buchbinder, der sonst gegenüber allen Nachsicht walten läßt, reagierte ungehalten. Er erinnerte Felix mehrmals daran, daß Betty mit Korolenko durchgebrannt war. »Man sehnt sich nicht nach einem Verräter. Verrat ist eine Schande, die wir in aller Form verdammen müssen.« Felix erschrak über diese harten Worte, setzte sich hin und hielt den Mund.

Ich selbst bin, zumindest bisher, von allen losgelöst. Durch den Nebel der Halluzination spüre ich die große Entfernung, die mich von Ida trennt, und manchmal meine ich, ich könne sie verringern. Wenig später weiß ich schon wieder nicht, wann ich das Haus verlassen habe und ob ich nicht schon jahrelang hier lebe. Die Zeit ist verworren und täuscht mich. Zuweilen habe ich das Gefühl, nach Hause sei es nur eine Stunde mit der Eisenbahn, nicht mehr.

Ich schaue Pinchas bei allem, was er macht, zu. Frühmorgens steht er neben dem Waggon und betet. So hat er zu Hause gebetet, dann im Ghetto und nun auch hier. Dieses eigensinnige Dastehen hat die Leute gegen ihn aufgebracht. Sie haben nicht mit ihm gesprochen, sie haben ihn angeschrien: »Was ist das für eine Ergebenheit, was für eine Unterwürfigkeit?« Noch immer scheint etwas an seinem Handeln nicht zu stimmen, doch der Zorn ist verflogen. Alle beobachten ihn, als habe das Rätsel mittlerweile übermenschliche Züge angenommen. Pinchas weiß, daß jetzt niemand über ihn herfallen wird, und er erlaubt es sich, in voller Länge und laut zu beten. Ich habe gehört, wie er zu Doktor Buchbinder sagte: »Ich bleibe nicht mehr lange, ich gehe nach Hause.« Er betonte die Worte so wie früher, als wäre er wieder jemand, der sein Zuhause für eine bestimmte Zeit verläßt, um Handel zu treiben. Ich habe noch kein Wort aus seinem Mund gehört, das nicht vernünftig gewesen wäre. So hilft er den anderen auch jetzt, ohne Allüren. Obwohl hier einige sitzen, die ihn gequält haben, reicht er ihnen Tee und Kekse, als sei er schon immer ihr Diener gewesen.

Wir sitzen am Feuer und rühren uns nicht. Gestern fand Pinchas eine Schachtel Zigaretten und brachte uns damit ein weiteres Stück unseres vergessenen Lebens zurück. Susik, mit Leib und Seele Kommunist und ein Bewunderer von Onkel Max, zündete sich eine Zigarette an und brach in Tränen aus, als verstehe er erst jetzt, was geschehen ist. Vergeblich versuchten wir, ihn zu beruhigen. Der Zigarettenrauch hatte in ihm überraschend Erinnerungen geweckt, und plötzlich begriff er, daß er nirgendwohin zurückkehren konnte. Seine Familie war am Anfang des Krieges ermordet worden,

seine Freunde aus dem Lager waren verhungert. »Ich bleibe hier, ich werde nicht weggehen«, sagte er weinend.
Doktor Buchbinder sah seine Verzweiflung, setzte sich neben ihn und sagte: »Susik, so darf man nicht reden, wir werden uns umeinander kümmern. Wir sind der letzte Rest, wir müssen aufeinander aufpassen.«
»Ich bleibe hier«, wiederholte Susik starrsinnig.
»Du kannst hier nicht bleiben. Wir leben nicht mehr nur für uns selbst, sondern für die Gemeinschaft.« Eine schmerzhafte Aufrichtigkeit lag in Doktor Buchbinders Stimme, als habe er beschlossen, daß es ab jetzt keine Illusionen und keinen Selbstbetrug mehr geben dürfe, sondern nur noch die Wahrheit, auch wenn sie kalt war wie Eis.

35

Am Mittag schien wieder die große Sonne. Wir sahen den Bug und die hohen Bäume an seinen Ufern. Es war, als habe sich die Stille noch weiter ausgedehnt. Alles, was wir seit unserem Weggang von zu Hause erlebt hatten, kam an die Oberfläche und wurde sichtbar. Noch wußten wir nicht, was uns erwartete. Das Licht und der Schnee blendeten uns.

Später schleppten wir uns hinter Pinchas her, um die Baracke zu begutachten, die er entdeckt hatte. Das riesige Lager war von dicken Schneewehen bedeckt, aus denen nur hier und da ein paar Bretter und Stämme herausragten. Einen Moment meinte ich, Buzzis langen Schatten über den verkohlten Ruinen schweben zu sehen. Anscheinend hatte nicht nur ich ihn gesehen. Auch unser Offizier sah Buzzi vor sich und nannte ihn den namenlosen Helden unseres Volkes.

Indessen erreichten wir die Baracke. Der Anblick überraschte uns: Betten und Schränke waren vorbildlich aufgeräumt, an den Wänden hingen Familienfotos, da standen ein Plattenspieler und ein Bücherregal. Die militärische Strenge verlor sich zwischen den häuslichen Gegenständen, und am Ende der Baracke gab es eine Küche und eine Eßecke, einen kleinen Geschirrschrank und ein Regal mit Lebensmitteln. Auf einer Packung Kekse lasen wir: »Unseren Soldaten an der Front«. So also hatten die gelebt, die uns gequält haben.

»Auf diese Weise hinterläßt man eine Baracke, in die man zurückzukehren gedenkt«, bemerkte unser Offizier, doch Pinchas dachte praktischer und sagte: »Wir können uns nehmen, was wir wollen, oder auch einfach hierbleiben. Die kommen nicht wieder.« Eine naive Überzeugung lag in seiner Stimme, und Doktor Buchbinder, der meistens die richtigen Worte findet, um abzulenken oder zu beruhigen, war sprachlos. Das Staunen, das uns alle packte, ergriff auch ihn. Wir standen da und schwiegen, und obwohl wir sehr müde waren, wollte sich keiner in diese säuberlich gemachten Betten legen, und wir kehrten zu unserem Lagerfeuer zurück. Abends hörten wir Schüsse, flohen in den Waggon und drängten uns in die Ecken.

»Ich muß raus, sofort, ich spüre, daß ich raus muß«, murmelte Felix mehrere Male. Keiner beachtete ihn. Solange er nicht völlig verzweifelte, gingen wir nicht mehr auf ihn ein. Seine Phantasien waren so verrückt, daß es uns schwerfiel, nicht ärgerlich zu werden.

Zusammengekauert und angespannt verbrachten wir die ganze Nacht. Die Schüsse verhallten, auch der Lärm der Geschütze ebbte ab. Durch die offene Tür konnten wir sehen, daß dichter Schnee fiel und das Feuer trotzdem weiterbrannte. Das brennende Feuer und der Topf darauf waren nun die Quelle unseres Lebens. Wir hatten sie mit Blechen von der Karosserie eines Lastwagens eingezäunt und bewachten sie wie unser teuerstes Gut.

Susik saß neben mir und fragte mich darüber aus, wann und unter welchen Umständen ich meinen Onkel Max das letzte Mal gesehen hatte. Ich erzählte ihm von unserem Keller und wie Mutter den Fußboden mit Decken und Kissen gepolstert hatte, so daß Max dort im Dunkeln leben konnte. Während ich erzählte, sah ich meinen Onkel Max, wie ich ihn schon lange nicht mehr gesehen hatte. Vater hatte ja jeden Kontakt zu ihm abgebrochen und war nicht mehr hinuntergegangen, doch Mutter hatte sich hingebungsvoll um ihn gekümmert, war um Ausreden für seine Verrücktheiten nie verlegen gewesen und hatte in allem, was er tat und sich vorstellte, immer etwas Positives gefunden. Wir hatten nicht gewußt, daß Onkel Max so großen Einfluß auf die Intelligenzija besaß. Erst hier begriff ich, wie sehr ihn die Leute liebten und verehrten. Jede von Susiks Fragen brachte mir ein Stück Zuhause zurück.

Am nächsten Morgen erschien die Sonne wieder am Himmel, und die obere Schicht Schnee begann zu schmelzen. Sie legte die riesigen Baumstämme und Eisenstangen frei, die wir und andere Trupps zur Brücke hätten schleppen sollen.

»Warum gehen wir nicht fort von hier?« fragte jemand. Seine Frage blieb unbeantwortet.

An jenem Morgen sahen wir zum ersten Mal am Ufer des Bugs russische Soldaten. Sie wirkten klein, trugen schwere Rucksäcke und bestiegen eilig lange Flöße. Später sahen wir weitere Flöße, auch sie waren voller Soldaten. Die Soldaten sangen, ihre Lieder hallten in der klaren Luft. Sie zogen vorüber, und das Wasser wurde so blau, als sei es nicht Wirklichkeit, sondern ein tiefer Traum, der auf seinen Schwingen einen anderen Traum trug.

An diesem Tag verschwand Felix. Er war zuvor sehr unruhig gewesen, und man hatte ihm angemerkt, daß er etwas ausbrütete. Doktor Buchbinder hatte sich bemüht sich, ihn zum Sprechen zu bringen, doch er hatte geantwortet: »Gar nichts ist«, und kurz darauf war er verschwunden. Wir suchten ihn mehrere Stunden, aber der Schneefall und die Sorge, uns vielleicht zu weit vom Feuer zu entfernen, ließen uns die Suche abbrechen. Schließlich sagte jemand: »Noch nie im Leben ist mir ein Mensch mit einer solchen Einbildungskraft begegnet.« Dieser Satz beendete unsere Gespräche an diesem Abend. Wir rollten uns nahe am Feuer zusammen und versanken in Schweigen.

36

Die Front war über uns hinweggezogen, die Schüsse hatten sich entfernt. Schnee fällt, und die meiste Zeit des Tages sitzen wir im Halbschlaf am Feuer. Ohne Pinchas, der keinen einzigen Moment ruht und pausenlos Holz und Lebensmittel herbeischafft, würden wir bestimmt erfrieren. Pinchas hat einen Kanister Speiseöl aufgetrieben, das schmieren wir auf die Kekse, und dazu trinken wir Tee.

Honig vertraut mir an, daß die Auflehnung meines Vaters gegen meine Großeltern schwerwiegender war, als ich angenommen habe. Obwohl Honig nicht viel Kraft hat, überwindet er sich und erzählt viele, mir bisher verborgene Einzelheiten. Er hält es für wichtig, daß ich mich in dieser schwierigen Familienangelegenheit auskenne. Ich höre ihm zu. In meinem geschwächten Zustand dringen seine Worte ungehindert in mich ein und packen mich.

Pinchas reicht mir einen Becher Tee. Am liebsten würde

ich zu Honig sagen: »Warum machen Sie sich die Mühe, mir diese lang zurückliegende, schmerzhafte Geschichte zu erzählen? Sie hat doch nichts mit mir zu tun, zumindest nicht unmittelbar.« Honig scheint die stille Frage zu hören und erklärt, im Zuge dieser Rebellion hätten sich viele von meinem Großvater losgesagt, und vielen sei der Weg zu Gott dadurch verstellt.

Ich verstehe nur langsam, wie ein Familienkonflikt so weitreichende Folgen haben kann. Honig erklärt weiter, ebendieser Konflikt habe den Glauben vieler Menschen erschüttert und sie, ohne daß sie es zunächst merkten, in eine Welt der Verwirrung hineingezogen. Außerdem erzählt er mir, daß Großvater wegen Vaters Abkehr in Melancholie versunken sei und sich verschlossen habe. Vergeblich habe man seitdem an seine Tür geklopft. Großmutter sei dann hinausgegangen und habe verkündet: »Rebb Mordechai empfängt heute nicht.« Zuerst habe es ausgesehen, als wende er sich nur vorübergehend von der Welt ab, doch dieser Zustand verschlimmerte sich, und in seinem letzten Lebensjahr ließ Großvater überhaupt keine Menschen mehr zu sich. Einige wandten sich in ihrer Verzweiflung an andere Wundertäter, doch die meisten blieben ihm treu. Sie kamen jede Woche und glaubten fest, daß schon die Tatsache, daß sie vor seinem Haus saßen, Genesung für ihre Leiden brächte.

Es fällt mir schwer, die Wirren dieses Glaubens zu verstehen. Meine Mutter war dem Glauben ihrer Eltern treu geblieben. Ich erinnere mich, wie sie ab und zu sagte: »Bald ist Pessach«, oder: »Ich fühle, daß bald Pessach ist«, und in ihren Worten lag eine Sehnsucht,

deren Bedeutung ich erst jetzt zu spüren beginne. Die Distanz meines Vaters zu seinen Eltern dagegen war schmerzvoll und führte zu einem großen Zerwürfnis. Und nun erfahre ich, daß dieser Konflikt weitaus mehr Menschen betroffen hat, etwa Honig. Großvater hatte ihm, als es Honig einmal schlechtging, versprochen, wenn er den Sabbat halte, werde er lange leben und von seinen Töchtern noch Enkelkinder sehen. Zunächst hatte Honig alle Gebote erfüllt und war sicher, daß ihm das auch weiterhin gelingen werde, doch dieses Streben war offenbar nicht aus tiefstem Herzen gekommen, und so hielt er schließlich nur noch einen Teil der Sabbatgebote. Deshalb fuhr er eines Tages eigens zu Großvater und war überrascht, denn der rügte ihn nicht, sondern bat ihn, sich darüber nicht zu grämen, er solle sich nicht zu bittere Vorwürfe machen. Seitdem hat Honig ihn nicht mehr gesehen, denn er fürchtete sich vor einer erneuten Begegnung, und als er endlich doch beschloß, zu Großvater hinzufahren, hatte der sich schon von der Welt zurückgezogen. Während Honig diese Worte sagt, stelle ich mir Großvater vor, wie er eingeschlossen in seinem Zimmer sitzt. Draußen belagern viele Menschen das Haus und rufen: »Rebb Mordechai, Rebb Mordechai! Hilf uns! Wir wissen nicht, was wir tun sollen«, doch auch ihr Rufen holt ihn nicht aus seiner Klausur.
Tief im Herzen weiß ich, daß das, was Honig mir jetzt erzählt, mein Leben entscheidend beeinflussen wird, und dieses Wissen stimmt mich nicht fröhlich. Honig öffnet mir die Tore zu einem Dunkel, in dem ich mich wie ein Blinder vorantaste und zu erraten versuche, was mir bevorsteht.

Honig hört gar nicht mehr auf zu erzählen. Ich staune, wie viele Anhänger dieser Wundertäter, der mein Großvater war, gehabt hat. Ihre Anhänglichkeit kann ich nur schwer nachvollziehen, ich werde sie wohl nie wirklich begreifen. Honig erklärt mir, ein Zaddik wirke Dinge, die nicht in der Macht einfacher Menschen stünden. Allein, daß es ihn gebe, sei ein Wunder der Natur. Wenn die Quelle dieses Lichtes versiege, herrsche Dunkel, ein tiefes Dunkel, so wie das, in dem wir jetzt lebten. »Honig, ich verstehe nichts von dem, was Sie da sagen«, kann ich gerade noch flüstern und falle in einen tiefen Schlaf.

Ich muß zwei Tage geschlafen haben. Große Kältewellen brachen los und peitschten durch meinen Körper, aber ich schlief. Was Honig mir erzählt hatte, arbeitete in mir, es erfüllte mich mit Ehrfurcht. Jetzt verstand ich, daß wir früher, und das ist gar nicht so lange her, mit Gott verbunden gewesen waren, doch seit der Zaddik sich zurückgezogen hatte, waren alle Wege versperrt.

Es ist schwierig, dieses Durcheinander zu entwirren, ebenso unklar ist mir Mutters Verhältnis zu ihrem Bruder. An allem, was er tat, fand sie eine gute Seite, ganz gleich, wie unsinnig es war. Ida verstand ihn wohl besser als ich. Ihr Denken war klarer als meines, und dank dieser Klarheit begriff sie Dinge, auf die ich nicht kam.

Plötzlich wachte auch Honig auf und faßte mich am Arm. Er verriet mir, er habe in seinem Keller zwei Krüge versteckt. In einem lägen Schmuck und Geld, in dem anderen die Tagebücher des Historikers Feier, in denen er das Leben im Ghetto von seinen Anfängen an beschrieben habe. Die Krüge seien tief in der Erde unter

Steinplatten vergraben. Immer wenn Honig aufwacht, erzählt er mir, was seine Erinnerung ihm zuflüstert. Ich betrachte ihn aus der Nähe: Er ist jetzt ruhiger, empfindet keine Wut, nur eine stille Trauer, als habe er eingesehen, daß das Geschehene nicht mehr zu ändern ist. Etwas von dieser Trauer hat er schon an mich weitergegeben.

Und wieder Dunkelheit. Pinchas schläft nicht, er bewacht das Feuer und füllt neuen Schnee in den Topf. Immer wieder wacht einer von uns auf und fragt, wenn er das Gesicht von Pinchas sieht, verwundert: »Was suchst denn du hier?« Pinchas weiß, daß er auch jetzt nicht erwünscht ist, doch er tut seinen Dienst und wird nicht böse. Manchmal schaue ich kurz auf und beobachte, wie er sich einen Becher Tee einschenkt, sein Blick ist in sich gekehrt, aber er trägt nichts nach.

Pinchas, will ich ihn fragen, woher hast du diesen Eifer, die ganze Zeit anderen Gutes zu tun? Es hat dich doch keiner darum gebeten, und nicht nur das, deine bloße Anwesenheit bewirkt, daß einige Leute nicht schlafen können. Dein Tun ärgert sie. Warum schläfst du nicht auch? Pinchas schlägt die Augen auf und schaut mich an. Er hat meine Fragen wohl erraten. Ich beobachte ihn weiter. Vielleicht wird mir sein Gesicht eine Antwort preisgeben, oder es drückt nichts aus. Er schweigt. Pinchas, will ich ihm sagen, so oder so haben wir dir unser Leben zu verdanken. Du hast etwas getan, was man sonst nur von Engeln erwartet, aber du bist keiner. Du siehst eher wie ein Kesselflicker oder ein Holzfäller aus, und trotzdem bist du es, Pinchas, und kein Engel, der bei uns sitzt und über uns wacht.

37

Der Schnee schließt uns von allen Seiten ein. Ein gedrungener Mann, Salo, der Großhändler, läuft hinter Pinchas her, und gemeinsam schaffen sie Holz und Lebensmittel heran und verstopfen die Ritzen. Wir wohnen jetzt in einer Art Schneehöhle; in der Mitte brennt ein Feuer, das uns wärmt. »Hier wird der jüdische Körper lernen zu arbeiten, und der jüdische Kopf wird wieder zurechtgerückt«, brüllte der Uniformierte, und: »Wer beweist, daß er bereit ist, sich zu bessern, der wird in die nächste Stufe versetzt.« Die ganze Zeit machten sie luftige Versprechungen, und wir zimmerten uns daraus unsere Trugbilder. Welche Bedeutungen vermuteten wir nicht hinter den Worten »die nächste Stufe«. Unser Offizier behauptete immer wieder, es werde geprüft, wer für die kämpfende Truppe geeignet sei, und er warf, wie es seine Art war, den Juden vor, sie würden sich vor dem Militärdienst drücken.

Jetzt vergraben wir uns immer tiefer in den Schlaf, und

das Gesehene kehrt in quälender Klarheit zurück. Wir merken, daß kein Detail verlorengegangen ist, weder Worte noch Schweigen. Alles ist noch da. Auch Bruno, einer der Verehrer der Schauspielerin Trude Pollak, der mit Nachdruck Trudes Meinung vertrat, es gebe keine jüdische Kunst, weil die Juden keinen Respekt vor dem Wort hätten und nicht schweigen könnten. Auch dieser Bruno, der zu Beginn des Winters starb, lebt weiter und sieht so aus, wie ich ihn zum ersten Mal gesehen habe: ausgemergelt, fanatisch und seiner geliebten Trude treu. Jetzt zeigt der Schlaf ihn mir ganz deutlich, noch deutlicher als zu Lebzeiten. Da machte er nervöse, eckige Bewegungen, doch nun ist es, als hätte er sich entspannt, er bringt seine Thesen nicht mehr mit demselben Eifer vor, sondern ausführlicher, nüchtern und gesetzt: »Die Empfindungen und Sinne der Juden sind verdorben, daher ihre List, dieses dauernde Verdrehen der Worte und der völlig unangebrachte Drang, immer im Vordergrund stehen zu müssen.« Sogar Chagall kam bei ihm nicht gut weg: »Ein Musterbeispiel jüdischer Sentimentalität, mit einem fragwürdigen Bildaufbau.« Solange Bruno noch lebte, verbreitete er Angst. Jetzt trägt er seine Argumente gelassen vor, mit einer Prise Ironie. Einer wendet sich vorsichtig an ihn und sagt: »Das alles ist doch vergangen. Jetzt gibt es keine Juden mehr auf der Welt und auch keine jüdischen Künstler. Warum jetzt noch schimpfen und die Ruhe der Toten stören?« Diese Frage macht Bruno nicht verlegen. Er zieht die Augenbrauen zusammen und erwidert überraschend klar: »Ich rede von der Ewigkeit der Juden und von der Ewigkeit der Kunst. Diese beiden Ewigkeiten

lassen sich nicht miteinander vereinen, es sei denn, die Juden ändern sich oder unser Kunstverständnis ändert sich, doch solange sie beide bestehenbleiben, können sie nicht in Frieden unter einem Dach wohnen.«
»Warum stört dich das so?« fragt der eine weiter.
»Weil es die Sinne beleidigt.«
»Sonst gibt es nichts, was die Sinne beleidigt?«
»Schon, aber das hier ist am schwersten auszuhalten.«
Jetzt ist offenbar, daß Bruno seine Ablehnung der jüdischen Kunst überallhin mitnehmen wird, sei es in den Himmel oder in die Hölle, und auch dort wird er sich darüber auslassen, warum sie einen so verärgert und warum sie nicht zu retten ist.
Und Paul, unser Traumdeuter, der die ganze Zeit versuchte, uns innere Ruhe und Entspannung beizubringen und der vor einem Monat gestorben ist, versucht auch jetzt noch, seine Geheimnisse mitzuteilen. Hier faßt er plötzlich einen Mann am Arm und sagt: »Ich spüre an deinen Verspannungen, daß du besorgt und zornig bist. Das sind Empfindungen, die deiner Gesundheit schaden. Quäle deinen Körper nicht damit, schwäche ihn nicht mit düsteren Gedanken, hab keine Angst vor den Schlägen, denn je mehr du dich fürchtest, um so mehr tun sie dir weh. Nicht der Hunger wird dich umbringen, sondern die Angst. Du mußt sie abschütteln.«
Beim letzten Satz schlägt der Mann die Augen auf und lächelt. Paul fürchtete sich nicht vor dem Tod; er ignorierte ihn im wahrsten Sinne des Wortes, und jedesmal wenn der Uniformierte nicht in der Nähe war, streckte er sich auf dem Boden aus und nickte ein. Das war seine Stärke: zu schlafen, wann immer es möglich war.

Eines Abends fiel einer der Uniformierten über ihn her und schlug mit einem Prügel auf ihn ein. Da er weder schrie und noch um sein Leben bettelte, ließ der Uniformierte nicht von ihm ab. Wir waren uns sicher, daß Paul das nicht überleben würde, doch er stand zu unserer Überraschung auf und ging. Wir wollten das Blut von seinem Rücken abwischen, aber er ließ uns nicht an sich heran. Er glaubte fest, daß der Körper sich selbst zu schützen wisse und man sich da nicht einmischen dürfe. Manchmal hatten wir den Eindruck, er wolle uns beweisen, daß er stärker war als diese Schläger, daß er aus anderem Fleisch und Blut geschaffen war und sie ihn deshalb nicht bezwingen konnten. Die Uniformierten spürten bestimmt, daß er sich ihnen überlegen fühlte und sie verachtete, darum waren sie noch grausamer zu ihm.

Wir hofften sehr, daß Paul sich erholen und wieder gesund würde. Doch die Prügel waren selbst für ihn zuviel gewesen. Zwei Tage nachdem diese Bestie ihn geschlagen hatte, brach er zusammen und stand nicht mehr auf. So verschwinden unsere Wunderbaren, Treuen und Unerschütterlichen einer nach dem andern. Der Schlaf bringt sie uns für Augenblicke zurück. Da sind sie, wie sie waren, vielleicht sogar ein bißchen besser zu verstehen. Was sie uns zu Lebzeiten nicht sagen konnten, sagen sie uns jetzt, so wie Paul, der uns so sehr das Geheimnis der Entspannung beibringen wollte und dem das erst jetzt gelingt, und jeder, der an seiner Lehre gezweifelt hat, staunt nun und sagt: »Klingt eigentlich plausibel.«

Ich habe Pinchas von meinen Träumen erzählt. Pinchas

erregt sich nicht. Der praktische Zug seines Gesichts ist noch praktischer geworden, noch mehr in sich gekehrt, noch stiller. Woher nimmt er die Kraft, sich Tag und Nacht auf den Beinen zu halten, das Brennholz nachzulegen und jedem eine Tasse Tee zu reichen?
»Danke, Pinchas«, sage ich.
»Wofür?«
»Für die Hilfe.«
»Nicht der Rede wert.«
»Was würden wir ohne dich tun?«
»Gott hätte jemand anderen geschickt, an meiner Stelle.«
Jetzt zweifle ich nicht mehr, daß er Buzzi ähnlich ist. Nicht so groß, nicht so stark, aber seine Bewegungen erinnern an ihn, und auch die Worte, die ab und zu über seine Lippen kommen, klingen wie Buzzis Brummen. Wie hat sich diese Wandlung vollzogen, will ich fragen, doch sofort begreife ich, daß das eine dumme Frage ist, und halte den Mund.
»Pinchas«, sage ich trotzdem.
»Was ist?« fragt er, ohne aufzuschauen.
Jetzt träumt jemand vom Ingenieur Schulmann und ruft immer und immer wieder seinen Namen. Noch ein bißchen länger, und wir haben ihn von den Toten heraufbeschworen. Ein großer, schöner Mann, immer mit einem Ausdruck des Staunens. Nun kehrt er zurück, in voller Größe, und erklärt uns, daß die altägyptische Kunst keine weichen Wellenlinien und keine prächtigen Faltenwürfe kannte, sondern nur starre, kantige Formen. »Und das nicht etwa, weil ihnen in der Malerei und Bildhauerei das Wissen dazu fehlte, sondern aufgrund

eines Kunstverständnisses, über dessen Ursprung wir nur mutmaßen können.« So sitzt er da und erklärt, und je länger er erklärt, um so lebendiger wird sein Gesicht, und seine Hände gestikulieren und veranschaulichen die Gedanken, und er kommt von einem Thema aufs andere und von den kleinsten Details zu allgemeineren Dingen, so, wie es bei ihm immer gewesen ist.

38

Am nächsten Tag drang starkes Licht in unsere Höhle. Doktor Buchbinder ging hinaus und sagte: »Man kann nichts erkennen.« Dieser ehemals große, kräftige Mann war nur noch ein gebeugtes Gerippe mit hervorstehenden Augen und einer breiten, bleichen Stirn.
Danach gingen auch wir hinaus und sahen das viele Licht und den Schnee vom einen Horizont zum andern. Der Bug war zugefroren und verschneit. Die beiden ausgebrannten Türme der Kommandantur ragten schmal und elend aus dem Schnee, sonst war von dem Ort des Schreckens nichts mehr zu erkennen.
Pinchas hat alle Hände voll zu tun. Jetzt bietet er uns an, was er zusammengetragen hat, während wir schliefen: Waffeln, Trockenfrüchte, Zuckerwürfel. Sogar ein paar Tafeln Schokolade hat er gefunden. Wir kosten und können es nicht fassen. Pinchas verrät uns, es gebe noch einige andere Baracken mit Lebensmitteln, und sagt, wir müßten uns keine Sorgen machen. Erstaunlicher-

weise spricht Pinchas genauso wie früher. Wir dagegen haben unsere Sprache verloren. Wir sprechen nicht mehr in Sätzen, sondern nur noch in Silben und einzelnen Wörtern. Plötzlich geht dir ein Wort durch den Sinn, und du wunderst dich, warum es dir eingefallen ist, denn es gehört in eine ganz andere Zeit. Noch hat keiner die vergammelten Kleider ausgezogen. Wir sitzen vor unserer Schneehöhle und starren vor uns hin.

Nachmittags sahen wir einige Häftlinge unsicher durch den Schnee stapfen. Einer von uns rief ihnen zu: »Juden!«, und sofort blieben sie stehen. Sie waren in Dekken gehüllt und schienen in der weißen Wüste völlig verloren. Unser Mann rief ein zweites Mal. Da bückten sie sich schnell, drängelten sich zusammen und wurden zu Knäueln auf dem Schnee.

»Sie haben Angst.«

»Vor wem?«

»Vor den Uniformierten.«

»Es gibt keine Uniformierten.«

»Richtig.«

So kehrten die Worte langsam zurück und tasteten sich ihren Weg. Pinchas kam zu mir und gab mir eines der beiden vergilbten Blätter, von denen er, wenn keiner hinschaute, die Gebete ablas, und sagte: »Nimm das.«

»Danke«, sagte ich, ohne die Hand auszustrecken.

»Es wird dich beschützen«, redete Pinchas mir zu.

»Danke«, sagte ich und streckte die Hand aus.

Pinchas war froh, und ein Lächeln legte sich über sein Gesicht.

Wenig später überfiel uns große Angst, und wir kehrten in die Höhle zurück. Das Feuer mit dem Topf darauf ist unsere Zuflucht, und bei jeder verdächtigen Bewegung, bei jedem ungewohnten Geräusch gehen wir hinein und strecken die Hände zu den wärmenden Flammen. Die Angst war nicht grundlos gewesen. In einigen Kilometern Entfernung tauchte plötzlich eine Fahrzeugkolonne auf. Es war schwer zu sagen, zu wem sie gehörte und wohin sie fuhr. Aus Sorge, daß es irgendwo doch noch Uniformierte gab, krampfte sich alles in uns zusammen.

Unser Offizier sagte, es seien russische Lastwagen, und obwohl er sich schon mehr als einmal getäuscht hatte, freuten wir uns. Die letzten Kommunisten stimmten einen russischen Marsch an; sie sind so treu in ihrem Glauben, daß jeder Hoffnungsfunke sie zu neuem Leben erweckt. Sofort preisen sie Stalins Namen und sagen voraus, daß die Welt schon bald besser wird.

Erst hatte es so ausgesehen, als bewege sich die Kolonne auf uns zu, doch schnell merkten wir, daß sie einen Bogen um uns machte. Es war eine lange Kolonne, die kein Ende hatte und erst am Abend verschwand. Wir waren erleichtert. Abends brachte der Gehilfe von Pinchas, Salo, der Großhändler, einen Haufen Hemden und Pullover und überredete uns, sie anzuziehen. Etwas später zog Susik sich um. Er sah in den neuen Kleidern nicht mehr aus wie einer von uns. Merkwürdig, wie sehr Hemden und Pullover das Aussehen eines Menschen verändern können.

»Susik«, rief Doktor Buchbinder.

»Was ist?«

»Wie fühlst du dich in den neuen Kleidern?«

»Fremd«, sagte Susik und errötete.

In dieser Nacht tauchten aus unserem Inneren ein paar Wörter auf, und wir redeten. Jemand erwähnte meinen Cousin Felix und fragte sich, ob er noch lebe. Seine Einfalt hatte sich hier zu einer ungewöhnlichen, liebenswürdigen Großzügigkeit gewandelt. Keiner wird seine verzweifelten Versuche, uns zu helfen, vergessen. Immer wenn er mit Hand anlegte, waren die Baumstämme sofort leichter geworden.

Später kam Pinchas zu mir und flüsterte, es wäre gut, wenn ich jeden Tag von dem Blatt lesen würde, das er mir gegeben habe, und wenn ich nicht gut genug Hebräisch könne, solle ich es mir wenigstens konzentriert anschauen, denn wer die heiligen Buchstaben betrachte, nähere sich auch so dem Heiligen, Er sei gepriesen. »Du mußt wissen: Gott ist überall und an jedem Ort, Er steht auch in der untersten Hölle. Wir verstehen Seine Gedanken nicht, und nicht, warum Er uns manchmal Gutes tut und uns manchmal züchtigt, aber wir müssen glauben, daß alles nur zu unserem Besten ist. Andererseits darf man nicht schlecht von Menschen reden, die Sein Licht nicht sehen; sie sind blind, man muß mit ihnen Mitleid haben.«

Was er mir zuflüsterte, überraschte mich, und ich zuckte zusammen. Nie hätte ich gedacht, daß dieser einfache Mann, dessen praktischer Sinn jeder seiner Bewegungen eingeprägt war, solche Worte besaß. Für einen Moment wollte ich mich bei ihm für all das Leid entschuldigen, das wir ihm angetan hatten, doch als ich sein Gesicht sah, brachte ich es nicht über mich.

Die Nächte sind unruhig. Unsere Gefährten, die uns verlassen haben, kommen Nacht für Nacht zurück.

Wir bleiben wach, um ihnen nicht im Schlaf zu begegnen. Wenn wir beten könnten, würden uns die Geister der Toten vielleicht in Ruhe lassen, doch wir können es nicht, und Pinchas richtet seine Gebete nicht gegen sie.

39

Am nächsten Morgen waren keine Wolken am Himmel. Die Sonne schien rund und warm. In der Ferne sahen wir Häftlinge, die sich über den Schnee schleppten. Wir riefen sie, doch sie antworteten nicht. Pinchas redete uns zu, Sardinen zu essen. Wir konnten nichts davon in den Mund nehmen. Die Monate des Hungers hatten einen sauren Geschmack hinterlassen. Honig wachte auf und ergriff meine Hand. Sein gelbes Gesicht verriet, daß er in einer anderen Welt gewesen war.

»Was kann ich Ihnen reichen, Herr Honig?« fragte ich und freute mich, daß er da war.

»Nichts«, sagte er und schloß wieder die Augen.

Der Schnee schmilzt, und die ausgebrannten Baracken werden sichtbar. Auch unsere. Wir stellen uns vor, Buzzi werde im nächsten Moment aus dem Eis auferstehen und die verkohlten Überreste zum Beben bringen. Es will nicht in unseren Kopf, daß Buzzi tot ist. Wir denken, er habe sich nur versteckt und liege auf der Lauer.

Honig macht abermals die Augen auf, und ich schaue ihn an. Ich sehe, daß er im Schlaf etwas gezeigt bekommen hat. Er verrät mir nichts, sagt nur: »Es wird gut werden, mein Sohn.« Seine Stimme ist sanft, und trotzdem schaudert mich.

Später erzählte er mir, er sei bei sich im Keller gewesen und habe einige Bekannte getroffen. Als ich ihn fragte, ob er auch bei mir zu Hause gewesen sei, sagte er: »Das habe ich nicht geschafft.« Ich bedrängte ihn nicht weiter mit Fragen und betrachtete sein Gesicht. Er war sehr schwach geworden und hielt nur mit Mühe seine Teetasse.

»Und was sieht man hier?« fragte er.

»Nichts«, sagte ich, ohne etwas vor ihm zu verbergen.

Auch Salo, der Gehilfe von Pinchas, schlief zwei Tage lang. Als er aufwachte, erzählte er uns, der Zugang zu seinem Haus sei blockiert gewesen. Er habe zwar versucht, die Hindernisse zu überwinden, doch alle Anstrengungen seien umsonst gewesen. Schließlich habe er einen Bauern getroffen, der ihm berichtet habe, alle Juden aus seinem Städtchen seien in Zügen abtransportiert worden. Bevor man sie weggebracht habe, habe man die Deutschkenntnisse der Männer geprüft. Vorbereitung und Abfahrt seien ruhig und geordnet vor sich gegangen. Salo erzählte ausführlich. Während er sprach, legte sich der Ausdruck verständnislosen Staunens über sein Gesicht.

Indessen kam ein Häftling zu uns. Tagelang hatte er sich in einem Faß versteckt gehalten und es erst in dieser Nacht verlassen. Sein Gesicht war pechschwarz, und er war in eine schmale Militärdecke gehüllt. Auf unsere

Frage, in welchem Lager er gewesen sei, anwortete er: »In der Floßbauer-Kompanie.« Später fügte er hinzu: »Ich bin noch vor dem Abzug der Truppen in das Faß gekrochen. Seitdem habe ich mich nicht mehr bewegt.« Er lief sehr gebeugt, und seine Unterlippe zitterte. Pinchas gab ihm eine Tasse Tee und eine Waffel. Der Mann hielt den Becher mit beiden Händen und dankte mit hastigen Verbeugungen.

»Wir müssen hier weg«, sagte jemand.

»Wohin?«

»Egal.«

»Aber hier gibt es Lebensmittel.«

»Ich habe keinen Appetit.«

So tasten die Worte sich ihren Weg, und Bilder von früher kehren unbemerkt zurück: unsere Baracke, die Pritschen, der Morgenlauf, der Appell, das »Arbeit macht frei. Arbeit macht rein«-Rufen. Für einen Moment ist es, als habe das alles nichts mit uns zu tun, als sei es nur ein Alptraum gewesen. Wir versuchen, die Bilder abzuschütteln, doch sie haften uns an.

Trotzdem legen wir unsere vergammelten Kleider ab und ziehen die Hemden und Pullover der Uniformierten an. Diese Kleider haben keinen Geruch. Wir sehen darin aus wie Deserteure. Wieder beschleicht uns das unreine Gefühl: Wir haben überlebt, gut, daß wir überlebt haben. Keiner spricht über diese niedere Empfindung, so wie auch schon im Ghetto keiner darüber gesprochen hat.

Jeden Morgen kommt die Sonne zurück. Wir spüren sie auf dem Rücken und auf den Armen. Salo hatte eine Flasche Kognak gefunden, die ließen wir kreisen wie

Soldaten. Der Kopf drehte sich, die Knie wurden weich, doch es war ein Moment wunderbaren Vergessens. Einer der Kommunisten kletterte auf eine Kiste und sprach von der Notwendigkeit, jetzt die Arbeiter in aktiven Zellen zu organisieren, die Stände von innen auszuhöhlen und das Proletariat an die Macht zu bringen, und wenn man dazu Fabriken anzünden müsse, dürfe man nicht zögern. Keiner unterbrach ihn. Irgendwann hörte er von selbst auf zu reden. Als sei ihm aufgegangen, welchen Unsinn er von sich gab.

40

Der Kognak brachte uns den Appetit zurück. Pinchas und sein Gehilfe besorgten Dosen mit Sardinen und saure Gurken. Wir sitzen auf einem Baumstamm und essen. Überall fließt das Licht, und der Körper reckt sich der Sonne entgegen.

In der Ferne beobachteten wir einige Menschen, die jemanden mitschleiften und schlugen. Sie sahen von weitem wie unsere Uniformierten aus, doch als sie näher kamen, wurde klar, daß wir uns geirrt hatten. Nicht Uniformierte schleiften den Mann, sondern eine Gruppe Überlebender. Der Mann war wohl einer unserer Polizisten und hatte zu fliehen versucht. Er flehte um sein Leben, bettelte, sie mögen Mitleid mit ihm haben, er habe Frau und vier Kinder, nie habe er jemandem etwas Böses gewollt, er sei gezwungen gewesen, so zu handeln, auch ihn habe man geschlagen und gequält, lieber wäre er selbst gestorben, aber der Tod habe ihn nicht haben wollen. Seine Worte konnten die, die ihn mit-

schleiften, nicht erweichen, im Gegenteil, je mehr er redete, um so ärger schlugen sie ihn, und er wimmerte, wie einer wimmert, der geschlagen wird: »Habt Erbarmen, Juden, habt doch Erbarmen mit mir.«
Wir verfolgten mit Spannung diese furchterregende Prozession, doch niemand hatte es eilig, den Gequälten aus den Händen seiner Peiniger zu befreien. Dann hielten sie inne. Einen Moment lang schien es, als diskutierten sie mit ihm, als antworteten sie auf seine Reden, als drohten sie, ihm zu vergelten, was er ihnen angetan hatte, doch all das war bloßer Schein. Das Opfer war offenbar geschwächt und hatte aufgehört zu reden. Sein Flehen zumindest war verstummt. Lange rührten sich die, die ihn mitgeschleift hatten, nicht von der Stelle, schließlich machten sie kehrt und gingen in die Richtung davon, aus der sie gekommen waren. Das Opfer blieb im Schnee liegen. Ein runder schwarzer Fleck.
»Wenn du weder an Gott glaubst noch ans Jenseits, dann hat es keinen Sinn zu leben«, sagte jemand, den wir bisher noch nicht reden gehört hatten. Pinchas erfaßte wohl die Verzweiflung in seinen Worten nicht, denn er sagte, Buzzi nachahmend: »Keiner ist wie unser Gott!«
»Da sei dir mal nicht so sicher.« Diese Antwort überraschte Pinchas, doch er hob nur staunend den Kopf, als erwarte er, daß der Mann die Worte zurücknehme. Der bereute natürlich nichts.
Es wurde dunkel. Insgeheim hofften wir, daß der Mann, der etwa zweihundert Meter entfernt lag, aufstehen und zu uns kommen würde. Es war eine vergebliche Hoffnung. Wunder geschehen hier nicht.

Das Abendlicht färbte sich rot und weckte Gedanken an einen anderen Ort und an ein anderes Leben. Jetzt erinnerte ich mich an Vatra Dornei; jeden Sommer waren Vater, Mutter und ich dorthin gefahren. In Vatra Dornei gab es dichte Wälder, in denen es sogar an hellen Sommertagen finster war. In ihnen lag der scharfe Duft der Kiefern wie ein schweres Parfum. Stundenlang wanderten wir durch das betörende Dunkel, und wenn wir aus dem Wald hinaustraten, lastete ein geheimnisvolles Staunen auf Mutters Stirn, als sei dies kein Ausflug gewesen, sondern eine Expedition in den Irrgarten der Erinnerung. Einmal, ich war damals fünf, hatte mich Mutters geheimnisvoller Ausdruck so erschreckt, daß ich zu weinen begann. Mutter hatte mich in den Arm genommen, mich geküßt und mir versichert, daß nichts passiert sei, doch gerade ihre beruhigenden Worte hatten mir noch mehr angst gemacht.

41

Und während wir dasaßen und vor uns hin schauten und nachdachten, packte uns ein Schrecken. Einen sichtbaren Grund gab es nicht. Die Sonne schien, auch am Horizont zogen keine Wolken auf, der Schnee schmolz, und kleine Rinnsale flossen hinunter zum Bug. Pinchas und Salo bereiteten gutes Essen, und wir saßen auf dem Baumstamm und sogen die Wärme in uns ein. Die Bilder des Vergangenen wichen von uns, der Körper atmete auf. Doch gerade dieses angenehme Gefühl war es wohl, das die Angst auslöste. Wir saßen am Eingang unserer Schneehöhle und erwarteten, daß die Uniformierten hervorgeschossen kämen und über uns herfielen.

Die Sonne sank, und die Angst ließ nicht von uns ab. Von Minute zu Minute wurde die Furcht stärker, daß die Befreiung nur eine Phantasie gewesen war. Vielleicht hatten die Bestien nur einen kurzen Moment von ihrer Beute abgelassen, um sich über deren Hoffnung lustig zu machen. Vielleicht beobachteten sie uns und spotteten. »Ida«, schrieb ich auf ein Stückchen Papier, »vor ein paar Tagen sind wir befreit worden. Aber das ist wohl ein Irrtum. Die Uniformierten lauern uns auf. Vielleicht werden sie diese Nacht über uns herfallen. Ich habe keine Angst. Wenn wir uns nicht mehr in dieser Welt treffen, sehen wir uns sicher in einer besseren. Bis dahin, paß gut auf Dich auf.« Ich trug den Zettel in der Hand, ließ ihn aber nicht davonwehen.

Und während wir in unserer Angst dasaßen, kam Pinchas aufgeregt angerannt. Er hatte einen Bunker entdeckt. Sein bärtiges Gesicht war ganz Staunen und Zittern. Dabei war Pinchas nicht leicht aus der Ruhe zu bringen. Jede Veränderung pflegte er sonst als ein Zeichen zum Guten zu deuten.

»Was hast du gesehen?« fragen die Leute und umringen ihn.

»Ein tiefes Dunkel.«

Jetzt waren wir sicher, daß sich die Uniformierten versteckten und im nächsten Augenblick hervorkämen, um sich auf uns zu stürzen. Minuten vergingen, doch keiner kam heraus. Da stand Doktor Buchbinder auf und sagte: »Ich gehe hinein.«

»Das erlauben wir Ihnen nicht«, rief Honig.

»Ich habe keine Angst«, sagte Doktor Buchbinder, sein Lachen erhellte sein Gesicht, und sofort machte er sich auf zu jenem Eingang. Es war, wie sich herausstellte, ein tiefer und langer Bunker voll mit Ausrüstung und Verpflegung, und in der Mitte befand sich ein Waffenlager, da gab es Pistolen, Gewehre und Handgranaten. Alles lag ordentlich und numeriert in Regalen. Unser

Offizier erwachte aus seiner Depression und rief: »Was für ein Schatz!«
Schon am selben Abend, als wir ums Feuer herumsaßen, nahm unser Offizier mit flinken Handgriffen die Waffen auseinander und zeigte uns ihre Bestandteile: den Lauf, den Verschluß und die Sicherungen. Seltsam war dieser Fund, und seltsam war auch unser Offizier. Das Düstere wich aus seinem Gesicht, es erstrahlte in jugendlicher Fröhlichkeit. Er verwendete Ausdrücke, die wir von ihm bis dahin noch nicht gehört hatten, und redete zackig. Später gab er an alle Gewehre oder Pistolen und eine bestimmte Menge Munition aus. Gleich darauf stand er auf, sprach uns den Eid der Soldaten vor, und so schworen wir, gehorsam zu sein und die Leidenden und Gequälten zu schützen bis zu unserem letzten Tropfen Blut. Dann riefen wir gemeinsam: »Nie wieder wie Vieh zur Schlachtbank!«
Es war eine eigenartige Nacht. Als habe man uns ein zweites Mal befreit. Als hätten die Waffen und die Munition uns einen Teil unseres Wesens zurückgegeben, den wir verloren hatten. Wir freuten uns nicht. Ein bitteres Gefühl der Vergeblichkeit, das wir bis dahin nicht gekannt hatten, überkam uns. Einer der Männer begann zu weinen, und wir wußten nicht, womit wir ihn nun trösten sollten. Unser Offizier, der sich noch nie durch besonderes Feingefühl hervorgetan hatte, sagte: »Was gibt es da zu weinen. Jetzt schlagen wir zurück.«
Einer der Kommunisten rief mit dünner Stimme: »Gott ist tot, und wir werden seinen Platz einnehmen. Wir werden es besser und gerechter machen als er.« Er hatte ein paar Gläschen Kognak getrunken, und sein rundes

Gesicht spiegelte kindlichen Hochmut. Salo, der Großhändler, distanzierte sich und sagte: »Verzeihung, aber ich glaube nicht an die Kommunisten. Alle Mittel sind ihnen recht. Ich fürchte mich vor Gläubigen, die Todesurteile fällen und Menschen exekutieren.«
Danach herrschte Schweigen, und wir schliefen ein.

42

In einiger Entfernung von der Betonwand, vor der man die Häftlinge geprügelt und hingerichtet hatte, stand am nächsten Tag unser Offizier und übte schießen. Er erzielte, wie sich herausstellte, ziemlich gute Treffer, doch er meinte, er müsse noch besser werden. Nachdem er einige Magazine geleert hatte, schoß er in die Luft. Aber seine Freude konnte uns nicht dazu bringen, es ihm gleichzutun. Wir standen etwas abseits und musterten ihn: Er trug einen langen Arbeitsanzug vom Militär, dessen Länge durch die umgeschlagenen Hosenbeine zusätzlich betont wurde. In diesem Moment glich er einem Kind aus gutem Hause, das zum Spielen in den Hof gegangen war, wo es sich austobte, und das verlieh seinem Schießen etwas Lächerliches.

Noch am selben Tag trommelte er ein paar Leute zusammen und ging mit ihnen zum Exerzieren auf den Appellplatz. Es war derselbe Platz, auf dem wir jeden Morgen gestanden und gezittert hatten. Jetzt erinnerte er uns an den Tennisplatz des Gymnasiums. Der Schnee wurde zu Matsch und floß durch große Pfützen zum Bug hinunter. Von hier übersahen wir den Fluß in seiner ganzen Breite. An den Ufern waren schon Flecken der schwarzen Erde zu erkennen, und die hohen kahlen Pappeln wiegten sich im Wind.

Zum Mittagessen bereiteten Pinchas und Salo einen Topf Linsensuppe. Wir löffelten die Suppe und baten um einen Nachschlag. Keiner kam darauf, den beiden zu helfen, so als seien sie von Geburt an zum Kochen bestimmt gewesen. Später sahen wir einige Flüchtlinge durch den Schneematsch stapfen, doch die Schüsse unseres Offiziers, der pausenlos auf Zielscheiben schoß, vertrieben sie wohl.

Nachdem er weitere Magazine leergeschossen hatte, befahl er seiner Gruppe, sich auf den feuchten Boden zu legen, und dann schossen auch sie. Unser Offizier war mit ihrem Schießen zufrieden und lobte sie, sie seien gute Soldaten. Stolz erzählte er von seiner Militärzeit, von der harten Ausbildung und schlaflosen Übungen in den Alpen. Die Erfahrung der letzten Monate fiel von ihm ab, und er ging ganz darin auf, eine Armee zu organisieren, brüllte mit schneidender Stimme Befehle und forderte seinen Untergebenen Gehorsam ab.

Nachmittags kam einer der Übriggebliebenen heimlich zu uns und berichtete gestikulierend, daß im Lager noch immer Häftlinge umherirrten, aber weil die Schüsse ihnen angst machten, trauten sie sich nicht aus ihren Verstecken. Er war klein und schmal und wirkte ein bißchen wie ein Kind. Pinchas gab ihm einen Teller Suppe und fragte ihn, aus welcher Stadt er komme und was er nun vorhabe. Als der Mann diese Fragen hörte, zuckte er zusammen und lächelte, und man konnte sehen, daß er viele Tage in Abgeschiedenheit gelebt hatte und die Worte in seinem Mund vertrocknet waren, doch Pinchas ließ aus irgendeinem Grund nicht locker.

Einer trat zu dem Überlebenden, zeigte ihm ein Gewehr und schlug ihm vor, bei unserem Offizier schießen zu üben.

»Ich habe nie geschossen«, sagte der Mann und brachte damit seinen ersten vollständigen Satz heraus.

»Das werden sie dir beibringen. Du bekommst Munition und Handgranaten.«

Das Angebot machte den Mann verlegen, er senkte den Kopf und errötete.

Später überwand er seine Stummheit und fragte Pinchas: »Wohin werdet ihr gehen?«

»Jetzt sind wir erst mal hier.«

»Und ihr werdet nicht weggehen?«

»Mal sehn, wie lange der Schnee schmilzt«, sagte Pinchas mit einer Stimme aus früheren Tagen.

Abends brachten die Leute haufenweise Holz, und das Feuer brannte und spendete viel Wärme. Der schwarze Himmel war mit Sternen übersät. Pinchas trank ein paar Gläschen, stellte sich hin und betete mit geschlossenen Augen. Für einen Moment schien es, als seien wir schon Jahre hier, einer neben dem anderen eingerollt, ohne einander zu kennen und ohne etwas vom anderen zu wissen, und auf einmal waren wir uns noch fremder, denn wir hatten die Worte verloren, und neue Worte waren noch nicht geschaffen.

Der junge Kommunist Susik wollte wohl eine Erklärung

abgeben und Pinchas beweisen, daß sein Glaube veraltet war, denn er sagte, jetzt müsse man die Herzen vorbereiten für die Vervollkommnung des Menschen durch Menschenhand. Doch plötzlich verstummte er, denn Pinchas brach, nachdem er gebetet hatte, in Tränen aus, als sehe er seine Welt untergehen.

Später entschuldigte Pinchas sich, indem er sagte, dies sei ein Moment der Schwäche gewesen, ein Moment, in dem Gott sein Antlitz verborgen habe, aber man dürfe nicht verzweifeln, denn es gebe einen Gott im Himmel, und der wache über uns.

43

Die Tage sind hell, die Nächte kalt und klar. Vor uns taten sich die Weiten auf. Wir betrachten sie, und je länger wir sie betrachten, um so mehr scheint sich der Himmel auszudehnen. Honig verriet mir, daß er zu sehen versuche, was bei uns zu Hause geschehe. Seine Nähe gibt mir Halt in dieser Welt. Ich habe ihm eine Suppe gebracht, und er hat einige Schlucke getrunken und mich gesegnet.

In zwei, drei Kilometern Entfernung sahen wir eine Gruppe von Flüchtlingen, die dabei waren, ein Floß zu bauen. Sie hatten kein Werkzeug und trugen zusammen, was sie finden konnten. Wir machten ihnen Zeichen, daß es bei uns Baumstämme und Drahtseile gebe, doch vermutlich verstanden sie unsere Zeichen nicht. Zum Schluß ließen sie das Zusammengetragene einfach liegen und zogen nach Norden. Wenn unser Offizier und seine Freiwilligen nicht dauernd schießen würden, könnten wir dasitzen und schauen. Wir könnten mit dem, was wir sehen, verschmelzen und nachdenken. Über die Zukunft zum Beispiel. Doch die Schüsse und das Gebrüll stören die Ruhe und verwandeln den großen Platz in ein Schlachtfeld.

Am späten Nachmittag führt unser Offizier seine Soldaten auf den Appellplatz und übt mit ihnen Exerzieren. Sogar eine Flagge haben sie beim Appell. Der Offizier ist unzufrieden und befiehlt immer wieder, im Gleichschritt zu marschieren, und wenn sie aus dem Tritt kommen, schreit er: »Lauft nicht wie Juden; ihr seid Soldaten!«

Abends teilt er seine Leute in kleine Gruppen auf und zeigt ihnen, wie man Granaten wirft. Das Geschrei und die Explosionen sind ohrenbetäubend, doch niemand ist da, der ihnen Einhalt gebietet. Einigen war das Verhalten unseres Offiziers so zuwider, daß sie die Flucht ergriffen haben, darunter zwei aus meinem Trupp, beides starke schweigsame Männer, die mich während der ganzen Monate der Zwangsarbeit behandelt hatten, als sei ich gar nicht da, und doch hatte ich gerade sie mir zum Vorbild genommen und von ihrer Gelassenheit gelernt. Ohne sie hätte unser Trupp sein Pensum nie geschafft.

Wir haben keine Wahl und beobachten, wie unser Offizier seine Freiwilligen ausbildet und ab und zu in die Luft schießt, um vorbeifliegende Vögel herunterzuholen. Eines Abends brachten sie fünf blutverschmierte Wildgänse zum Feuer. Sofort fingen sie an, die Tiere zu rupfen und fürs Braten vorzubereiten. Pinchas war entsetzt und schaute ihnen zu, als seien das nicht seine Leidensgenossen, sondern Kreaturen aus einer Welt des

Chaos. Unser Offizier und seine Freiwilligen waren gut gelaunt, sangen russische Marschlieder, trampelten und schrien: »Nie wieder wie Vieh zur Schlachtbank!« Der Offizier, der gestern noch halb erfroren und kleinmütig auf der Pritsche gelegen hatte, steht nun stramm und selbstsicher auf dem Appellplatz. Offenbar ist er nicht mehr der Mensch, den wir kannten, sondern die Verkörperung seiner Seele, wie sie früher war. Die Leute distanzieren sich von ihm, doch seine Freiwilligen schmeicheln sich bei ihm ein und nennen ihn »Herr Offizier«.

Nachts sah ich im Traum meinen Cousin Felix. Die Einfalt war von seinem Gesicht gewichen; nun hatten seine Lippen einen ironischen Zug. Gerade wollte ich ihm sagen: »Felix, diese Ironie steht dir nicht«, da sah ich, wie fest sie sich an seine Lippen klammerte, und schwieg. Felix erzählte mir, er habe nur wenige Kilometer von hier entfernt Betty gefunden, sie wohne tatsächlich im Haus von Korolenko und trage traditionelle ruthenische Kleider. Nicht weit von ihm, eröffnete er mir dann, wohne Korolenkos Sohn, und mit dem lebe nun Ida zusammen.

»Das glaube ich nicht«, sagte ich und zog die Pistole.

»Auch ich konnte es nicht glauben«, erwiderte Felix, »aber die Tatsachen sind eindeutig.«

»Was hast du noch gesehen?« fragte ich ungeduldig.

»Was ich dir erzählt habe.« Er lächelte.

»Du lügst.«

»Sei ihr nicht böse. Anders konnte man sich nicht retten. Wer es nicht gemacht hat wie sie, der hat nicht überlebt.«

Als ich das hörte, drückte ich ab, doch die Pistole funktionierte nicht. Ich versuchte es noch einmal, wieder umsonst. Vor Wut schlug ich Felix den Griff an den Kopf. Es war kein schlimmer Schlag, denn mein Cousin sprach sofort weiter und sagte: »Du bist noch immer egoistisch. Du mußt wissen: Wer keinen Patron gefunden hat, ist sofort ins Lager gekommen, und von dort ist niemand zurückgekehrt.«

»Aber so etwas sagt man nicht. Auch nicht, wenn es stimmt«, schrie ich.

»Wie du meinst«, sagte er und lächelte auf eine unangenehme Art.

Als ich aufwachte, wußte ich, daß mein Leben seit dieser Nacht befleckt war. Ich versuchte, den Traum aus meinem Herzen zu verbannen, doch er hatte schon in mir Wurzeln geschlagen. Honig durchschaute, was mir in der Nacht widerfahren war, und wollte meinen Traum zum Guten umdeuten, doch seine Worte machten den Fleck, den Felix verursacht hatte, nur noch deutlicher. Der Fleck wuchs, und plötzlich erschienen mir auch die Menschen um mich herum beschmutzt von seiner häßlichen Farbe.

44

Am nächsten Tag verirrte sich ein Flüchtling zu uns; er trug einen Falken auf der Schulter. Es war ein großer, schlanker Mann in einer gebügelten Offiziersuniform, die er in einer Baracke gefunden hatte. Die Uniform paßte ihm, und trotzdem wirkte er verkleidet. Während seiner Gefangenschaft im Lager hatte der Falke ihm erst Zettel mit Nachrichten von zu Hause gebracht und später aus dem Versteck, in dem sich seine Mutter, seine Frau und seine beiden Töchter aufhielten, doch in den letzten Wochen kehrte der Falke ohne Botschaft am Fuß zurück. Pinchas reichte dem Mann einen Teller Suppe mit salzigen Keksen, und er aß, ohne den Kopf zu heben.

Nachdem er aufgegessen hatte, fragte Salo ihn, was für eine Bewandtnis es mit dem Falken habe. Der Mann freute sich über das Interesse und erzählte ausführlich, wie er einige Tage vor Kriegsbeginn ein Falkenküken aufgelesen und es großgezogen habe. Das Großziehen sei einfach gewesen, denn es sei ein sehr kluger Vogel. Als man ihn ins Lager verschleppt habe, habe er den Falken mitgenommen, und der habe die Verbindung zu seiner Familie aufrechterhalten. Fast jede Nacht sei er ausgeflogen und habe auf dem Rückweg einen Zettel mitgebracht. Einmal habe ein Sturm ihn aus der Bahn geworfen, doch der Vogel sei trotzdem zurückgekehrt. »Aber jetzt trifft er ohne Botschaften ein«, sagte der Mann leise.

Unser Offizier hörte die Geschichte, ohne eine Miene zu verziehen. Er ist völlig in die Ausbildung seiner Freiwilligen vertieft. Unsere Soldaten trainieren vom frühen Morgen bis zur Dämmerung. Unter ihnen sind einige Ältere, denen das Pensum schwerfällt, doch unser Offizier erläßt ihnen nichts. »Nie wieder wie Vieh zur Schlachtbank!« schreit er, und seine Stimme macht uns angst. Nach einer Weile fragte Honig, ob er sich den Falken ansehen dürfe. Der große Mann beugte sich vor, und Honig betrachtete den Vogel, ohne ihn anzufassen. In der Nacht schickte der Mann den Vogel los; zuvor sagte er: »Du mußt gut suchen, mein Küken, und komm mir bitte nicht ohne etwas zurück.«

In der Zwischenzeit rupften die Freiwilligen die erlegten Wildgänse und bereiteten sie zum Braten vor. Die Nacht war klar, Sterne erhellten das Dunkel, und wir verspürten eine innere Freude, denn die Nacht erinnerte uns an frühere Nächte, und bald würden wir in die Stadt zurückkehren, nach Hause, und das Leben würde wieder wie vorher sein. Es war ein abstrakter Gedanke, ohne Menschen, ohne Gegenstände, eher wie eine Halluzination. Ich fragte Honig, ob wir bald zurück nach

Hause könnten, und er antwortete: »Aber natürlich.« Doch ich spürte, daß er das nur so dahinsagte.
Es war eine unruhige Nacht. Unser Offizier hatte sich nach dem Essen und einigen Gläschen erhoben und war auf den Appellplatz gegangen; dort sprach er wieder schlecht über die Juden, sie könnten sich nicht anständig verteidigen und hätten sich wie Vieh zur Schlachtbank führen lassen. Seine Überheblichkeit verdarb den Abend.
Um Mitternacht führte er seine Freiwilligen zu einer nächtlichen Schießübung. Die Schüsse machten großen Lärm, und viele baten, sie mögen doch damit aufhören, aber es half nichts. Wie um uns zu ärgern, schossen sie nur noch mehr, grölten, fluchten und sangen russische Marschlieder, und Doktor Buchbinder, der in den letzten Tagen in ein tiefes Schweigen gefallen war, erwachte daraus und schloß sich den Bittenden an. Da standen zu unser aller Überraschung zwei der Freiwilligen gegen ihn auf und riefen: »Du hast hier gar nichts zu melden, du warst diensthabender Verantwortlicher und hast die anderen gequält.« Als Buchbinder das hörte, machte er einen Rückzieher und setzte sich wieder an seinen Platz. Honig richtete sich auf und rief den Grölenden zu: »Ich mische mich ja sonst nicht ein, aber das muß gesagt werden: Doktor Buchbinder ist ein anständiger, rechtschaffener Mann. Ihr dürft seinen Namen nicht beflekken.« Doch die Freiwilligen waren anderer Meinung und sagten: »Wer diensthabender Verantwortlicher war, der wird diesen Makel nie mehr los.«
Die Freiwilligen hatten etwas von einer wilden Horde. Unser Offizier herrschte streng über sie, und sie ge-

horchten seinen Befehlen, schossen und stürmten verlassene Gebäude, wobei sie brüllten und Granaten warfen.

Nach einigen Stunden Lärm wurde mit Maschinengewehren auf uns gefeuert. Es war schwer auszumachen, aus welcher Richtung die Salven kamen und von wem. Die Freiwilligen feuerten natürlich zurück, und so ging es die ganze Nacht.

Erst im Morgengrauen wurde klar, daß die Angreifer genauso ehemalige Häftlinge waren wie wir, mit derselben Gewißheit und zugleich Angst, daß die Uniformierten aus ihren Verstecken gekrochen waren, um sie zu überwältigen. Und da auch sie nun Maschinengewehre besaßen, hatten sie beschlossen, sich zu verteidigen.

Unser Offizier forderte sie auf, sich zu ergeben, und sie kamen mit erhobenen Händen näher. Sofort verlangte er von ihnen niederzuknien, was sie auch taten. So ließ er sie eine ganze Stunde ausharren. Danach stellte er sich vor sie hin und hielt eine Rede. Wieder wetterte er gegen die Juden, die sich vor den kämpfenden Einheiten gedrückt und in der Versorgung Unterschlupf gesucht hätten. Am Ende sagte er: »Nicht ohne Grund haßt man die Juden.«

Ein Opfer dieser Schießerei war offenbar der Falke geworden. Man fand ihn verwundet auf dem Appellplatz liegen. Sein Besitzer, der Flüchtling in dem prächtigen deutschen Offiziersmantel, brach in Tränen aus. Es war, als hätte er erfahren, daß alle verloren seien und sein Leben nun keinen Sinn mehr habe. Honig schleppte sich mühsam zu ihm hin und versuchte ihn zu überzeugen, daß es dort, wo er herkam, keine Massendeportationen gegeben habe und man deshalb hoffen dürfe, daß die meisten überlebt hätten. Honigs sanfte Worte ließen sein Weinen verstummen, und er saß bei uns wie ein Trauernder, dessen Trauer erstarrt war.

Danach ließ unser Offizier die neuen Häftlinge frei und drohte, daß sie, sofern sie noch einmal zu schießen wagten, es mit dem Leben bezahlen müßten. Einige schlossen sich den Freiwilligen an, andere nahmen Kekse und Sardinen als Proviant und zogen weiter. Der Himmel war klar, aber leer; kein Ausweg war in Sicht.

45

Unser Offizier drillt weiter energisch seine Freiwilligen. Gebrüll und Schüsse dröhnen Tag und Nacht, weswegen schon einige geflohen sind. Honig fragt: »Warum verbreitet ihr Angst und Schrecken?«, doch niemand beachtet ihn. Jeden Tag greifen sie Männer auf, die sich versteckt hatten, und verhören sie. Verdächtige halten sie in einer Baracke gefangen. Die Gefangenen stehen hinter den vergitterten Fensterluken und flehen: »Gebt uns doch etwas zu essen. Wir haben keinem etwas getan.«

Gestern nacht habe ich Mutter und Vater im Traum gesehen. Sie saßen in der Küche. Vater quält Mutter mit seinem Schweigen, woraufhin Mutter beherrscht mit den Schultern zuckt. Dann hebt Vater den Blick und betrachtet sie ohne Erbarmen.

So gern würde ich ihnen sagen: »Warum lebt ihr noch immer zusammen?«, doch ich stehe auf der Schwelle und halte mich im Hintergrund. Merkwürdig, sie fordern mich nicht einmal auf, einzutreten. Es ist, als käme ich gerade vom Gymnasium zurück und nicht aus dem Lager. »Mutter«, sage ich, als es mir endlich gelingt, meine Sprachlosigkeit zu überwinden. Vater hört meine Stimme und schaut auf. Nun sehe ich es ganz deutlich: Die langen Jahre des Krieges haben ihr gemeinsames Leben aufgezehrt; wenn sie sich nicht sofort trennen, werden sie einander mit den schlimmsten Beschuldigungen weh tun.

»Wo ist Ida?« frage ich.

»Sie ist im Dorf«, sagt Mutter, und ich sehe, daß ihr diese Worte nicht leicht über die Lippen kommen.

»Was macht sie dort?«

»Es war die einzige Chance«, meint Mutter, ohne Genaueres zu erklären.

»Sie ist bei Korolenko«, überrasche ich sie.

»Ja. Woher weißt du das?« Vor Schreck wird Mutter bleich. Ich gehe nicht zu ihr.

»Wir haben sie die ganze Zeit im Keller versteckt gehalten, aber dann waren so oft Akcjas, daß wir Angst bekamen.«

»Und was ist mit dem Kind geschehen?«

»Wir hatten keine Wahl«, sagt sie, und wieder erklärt sie nichts.

»Ich verstehe«, sage ich und bekomme vor Wut kaum noch Luft.

»Urteile nicht über andere, solange du nicht selbst an ihrer Stelle warst«, belehrt mich Mutter, ohne zu spüren, daß man das nicht mehr sagen kann.

»Es gibt Wichtigeres als das Leben.« Mein Mund ist trocken, und ich ersticke fast.

»Glaub mir, das ist keinem leichtgefallen«, antwortet Mutter kühl.
»Wer hat Ida geraten, zu ihm zu fahren?« Mit diesem Dolch steche ich zu.
»Was heißt ›geraten‹?«
»Alles nur, um zu leben?«
»Nicht alles«, schränkt Mutter ein und versucht, ihre Würde zu bewahren.
»Fast alles«, sage ich, so daß sie nicht mehr ausweichen kann.
»Ich fand, unser Keller war ein gutes Versteck, doch deine Mutter und die Schwiegermutter meinten, man müsse Ida zu Korolenko bringen«, mischt Vater sich plötzlich ein.
»Vater sagt dir nicht die ganze Wahrheit. Er verschweigt die furchtbaren Hausdurchsuchungen«, ruft Mutter, und Zorn flammt in ihren Augen auf.
»So also habt ihr auf Ida aufgepaßt?« schreie ich mit letzter Kraft.
»Was redest du da!«
»Und all das für dieses öde Leben? Welches Leben hast du für Ida bestimmt und welches für mich? Und jetzt, jetzt sollen wir leben?«
»Warum quälst du mich? Wer erlaubt dir, mich so zu quälen? Weißt du nicht, daß ich schon nicht mehr in dieser Welt bin und Vater auch nicht? Ich bin nur gekommen, um nachzuschauen, ob du zurückgekehrt bist, und da empfängst du mich so?«
Schüsse rissen mich aus dem Schlaf. Unser Offizier war mit seinen Freiwilligen zum nächtlichen Training ausgezogen. Einige der Freiwilligen wurden verletzt,

und die Sanitäter verbanden sie mit Verbandsmaterial, das wir im Bunker gefunden hatten. Die Verwundeten schrien, und unser Offizier herrschte sie an: »Seid still! Ein Soldat schreit nicht.« Nach diesem Zwischenfall, so dachten wir, würde unser Offizier mit seinen Übungen aufhören und von den Soldaten ablassen, doch es kam anders. »Stürmen!« befahl er seinen Leuten, und die stürmten wütend die letzten noch übriggebliebenen Gebäude.

46

Am nächsten Morgen verließen wir das Lager und machten uns auf den Weg. Der Himmel war wolkenlos, viele Bäche flossen mit großem Getöse in den Bug. Unser Offizier und seine Freiwilligen kamen nicht mit. Sie waren über ihr neues Leben so glücklich, als hätten sie ihre Jugend zurückgewonnen.

Aus Brettern und einer Decke zimmerten wir eine Trage, um Honig mitzunehmen. Er weigerte sich zunächst, willigte dann aber doch ein. Pinchas und Salo tragen ihn, und Susik und ich lösen sie ab. Auch Doktor Buchbinder hat sich uns angeschlossen sowie ein Mann von etwa fünfzig Jahren, Jami, mit ausdruckslosen, wäßrigen Augen.

Es ist schwer, von einem Ort aufzubrechen, an den du dich gewöhnt hast, auch wenn es ein Lager war.

»Auf Wiedersehen!« rief jemand einfach so, und wir zogen los.

Wir gingen den Bug entlang. Es war noch kalt, beson-

ders in der Nacht. Die Pullover und Mäntel des Militärs gefährdeten uns, aber was sollten wir machen, ohne sie wären wir erfroren.
Am ersten Tag kamen wir nicht sehr weit. Die Schüsse unseres Offiziers waren in der Ferne zu hören. Sie ängstigten uns nicht, aber sie trieben uns um. Sie hatten etwas von den Schrecken eines bösen Traums.
Gegen Abend stießen wir auf eine verwaiste Hütte und gingen sofort hinein. An den Sardinendosen sahen wir, daß hier noch vor kurzem Flüchtlinge gewesen waren. Ein Geruch von Schimmel und Schweiß stand im Raum. Honig sagte, wir sollten lieber am Wasser Rast machen, auch wenn es dort kalt sei. Jedes Wort aus seinem Mund war klar und dennoch von Geheimnis umwoben. Manchmal hatte ich den Eindruck, er wisse Dinge, die uns verborgen sind.
Es war gut, daß wir uns vom Lager entfernt hatten. Die Schüsse hörten wir zwar auch hier, aber das wilde Gesicht unseres Offiziers mußten wir nicht mehr sehen. Wir hätten einfach dasitzen und das Wasser mit den Augen trinken können, aber seit wir das Lager verlassen hatten, kamen wir uns vor wie Deserteure. Dieses Gefühl war so stark, daß wir in der Abenddämmerung fürchteten, der Offizier habe eine Einheit losgeschickt, um uns aufzuspüren. Natürlich war das nur eine Einbildung, weit und breit war niemand zu sehen. Die Dämmerung legte sich geräuschlos über alles, und je näher der Himmel dem roten Horizont kam, desto blauer wurde er.
Am Abend machten wir Feuer. Pinchas verteilte Sardinen und Kekse, und wir saßen schweigend am dunklen

Ufer und verfolgten die Strömung des Flusses, als sei es die Fortsetzung von Träumen, die noch nicht vergangen waren.

Auf einmal fiel es uns schwer, uns an die Träume zu erinnern, die uns in den letzten Tagen gequält hatten, doch das Gefühl, daß dieser Fluß Moleküle unseres Wesens, das sich aufgelöst hatte, mit sich trug, dieses Gefühl war stark und bohrend.

Um Mitternacht wurden die Schüsse lauter und rissen uns hoch. Wir konnten die brüllende Stimme unseres Offiziers heraushören und das Bellen der Freiwilligen. Lichtblitze erhellten den Himmel und erinnerten uns daran, daß nicht weit von hier unser Lager war und daß es dort noch Menschen gab, mit denen wir Baumstämme zur Brücke getragen hatten. Sie kämpften jetzt mit ihren Alpträumen, aber auch mit unserem Offizier, der verrückt geworden war. Einen Moment reute es uns, sie verlassen zu haben.

Pinchas hatte sich nicht verändert, er betete. Wie er es dort getan hatte, so tat er es hier. Er neigte den Oberkörper vor und zurück wie ein Ruderer im Dunkeln. Man sah ihm an, daß er mit den Geistern der Toten kämpfte. Sie ließen nicht von ihm ab. Nachdem er zu Ende gebetet hatte, bereitete er zusammen mit Salo Tee, und wir setzten uns wieder hin und tranken. Das warme Getränk ließ Eindrücke der letzten Tage wiederaufleben, den Mann mit dem Falken etwa. Als er den Falken tot auf dem Boden hatte liegen sehen, war er in Tränen ausgebrochen und hatte gerufen: »Ihr Mörder, ihr habt meinen geliebten Falken ermordet! Ihr seid schlimmer als die Ukrainer, noch nicht einmal die haben sich an meinen Falken herangewagt!« So hat er gejammert, und die ganze Nacht über umringten ihn Leute und versicherten ihm, daß seine Familie überlebt habe, denn in der Gegend, aus der er komme, hätten alle überlebt, und daß der Tod des Falken die Sühne für etwas sei, doch der Mann ließ sich nicht trösten und weinte weiter. Ein Leben ohne den Falken sei nicht mehr lebenswert, klagte er, lieber wolle er an seiner Seite sterben. Nach und nach ließen die Leute ihn allein, als gäben sie ihm recht.

Später fragte Pinchas mich überraschend, ob ich gebetet hätte, und ich antwortete: »Ich kann doch nicht beten.« Wieder erklärte er mir, es reiche doch aus, wenn ich mir morgens und abends das Blatt anschaute, denn schon die heiligen Buchstaben besäßen die Kraft, uns den Weg zu leuchten. Ich verstand nicht, was er sagte, spürte aber, daß er mir ein Geheimnis anvertraute. Ich sagte: »Danke«, doch Pinchas nahm meinen Dank nicht an. Für so etwas bedanke man sich nicht, sagte er, und wieder verstand ich nicht, was er meinte. Nachts legt sich ein rätselhafter Schleier über sein Gesicht, sein praktischer Sinn jedoch verläßt ihn nie. Wenn er ein Gläschen getrunken hat, ist es, als gehe ein Glanz von ihm aus. Und wann immer er jemandem einen Napf Tee reicht, tut er es mit Hingabe.

47

Am nächsten Tag war es bewölkt; dichte Schatten schwammen auf den Wellen des Bugs. Ein klciner Schwarm Wildenten überquerte den Fluß mit gräßlichem Geschrei. Ohne Zweifel, sie flohen vor den Schüssen unseres Offiziers.

Doktor Buchbinder taucht immer tiefer in seine Schwermut. Sehr langsam, kaum spürbar, und doch stellen wir abends fest, daß er noch tiefer gesunken ist. Vergeblich versichert Honig ihm immer wieder, daß niemand ihn beschuldigen wird, nicht in dieser Welt und auch nicht in der kommenden. Alle wüßten doch, daß er gezwungen gewesen sei, so zu handeln. Doktor Buchbinder hört zu, antwortet aber nicht. Sein Gesicht ist in den letzten Tagen noch hagerer gworden, es fällt mir schwer, ihn längere Zeit anzuschauen. Wenn Pinchas ihm eine Tasse Tee reicht, macht er eine kleine Verbeugung, ganz wie die Christen in der Kirche. Um ihn etwas abzulenken, setzt sich Salo zu ihm und erzählt von dem

Großhandel, den er vor dem Krieg geleitet hat. Wieder hört Doktor Buchbinder zu, ohne zu antworten.

Die Wasser des Bugs tun uns dennoch gut: Wir träumen nicht mehr. Nachts wickle ich mich in einen langen Uniformmantel und schlafe durch. Ohne Bilder. Und wenn ich aufwache, meine ich, ich hätte verschlafen. Was natürlich ein Irrtum ist. Jetzt gehört die Zeit uns. Keiner drängt. In den ersten Tagen waren wir von Angst getrieben, wollten schnell nach Hause kommen. Nun ist die Angst verflogen. Sogar Pinchas hat es nicht mehr eilig. Wir glauben, daß sich bei uns zu Hause nicht viel verändert hat. Unsere Verwandten haben sich nur ein bißchen weiter von uns entfernt. Es macht keinen Unterschied, ob wir heute oder erst in einer Woche weitergehen. Der Bug zieht uns an, und wir haben keinen anderen Wunsch, als dazusitzen und ihn anzuschauen.

Salo knotete zwei Hemden zu einem Netz zusammen, und siehe da, es gelang ihm, zwei mittelgroße Fische zu fangen. Er freute sich, und die Freude legte sich auf sein rundes Gesicht. Sofort begannen er und Pinchas, ein Essen zu bereiten. Pinchas und Salo kümmern sich um uns, als seien sie nicht Leidensgenossen, sondern ältere Brüder, die für die Schwächeren sorgen müssen.

Ein Flüchtling kam vorbei und setzte sich zu uns: ein Mann von etwa vierzig Jahren mit einem nervösen Lächeln auf den Lippen. Auf Pinchas' Frage, was in seinem Lager passiert sei, winkte er ab, als wollte er sagen: Kann ich dir noch etwas erzählen, was du nicht schon weißt? Als Pinchas seine Frage wiederholte, sagte er: »Und wenn ich es dir erzähle, bist du dann klüger?« Wir spürten, daß dieser Mann viele Worte hatte, sie aber nicht aussprechen wollte. Salo reichte ihm eine Portion Fisch und eine saure Gurke. Der Mann nahm den Napf entgegen und aß mit Appetit. Einen Moment dachten wir, er würde bei uns bleiben und sich mit seinem Schweigen zu uns gesellen. Doch nachmittags stand er auf und sagte: »Ich gehe.«

»Wohin?« fragte Salo.

»Ich möchte zur nächsten Brücke, dort hat die Hälfte meines Trupps gearbeitet.«

»Wen willst du denn da noch finden?«

»Warum fragst du?«

»Ich versteh schon«, sagte Salo und senkte den Kopf.

Kurz darauf zog der Mann weiter. Am Ufer wurde es dunkel, es war von Rinnsalen durchzogen. Ein feiner Dunst stieg von den nahen Feldern auf. Hier und da leuchteten noch ein paar Flecken Schnee; ruhig lag die Weite da und ließ uns an andere Weiten denken, die wir vor Jahren gesehen hatten und seitdem fest in unserer Erinnerung verankert waren.

Wir saßen lange regungslos und schauten dem Flüchtling nach. Je weiter er sich entfernte, desto deutlicher spürten wir, daß wir ihn gesandt hatten, das unbekannte Ufer zu erkunden. In ein paar Tagen würde er zurückkommen und uns erzählen, was ihm begegnet war, und wir würden sein Gesicht betrachten und darin lesen.

So senkte sich die Nacht. Wir rückten eng zusammen um das kleine Feuer; es verbreitete Licht und eine wohltuende Wärme. Gäbe es nicht die Schüsse aus der Richtung unseres Lagers, die uns an die zurückgelassenen Freunde denken ließen, wäre nicht die quälende Erinnerung, dann hätten wir hier sitzen bleiben können und in die Flammen gestarrt, um vor uns zu sehen, was inzwischen zu Hause geschehen war. Wer den Weg zurückgefunden hatte und wer auf uns wartete. Seit wir an diesem Flußufer auf der Stelle traten, waren wir von unseren Lieben abgeschnitten. Als hätte sich zwischen ihnen und uns eine Mauer aufgerichtet.

Doktor Buchbinders Schweigen machte Honig angst. Einen Moment dachte ich, er würde jetzt sagen: Kinder, man darf nicht am Wasser bleiben. Das Wasser des Bugs ist tief und gefährlich; es zieht die Seelen in Untiefen hinab.

48

Am nächsten Tag regnete es in Strömen. Wir saßen unter dem überdachten Eingang der Hütte und sahen die Tropfen wütend auf den Bug schlagen. Salo baute aus Blechstücken, die er gefunden hatte, einen Regenschutz, machte Feuer und setzte Wasser auf. Später bereitete Pinchas einen starken Kaffee, und wir tranken einen Napf nach dem andern. Der Kopf wurde klarer, die Benommenheit verflog, und wir wußten genau, was uns im letzten Jahr widerfahren war.

Im Winter noch hatten wir keine Wunder erwartet, doch nun hofften wir, bei unserer Rückkehr nach Hause ausführlich von den geliebten Menschen erzählen zu können, die mit uns zusammengewesen waren, von Buzzi zum Beispiel, der mit seinen zwei bloßen Händen das ganze Lager zum Einsturz gebracht hatte. Zwar waren sie jetzt allesamt in uns versammelt, doch es gelang uns nur selten, sie vor uns zu sehen. Nicht einmal den Ingenieur Schulmann, der kalte, schmerzvolle Stunden der

Finsternis in Zaubernächte hatte verwandeln können. Alles war wie verschluckt, auch wenn uns manchmal die eine oder andere Geste an Schulmann erinnerte.
Während wir so im Eingang der Hütte saßen, brach Jami, der sich uns erst vor kurzem angeschlossen hatte, sein Schweigen und brummte: »Dieser Kaffee belebt die Glieder.« Kaum waren wir wieder in uns versunken, fragte er mich nach meinem Namen. Ich sagte ihn ihm.
»Dann habe ich mich wohl geirrt.«
»Was hast du denn gedacht?«
»Nichts. Ich habe mich geirrt.«
Immer öfter sahen wir, was wir sehen wollten, doch der Irrtum stellte sich schnell heraus. Wenn es nicht so stark geregnet hätte, wären wir sicher noch länger draußen sitzen geblieben, doch irgendwann mußten wir hineingehen. Auch drinnen hörten wir die Schüsse unseres Offiziers; er brachte seinen Soldaten offenbar das Kämpfen bei Regen bei.
Nachts träumte ich, daß die Wasser des Bugs wieder hell sind und lange schmale Boote weiß und still auf ihm dahinziehen; viele Feriengäste stehen an den Ufern und winken. Ich staunte einen Moment über diesen feierlichen Anblick, und schon bald verstand ich, daß dies nicht der Bug, sondern der Prut war, an dem ich mit meinen Eltern die Sommer verbracht hatte. Für mich war das die Zeit von Jules Verne. Ich verschlang ein Buch nach dem andern, reiste in ferne Länder, auf Halbinseln und Inseln, in den Dschungel und zu furchterregenden Flüssen, und abends saß ich mit Mutter auf der Strohmatte, wo wir Erdbeeren aßen oder eine Melone aufschnitten. Mutter wollte, daß ich Architektur

studierte, Vater riet mir zu Medizin. Ärzte seien unabhängig und könnten ihren Unterhalt überall verdienen. Doch die längsten und stillsten Momente, die sich tief in meine Erinnerung eingegraben haben, waren die Nächte, in denen wir auf Flößen, die von ruthenischen Waldarbeitern gelenkt wurden, den Prut hinabfuhren. Die Waldarbeiter flößten die Baumstämme zu den Sägereien, und Vater, der sie näher kannte, schloß sich ihnen manchmal an und nahm dann mich und Mutter mit. Die Männer erzählten Vater von ihrem Leben, und Vater gab ihnen Zigaretten und Schokolade. Es waren riesige, langsame Flöße. Während der Fahrt fingen die Waldarbeiter Fische und brieten sie auf einem Metallgestell, das sie vorne am Floß aufgebaut hatten. So war es jeden Sommer. Als wollte Vater uns den Ursprung der Dunkelheit zeigen. Manchmal hatte Mutter ihn inständig gebeten: »Warum sollen wir fahren, warum eine solche Anstrengung für das Kind?« Doch Vater beharrte darauf und sagte mürrisch: »Ich muß. Wenn du nicht willst, fahre ich allein.«

Wenn wir am nächsten Morgen von der Reise zurückkamen und ich noch schlaftrunken war, brachte Mutter mir einen heißen Kakao. »Trink, mein Lieber«, sagte sie dann und ich drückte mich fest an sie und freute mich, bei ihr zu sein.

Als ich aus dem Traum erwachte, war es schon mitten am Tag. Unter dem wieder wolkenlosen Himmel schlugen die Wellen des Bugs mit Getöse. Pinchas reichte mir einen Napf Kaffee und wollte wissen, wie es mir gehe. Ich erzählte ihm den Traum. Er sagte: »Wenn du deine Eltern im Traum siehst, heißt es, daß sie dich beschützen.« Ich wollte ihm sagen, daß sie doch bestimmt noch in dieser Welt seien und ich sie bald wiedersähe, doch ich schwieg. Sein Gesicht strahlte Offenheit aus: Pinchas fürchtete nicht, was kommen würde. Die anderen saßen, in lange Mäntel gehüllt, im Eingang der Hütte und betrachteten, wie die Wasser ihre Farbe wechselten.

49

Abends überkam uns wieder große Angst. Der Himmel war klar, nirgends zeigte sich Unheil, und dennoch trieb es uns zum Aufbruch. Tatsächlich täuschten uns unsere Sinne diesmal nicht. Ein Riese von einem Flüchtling, der nur äußerlich an Buzzi erinnerte, drang in unsere Hütte und plünderte die Vorräte. Er hatte eine Pistole bei sich. Sein Gesicht verbreitete Schrecken, und er stopfte die Lebensmittel in seinen Rucksack und verschwand ohne ein Wort.

Lange saßen wir wie gelähmt da. Jetzt wußten wir, der Weg nach Hause würde nicht leicht werden. Es tat uns leid, diesen überdachten Ort verlassen zu müssen, doch wir hatten keine Wahl. Selbst Susik, der sonst wieder und wieder erzählte, was die Russen uns bald Gutes tun würden, schwieg. Ein Schleier legte sich über sein Gesicht und überschattete seine Augen. Nur Honig brachte ein paar Worte hervor. Aber er sprach nicht wie immer, sondern im Ton seiner Väter und verwendete Begriffe, die nur sie benutzt hatten. Alles, was uns widerfuhr, nannte er eine Versuchung, die später in jede Zelle unseres Körpers eindringen werde. Oft konnten wir ihn kaum verstehen. Dann kam es mir vor, als lese er aus einem uralten Buch vor. Zuweilen bat er uns, nicht in Schweigen zu versinken, denn das Schweigen sei der Bund mit dem Tod. »Der Tod will nur, daß wir in seiner Sprache sprechen, aber wir dürfen nicht auf ihn hören, denn wir müssen nach Hause.« Nachdem er das gesagt hatte, fragte Salo, ob wir nicht bald nach Hause kämen, und Honig antwortete: »Ja sicher, sicher doch, aber zuerst müssen wir das Schweigen überwinden, denn es schwächt uns wie die Schwermut.«

»Was sollen wir tun?«

»Bloß nicht schweigen.«

Plötzlich spürte ich einen Kloß im Hals, der mich kaum noch atmen ließ. Spät am Abend gingen wir los.

Wir kommen nur langsam voran, und die Bilder des Lagers folgen uns wie eine Wolke. Honig verspricht, in dem Maße, wie wir uns entfernten, würden auch die Bilder verschwinden. Nachts hören wir das Brüllen unseres Offiziers, ein lang anhaltendes Brüllen, das immer wieder abbricht und ein dumpfes Echo hinterläßt.

Wir schaffen am Tag zwei bis drei Kilometer, setzen uns dann ans Ufer des Flusses und machen ein Feuer. Abermals hat Salo ein paar Fische gefangen. Der Geruch des Wassers und der gebratenen Fische weckt wie aus der Unterwelt Erinnerungen an zu Hause: Im Winter hatte Mutter die Tür meines Zimmers zum Wohnzimmer geöffnet, und ein angenehmer Duft war von dort an mein Bett geweht, doch manchmal stürmten die schmalen

Schatten vor dem Wohnzimmerfenster in mein Zimmer und ängstigten mich. Einmal glaubte ich, sie wollten mich erwürgen, und schrie. Mutter wachte auf, kam zu mir gerannt und nahm mich in den Arm. Viele Tage ließen diese Schatten mich nicht los. Ich sah sie sogar, wenn ich wach war. Und erstaunlicherweise sehe ich sie auch jetzt.

Stundenlang gehen wir wortlos. Würden Pinchas und Salo sich nicht unterhalten, hätte das Schweigen uns schon ausgelöscht. In ihrem praktischen Wesen liegt etwas Gutes, als sei es ihnen gelungen, das zu sein, was sie wirklich sind. Die meiste Zeit des Tages arbeiten sie fleißig zusammen, kümmern sich um Honig und Doktor Buchbinder und versuchen, Susik wieder zum Reden zu bewegen. Ich helfe ihnen beim Feuermachen und beim Kochen. Gegen Abend ziehe ich aus dem Futter meines Mantels das vergilbte Blatt, das Pinchas mir gegeben hat, und betrachte es. Pinchas hat mir versprochen, er werde mir eines Tages beibringen, Hebräisch zu lesen. Manchmal habe ich das Gefühl, wenn ich das Blatt, das ich besitze, lesen könnte, würde ich in meinem Herzen ein Hindernis überwinden.

Als die Dämmerung hereinbricht, spüre ich, daß ich in ein paar Tagen zu Hause sein werde. Alle werden sich über meine Rückkehr freuen; ich werde ihnen von den zweihundertvierundsiebzig Tagen erzählen, die ich im Lager gewesen bin. Von jedem Tag, von jeder Stunde. Sie werden staunen, wie gut ich mich erinnere und daß ich keine Einzelheit vergessen habe. Mich jedoch wird das nicht wundern, denn diese Tage haben sich in meinen Körper gefressen. Meine Beine werden erzählen,

was ihnen zugestoßen ist, und die Hände werden das Ihre berichten. Und wenn ich meinen Rücken zeige, wird jeder sehen, daß ich nichts übertrieben habe.
Das lange Sitzen am Wasser hat mir klargemacht, daß ich nicht mehr der bin, der ich einmal war. Wahrscheinlich bin ich noch genauso groß, doch mein Gesicht ist bis zur Unkenntlichkeit verwandelt, und wenn ich in meine Stadt zurückkehre, wird man mich nicht erkennen. Sogar Mutter und Vater werden mich nicht erkennen, und ich werde schreien: Ida, warum erkennst auch du mich nicht? Diese Fremdheit ist schlimmer als alles, was ich im Lager erlitten habe. Ich hole aus mir die vielen Worte herauf, die ich früher einmal verwendet habe: Substantive, Verben, Adjektive, doch je mehr von ihnen ich berge, um so entsetzlicher wird die Entfremdung. Nie mehr werde ich so sein wie früher, ich werde von nun an in völliger Einsamkeit leben müssen. Diese Verzweiflung tut so weh, daß ich aufstehe und zu Honig gehe, als könne er mir in dieser Not helfen. Honigs treuer Blick gibt mir etwas von meinem früheren Wesen zurück, und ich bleibe lange bei ihm stehen.

50

Wir gehen langsam, fast ist es, als träten wir auf der Stelle. Die Flüchtlinge, die an uns vorbeiziehen, schweigen. Pinchas und Salo versuchen, ihnen freundlich zu begegnen, doch es hilft nichts. Auf ihre Fragen bekommen sie nur grimmige Blicke zur Antwort. Schwer zu sagen, weshalb diese Menschen zürnen. Jedenfalls ist unser Weg alles andere als ruhig, und die Nächte sind auch nicht besser. Gestern sahen wir eine Gruppe deutscher Kriegsgefangener, die von zwei kleinen russischen Soldaten geführt wurde. Den Gefangenen war anzumerken, daß sie bezwungen und entkräftet waren. Aus ihrem beinahe verloschenen Blick sprach nichts als Gleichgültigkeit. Während ich sie vorbeiziehen sah, meinte ich, einige Uniformierte aus unserem Lager wiederzuerkennen. Doch wir spürten keinen Drang, sie zu schlagen.

»Wohin geht ihr?« fragte später ein Flüchtling, der sich uns in den Weg stellte.

»Nach Hause«, antwortete Pinchas.
»Nach Hause?«
»Ja.«
»Habt ihr keine Angst?«
»Wovor sollten wir Angst haben?«
»Ich habe Angst, nach Hause zu gehen«, sagte der Flüchtling. Ein Lächeln verzerrte sein Gesicht.
»Du brauchst dich nicht zu fürchten«, erwiderte Pinchas, als wolle er ihn davon abhalten, etwas Überstürztes zu tun.
»Ich habe Angst vor der Rückkehr, weil ich vielleicht niemanden von meiner Familie mehr antreffe«, sagte der Mann mit plötzlicher Entschiedenheit.
»Bist du dir da so sicher?«
»Ich weiß nicht.« Dem Mann war anzusehen, daß die Worte von Pinchas ihm eine gewisse Erleichterung verschafften.
»Wir sind gläubige Menschen, die Nachkommen von gläubigen Menschen«, überraschte ihn Pinchas. Es war schwer auszumachen, ob das eine Feststellung oder eine Forderung war.
»Du glaubst noch?« staunte der Flüchtling, und das verzerrte Lächeln kehrte auf seine Lippen zurück.
»Ein Jude ist verpflichtet zu glauben«, antwortete Pinchas mit fester Stimme.
»Auch jetzt noch?«
»Jetzt erst recht.«
Alle schwiegen, keiner mischte sich ein. Einen Moment wunderten wir uns, wie energisch unser Pinchas jetzt sprach.
»Schön für dich«, sagte der Flüchtling, ohne zu erken-

nen zu geben, ob er dies als Kompliment oder als Kritik meinte.
»Ich brüste mich nicht mit dem, was ich tue, denn alles, was ich tue, ist mir geboten zu tun.«
»Was für Dinge tust du denn?« Der Flüchtling hörte Pinchas sehr genau zu.
»Was man eben so tun kann.«
Auf einmal begriffen wir, daß der Flüchtling weder mit dem, was Pinchas sagte, noch mit dessen Ton einverstanden war; trotzdem blieb er wie angewurzelt stehen.
»Und was hast du nun vor?« fragte Pinchas weicher.
»Ich weiß nicht. Noch vor ein paar Tagen war mir klar, daß ich nach Hause gehen muß. Plötzlich bin ich mir nicht mehr sicher.«
»Aber du kannst doch nicht mitten auf dem Weg stehenbleiben«, sagte Pinchas, indem er ihm seine Situation vor Augen führte.
»Das stimmt.«
»Ein Mensch muß nach Hause zurückgehen, er hat keine Wahl.«
»Ja. Aber zuerst muß ich die Angst überwinden.«
»Setz dich«, sagte Pinchas, »und trink mit uns einen Kaffee.« Er hatte ihn liebgewonnen.
Der Flüchtling war durstig, immer wieder ließ er sich nachgießen, und der Kaffee brachte Farbe in sein Gesicht.
»Du bist ein religiöser Mensch«, sagte er zu Pinchas.
»Richtig, aber wir nennen uns nicht religiös, sondern Menschen, die Gott dienen.«
»Diesen Ausdruck verstehe ich nicht. Warum muß man Gott dienen?«

»Weil Er der Eine und Einzige ist und keiner Ihm gleicht.«
»Das heißt, er macht, was er will?«
»Ja.«
»Warum quält er uns?«
»Das darfst du mich nicht fragen. Ich kann dir darauf keine Antwort geben.«
»Wen soll ich denn fragen?«
»Den Heiligen, Er sei gepriesen.«
»Und du selbst hast ihn nicht gefragt?«
»Ich frage nicht.«
»Nie?«
»Nie.«
»Das kann ich nicht verstehen«, sagte der Flüchtling und schwieg.

Wir saßen da und hörten zu. Es wurde dunkel, Pinchas und Salo machten Feuer und kochten neuen Kaffee. Die Wasser des Bugs flossen zu unseren Füßen, und sie rochen kalt. Pinchas sah für einen Moment größer und kräftiger aus, ein bißchen wie Buzzi, doch später, als er gebeugt am Feuer stand und versuchte, Doktor Buchbinder Mut zuzusprechen, ähnelte er eher dem Ingenieur Schulmann.

Längst hatte ich festgestellt, daß Pinchas' Aussehen sich ab und zu veränderte. Vor einigen Tagen hatte er wie Max Drucker ausgesehen, der in den letzten Tagen seines Lebens verrückt geworden war und nur noch in der Sprache des Talmuds gesprochen hatte. Doch meistens war Pinchas er selbst, auch an jenem Abend, an dem er sich so brüderlich um diesen Flüchtling kümmerte.

Nach Mitternacht glaubte ich, das ernste Gespräch würde noch einmal aufflammen. Doch ich irrte mich. Wir tranken einen Napf nach dem andern, starrten auf die schwarzen Wasser, die jetzt im zitternden Licht glitzerten, und blieben noch lange wach.

51

Wir raffen uns auf und gehen weiter. Die Flüchtlinge, denen wir unterwegs begegnen, sind unfreundlich. Manchmal denke ich, sie hassen uns. Sie haben verschlossene Gesichter. Anstatt in eine Richtung zu gehen, rennen sie hin und her, als suchten sie einen Durchschlupf, um zu entkommen. Auch bei uns schleicht sich allmählich das Gefühl ein, daß die Befreiung eine weitere Falle war. Es breitet sich in uns aus und lähmt unsere Glieder.

Merkwürdig, seit der Befreiung ist bei uns die Hoffnung schwächer geworden, wir würden, wenn wir nur endlich die Zäune hinter uns gelassen hätten, geläuterte Menschen sein. Gewiß, viele hatten von dieser Hoffnung nichts gehalten, aber einige wenige hatten auch daran geglaubt. Jetzt drückt uns das Schweigen die Kehle zu. Die Wörter finden nicht zusammen, nur Bruchstücke von unreifen Gedanken kommen uns über die Lippen.

Vergeblich versuchen Pinchas und Salo, in uns den Wunsch zu wecken, etwas zu tun. Am schwersten ist Doktor Buchbinders Schweigen zu ertragen. Seit die Freiwilligen unseres Offiziers ihn der Kollaboration beschuldigt haben, sagt er keinen Ton. Sein Schweigen verstärkt das unsere, und wir sitzen stundenlang wortlos am Feuer. Doch bevor es ganz von uns Besitz ergreift, erzählt Pinchas von zu Hause, von seiner Frau und seinen Kindern. Er tut, als hätte er sein Dorf aus einem alltäglichen Grund verlassen und nie daran gezweifelt, irgendwann zurückzukehren. Ein jüdisches Leben im Dorf zwischen Nichtjuden, Bäumen und Wasser kommt mir jetzt wie ein furchteinflößendes Märchen vor.
»Du willst wieder ins Dorf zurück?« fragt jemand.
»Meine Vorfahren sind dort geboren, genau wie ich«, sagt Pinchas mit der Einfältigkeit eines Kindes.
Und während wir dasitzen und schweigen, steht Doktor Buchbinder auf, schaut sich kurz um und springt mit sportlichem Schwung in den Bug. Erst als er schon mitten in den Fluten war, haben wir es begriffen, und dennoch gelang es Susik, ihm noch eine Weile hinterherzuschwimmen. Aber Susik brachte sich vergeblich in Gefahr. Die Wellen verschlangen Buchbinder und hinterließen keine Spur.
Wir hatten gewußt, daß er in Gefahr war. Salo und Pinchas hatten deshalb auf ihn aufgepaßt, und Honig hatte ihm nachts gut zugeredet. Trotzdem konnte Doktor Buchbinder sich nicht verzeihen. Er sprach nicht darüber, aber an dem, was von seiner einstigen Größe übriggeblieben war, erkannten wir, daß er sich aufgegeben hatte.

Noch lange standen wir am Ufer und riefen: »Doktor Buchbinder, Doktor Buchbinder!« Unsere Stimmen verhallten. Der Tag war hell, die Wasser des Bugs flossen mit starker Strömung. Einen Moment dachten wir, wenn wir in die Hütte zurückgingen, würden wir ihn dort lebend antreffen. Es war nur ein vorüberziehender Gedanke. In Wahrheit hatten wir Angst, in der Hütte den Freiwilligen unseres Offiziers zu begegnen. Sie schossen noch immer, und ihre Stimmen ertönten in der Ferne wie wildes Gebell.

Am Abend flohen wir von diesem Ort, doch unser Leben blieb hier. Jeden Abend würde es aus seinem Versteck kommen, am Ufer sitzen und aufs Wasser starren, genau wie wir es getan hatten. Wir werden von hier nicht mehr loskommen, egal, wie viele Tausende von Kilometern wir uns entfernen. Wir lassen uns selbst hier zurück. Was sich langsam fortbewegt, ist nichts als der schmale Schatten, den der Körper wirft.

Unterwegs fanden wir einen verlassenen Leiterwagen, auf den betteten wir Honig, und wir spannten uns ins Geschirr. Der Weg war schlammig und voller Löcher, doch die Anstrengung gab uns etwas von unserem früheren Wesen zurück. Wir schwitzten, und das tat uns gut.

Honig war sehr schwach geworden, aber Doktor Buchbinders Verschwinden löste ihm nun die Zunge. Er erinnerte uns immer wieder, daß Schweigen ähnlich gefährlich sei wie Trübsinn. Man müsse es mit aller Kraft bekämpfen. Er sprach so langsam, daß man meinen konnte, er rede nicht von einer drohenden Gefahr, sondern von der Vorbereitung auf einen langen Weg.

Noch während Honig redete, brach Jami sein Schweigen und sagte: »Ich sehe das genau umgekehrt. Wer schweigt, redet am wahrhaftigsten.«
»Wie denn das?« flüsterte Honig.
»Weil all unser bisheriges Reden leeres Geschwätz gewesen ist. Wir sollten deshalb um Vergebung bitten.«
»Und nicht mehr reden?«
»Was gibt es noch zu reden?«
»Und nicht mehr beten?«
»Nein.«
Sein »Nein« kam messerscharf. Wir spürten, daß Jami sich von allem, was in der Zeit vor den Lagern gewesen war, losgesagt hatte und er nur noch dieses Leben danach führen würde. Keinem wird er die Richtung weisen, niemandem wird er Moral predigen, sondern er wird hier sitzen und aufs Wasser schauen, und je länger er schauen wird, um so wahrhaftiger wird sein Schweigen werden, und er wird keine Worte mehr brauchen.
So kamen wir vorwärts. Dieser Weg führte nach Hause, das wußten alle, aber niemand sprach es aus. Die Bilder des Lagers standen uns deutlich vor Augen, und doch fürchteten wir, wenn wir nach Hause kämen und auch nur eine Silbe sagen wollten, stumm wie Steine dazustehen. Diese Angst füllte uns aus.
Der einzige, der keine Angst hat, ist Pinchas. Wenn die Sonne untergeht, hört er auf zu arbeiten, verharrt an seinem Platz und schließt die Augen. Er betet bedächtig, ohne Worte zu verschlucken. Sein Gebet dauert eine halbe Stunde, und danach setzt er sich zu uns, und das Abendlicht umhüllt sein Gesicht.

52

Und so gelangten wir zu einer Brücke. Die Angst war jetzt zum Greifen nah. Sie brachte uns die letzten Tage im Ghetto in Erinnerung. Damals wußten wir natürlich nicht, daß das Ghetto bloß eine Station auf einem langen Weg war und das, was noch kommen sollte, finsterer sein sollte als jede Dunkelheit. Zu dieser Zeit schienen die Lebensmittel im Keller das Wichtigste zu sein, und wir dachten, daß wir uns retten könnten, wenn es uns nur gelänge, bis zum Ende etwas davon zu bewahren.

Aus der Nähe stellten wir fest, daß die Brücke genauso aussah wie die, die wir gebaut hatten: die gleichen Baumstämme, die gleichen Eisenstangen, in gleicher Weise über das tobende Wasser gespannt und ebenso verankert, ohne jeden Schmuck und dennoch eindrucksvoll. Dem Ingenieur, der sie entworfen hatte, war es nicht nur um ihre Stabilität, sondern auch um ihre Ästhetik gegangen. Da sie genauso aussah wie die

Brücke, die wir gebaut hatten, spürten wir einen Moment, daß auch etwas von unseren Körpern in ihr war. Pinchas und Salo machten ein Feuer, setzten einen Topf Wasser auf und verteilten Kekse und Waffeln. Ihre winzigen lautlosen Verrichtungen holten Doktor Buchbinder aus dem Dunkel zurück; es war, als säße er schweigend bei uns. Merkwürdigerweise waren seine mutigen, großherzigen Taten schon vergessen. Nur sein Schweigen hatte Bestand. Wir tranken Kaffee, und Doktor Buchbinder war mit jedem Augenblick mehr präsent. Wenn wir zehn Männer, genug für ein Minjan, gewesen wären, hätte Pinchas das Kaddisch gesprochen. »Woher nehmen wir nur zehn Männer?« rief er und versuchte, seinen Schmerz zu unterdrücken.

Später sagte Pinchas: »Wenn weniger als zehn Männer zusammenkommen, um zu beten, ist dies kein richtiges Gebet.« Ich wußte nicht, was er meinte, aber ich spürte, daß er sich nach gläubigen Menschen sehnte, die sich gemeinsam zum Beten versammeln. Honig verstand ihn wohl, denn er schaute ihn mit brüderlicher Liebe an. Honig selbst betete nicht. Im Lager hatte ich ihn einmal zu seinem Nachbarn sagen hören, beten könne er schon seit vielen Jahren nicht mehr.

Susik verließ uns kurz vor der Brücke. Er schloß sich in der Nacht Flüchtlingen an, die sich zur Roten Armee melden wollten. Er war fünfunddreißig, wirkte jedoch wie ein Jugendlicher. Wir wußten, daß er nur im Krieg von seinem Schweigen erlöst werden würde, und trotzdem gab es uns einen Stich ins Herz, als er ging. Auch der Mann mit Namen Jami trennte sich von uns. Er hatte uns erklärt, er wolle einige Tage allein unter der

Brücke verbringen, um zu überlegen, was er jetzt mit seinem Leben anstellen solle. Pinchas hatte ihm etwas erwidern wollen, doch als er die Entschlossenheit in Jamis Augen sah, schwieg er.

Die Nacht war voller Lichter und Geräusche. Wir wußten, es war unsere letzte Nacht am Fluß. Von jetzt an werden wir anders leben. Wir werden nach Hause zurückkehren und erzählen, wie wir die Brücke über den Bug gebaut haben und wie wir dabei gequält worden sind, doch niemand wird uns glauben, und da uns niemand glauben wird, werden auch wir zu glauben aufhören. Pinchas machte in dieser Nacht den Eindruck, als habe das Dunkel alle Hüllen von ihm genommen, bis die Gestalt des uralten Juden zum Vorschein kam, der in ihm steckte.

Während wir also nicht weit von der Brücke saßen, die genauso aussah wie jene, die wir gebaut hatten, wußten wir, daß wir sie bei Tagesanbruch zusammen mit einem Strom von Flüchtlingen überqueren würden. Ich holte das Blatt von Pinchas heraus und betrachtete es; da ich nur verschwommene Buchstaben sah, schob ich es zurück ins Mantelfutter.

Danach zogen einige Flüchtlinge an uns vorbei. Pinchas erkundigte sich, wie die Lage an der Front sei, und fragte nach dem Weg nach Hause. Einer machte mit der Hand eine Geste, die besagte: Wozu fragst du? Was für eine Frage! Und ein anderer Flüchtling rief aufgebracht: »So ein Idiot! Ein Verrückter.« Da wurde uns klar, daß sie mehr wußten als wir.

Später beobachteten wir schwere Wagen, die von kräftigen Pferden zur Brücke gezogen wurden. Als sie über

die Baumstämme fuhren, bebte die Brücke unter der Last. In diesem Getöse sah ich Trude Pollak von ihren Anhängern umringt. Mit derselben Bitterkeit, mit der sie Trude im Ghetto geschützt und verteidigt hatten, wiederholten sie deren Behauptungen: Es gebe keine jüdische Kunst, denn zu schweigen sei den Juden fremd; immer müßten sie alles aussprechen. Diese Worte hatten ein lautes Echo gefunden und waren auf geheimen Wegen vom Ghetto bis ins Lager gelangt. Jetzt klangen sie wie ein später Aufschrei am falschen Platz.
Honig schlug die Augen auf und sagte: »Wir sind gläubige Menschen, die Nachkommen von gläubigen Menschen, und wir wissen, daß dieses Leben ein Durchgang ist, an dessen Ende uns ein riesiger heller Saal erwartet. Der Tod ist eine große Lüge.« In seiner Stimme lag nun eine gewaltige Kraft, als habe er nicht nur seine Schwäche überwunden, sondern auch das lang zurückliegende Ketzertum der Jugend, das ihn über Jahre hinweg belastet hatte. Schließlich schwand seine Stimme, und nur das Wort »Lüge« klang noch nach. Einen Moment glaubten wir, Honig mache eine Pause, gleich werde er weiterreden. Doch als wir zu ihm traten, war er schon nicht mehr unter uns.
Noch in derselben Nacht gruben wir ihm am Wasser ein Grab, und Pinchas und Salo baten einige Flüchtlinge dazu, damit es zehn Männer waren, und sie sprachen das Kaddisch. Die Lichter am Firmament ergossen sich in einem schneidend kalten Strom ins Wasser. Nach der Beerdigung kochten wir den Flüchtlingen Kaffee. Sie umklammerten ihren Napf mit beiden Händen und sagten: »Der Kaffee ist gut, er ist ausgezeichnet.« Sie waren

groß und kräftig und sahen aus, als zögen sie in einen neuen Kampf.

Und als der Tag anbrach, luden wir das Kochgerät und die Lebensmittel auf den Wagen, spannten uns ins Geschirr und zogen, ohne länger zu verweilen, über die Brücke.

Aharon Appelfeld
Der eiserne Pfad
Roman

Jahr für Jahr fährt Erwin Siegelbaum, Händler jüdischer Antiquitäten, in nie verändertem Turnus von Italien bis hinauf nach Österreich, um in Kellern oder auf Dachspeichern Bücher und Kleinode aufzuspüren. Doch nicht nur ihnen gilt seine Suche: Zugleich will er den SS-Schergen finden, der vor Jahrzehnten seine Eltern ermordet hat. Und tatsächlich, er findet ihn und begegnet so noch einmal, in einem Moment lange erwarteter Vergeltung, seiner Vergangenheit.

»Es ist der Ton der klassischen Moderne, schlackenlos, leicht unterkühlt, ein Hohelied der Einsamkeit.« *Süddeutsche Zeitung*

»Längst hat sich Appelfeld in die Annalen der Erinnerungsliteratur eingeschrieben.« *die tageszeitung*

»Ein Szenario von trostloser Trauer und sublimer Schönheit.« *Neue Zürcher Zeitung*

Aus dem Hebräischen von Stefan Siebers
200 Seiten. Gebunden
ISBN 3-8286-0082-4

Die hebräische Originalausgabe erschien 1997 unter dem Titel
›mich're ha-kerach‹ im Verlag Keter, Jerusalem

Deutsche Ausgabe:

Umschlaggestaltung: Ott + Stein, Berlin
Umschlagreproduktion: metaservices, Berlin
Gesetzt aus der New Aster
Buchgestaltung: Ⓢ sans serif, Berlin
Druck und Bindung: Clausen & Bosse, Leck
Printed in Germany 2000
ISBN 3-8286-0068-9